# 한국추ㄹ
# 황금펜상 수 … 집

2023 · 제17회

KB051524

한국추리문학상

# 황금펜상 수상작품집

2023 · 제17회


박소해

서미애

김영민

여실지

홍선주

홍정기

송시우



나비클럽

차례

# 해녀의 아들

박소해

박소해_

이야기 세계 여행자. 한국추리작가협회 정회원. 추미스, 호러, 판타지, 역사, 로맨스, SF 등 장르의 경계를 넘나드는 몽상가. 선과 악을 넘어 인간의 본성을 깊숙이 다루고자 한다. 시각화에 강한 이야기꾼이라는 소리를 듣는다. 한국의 셜리 잭슨이 되고 싶다.

1

"호오이! 호오이!"

숨비소리*가 좌승주 귀에 꽂혔다.

'엄마 소리일까?'

승주는 비슷한 듯 다른 해녀들의 숨비소리를 구분하기 힘들었다. 방금 소리를 낸 해녀가 자맥질을 했다. 오리발이 사라지며 새하얀 포말이 튀었다. 바다 아래 엄마가 있는 건 분명했다. 초등학

* 해녀가 잠수한 후 물 위로 나와 숨을 고를 때 내는 소리. 1분에서 2분가량 잠수하며 생긴 몸속의 이산화탄소를 한꺼번에 내뿜고 산소를 들이마시는 과정에서 '호오이호오이' 하는 소리가 난다. 해녀는 이 숨비소리를 통해 빠른 시간 내에 신선한 공기를 몸속으로 받아들여 짧은 휴식으로도 물질을 지속할 수 있다. 출처: 해녀박물관

생 조카가 '원피스' 루피 캐릭터를 낙서한 주황색 테왁*이 둥둥 떠 있는 걸 보면.

봄은 구쟁기(뿔소라) 수확 철이다. 정방폭포 앞 청록색 바다에서 할망 해녀들은 구쟁기를 따러 서둘러 물질을 했다. 구멍이 숭숭 뚫린 까맣고 둥근 돌들 위에 서서 승주는 해녀들의 물질을 구경했다. 휴가 이틀 차. 승주는 부모님을 보러 오랜만에 본가에 왔다. 하루 종일 TV를 틀어놓는 아버지와 단둘이 집에 있기 어색해서 엄마 일터인 할망 바당**으로 나왔더니 승주를 알아본 할망 해녀들에게 순식간에 둘러싸였다.

"승주 아니? 밤톨만 해나신디 영 커시냐?"

"신시가지서 형사헌댄 허멍?"

"영 잘생겨신디 어떵 여즉 장가를 못 가시니?"

승주는 자기 몸집의 절반도 안 되는 할망들에게 완전히 포위된 채 절절맸다. 식은땀이 날 지경이었다.

'살인사건 수사가 더 쉽겠어.'

모두 엄마의 동료들이다. 해녀들이 승주를 키웠다. 엄마가 생계를 위해 물질하고 부업을 하느라 바빴던 시절 동료 해녀들이 승주를 돌아가며 돌봐줬다. 육아 수눌음(품앗이) 덕분에 엄마가 마흔 중반에 낳은 늦둥이 막내 승주는 잘 컸다. 바당과 해녀들의

* 해녀가 물질을 할 때 헤엄쳐서 이동하거나 물 위로 올라와서 잠시 쉬기 위해 짚는 둥근 박. 요즘은 주로 스티로폼으로 만든다. 보통은 테왁에 망사리를 연결해 채취한 해산물을 망사리 안에 보관한다.

** 65세 이상의 해녀들만 작업하는 얕은 근거리 바다.

불턱*은 그의 놀이방이었다. 빠져나갈 핑계를 궁리하는데 투박하고 주름진 손이 승주를 덥석 잡았다.

"설에 보고 한참만이여. 반갑다이."

환한 미소를 지으며 승주를 반기는 이는 엄마의 선배 해녀인 고영순이다. 한때 서귀동 어촌계를 호령했던 대상군 해녀**였지만 팔순을 한참 넘긴 지금은 할망 바당에서 간간이 물질하는 것으로 만족했다. 승주에겐 친이모처럼 가까운 삼춘이었다.

"휴가랜 허멍? 갈 때 우리 집에 들렁 반찬 가졍가라이."

"삼춘, 신경 안 써도 되는디. 건강하시지예?"

아들 셋을 물질로 키워낸 그녀는 몇 년 전 남편을 앞세우고 홀로 지내고 있다.

'언니가 요즘은 영 예전 같지 안 해어. 가끔 어린아이추룩 혀 짧은 소리 내멍 헛소리도 하고.'

어제 본가에 왔을 때 엄마가 영순이 삼춘을 걱정하며 했던 말이 떠올랐다. 하지만 삼춘은 멀쩡해 보였다. 허리춤에 납을 찬 잠수복을 입고 테왁 망사리를 어깨에 걸친 삼춘은 수경을 쓰더니 말했다.

"호끔 있당 보게이. 나 일 끝날 때까정 어디 가지 마랑 이시라."

승주는 멋쩍게 웃으며 비켜섰다. 오리발로 뒤뚱뒤뚱 물가까지 걸어간 영순은 갑자기 날렵하게 몸을 거꾸로 뒤집어 바닷물에 뛰

* 해녀들이 물 밖으로 나와 불을 피우는 곳. 해녀들의 쉼터이자 수다 장소다.

** 해녀 중에서도 가장 일을 잘하는 특급 해녀. 대상군 해녀, 상군 해녀, 중군 해녀, 하군 해녀, 똥군 해녀로 계급이 나뉜다. 이제 막 물질을 시작한 해녀는 아기 해녀라고 한다.

어들었다. 늘 봐온 풍경이지만 아직도 적응이 안 된다. 뭍에서는 비실거리는 할망들이 물만 만나면 펄펄 날뛴다. 빗창*을 들고 바닷속을 자유자재로 노닌다. 오랜 해녀 경력이 어디 갈 리 없다.

잠시 후 엄마가 물 밖으로 떠올라 맑은 숨비소리를 냈다. 수경을 벗은 엄마는 바로 막내아들을 알아봤다. 승주는 반가운 마음에 힘껏 손을 흔들었지만 엄마는 미간을 찌푸렸다. 엄마는 가족이 일터에 오는 걸 싫어한다. 일할 때 방해가 된다는 게 이유다.

"불턱 강 이시라."

엄마는 무뚝뚝하게 한마디 던지고는 다시 수경을 쓰고 잠수했다.

승주는 불턱으로 가서 해녀 두 명 곁에 쪼그리고 앉아 불을 쬈다. 키 큰 해녀는 이신녀, 키 작은 해녀는 부정은. 모두 승주를 키워준 해녀다. 셋은 사이좋게 앉아 있었다. 감태를 땔감으로 써서 그런지 장작불에서는 고소하고 달큼한 냄새가 났다. 봄바람이 매서웠다. 아직 영등할망**이 심술을 부리고 있다. 타오르는 불길을 보며 멍을 때리는 시간. 잉걸불 위에 놓인 철망에서는 구쟁기 몇 개가 부글거리며 익어갔다. 마침 하나가 잘 익었다며 신녀가 승주에게 권했다. 이쑤시개로 잘 익은 살을 쏙 빼서 호호 불어가며 혓바닥 위에 올려놓으니 사르르 녹았다. 꿀맛이었다.

정은이 승주에게 물었다.

* 전복을 따는 데 쓰는 도구. 길이는 약 30센티미터로 자루 끝을 고리 모양으로 구부려 말총으로 만든 끈을 달아놓는다.

** 제주에서 바람과 바다를 관장하는 여신. 음력 2월 초하루에 마지막 꽃샘추위와 봄 꽃씨를 가지고 제주를 찾는다고 한다. 영등할망이 맨 처음 들어오는 '바람의 길'이 귀덕리 복덕개다. 영등할멈이 오면 밭에 씨를 뿌린다. 영등할망이 왔다 가야 새 봄이 온다고 한다.

"맛있지이? 겐디 결혼은 언제 헐거라?"

"아유. 거 무사 쉬는 아이를 귀찮게 햄시냐? 요즘은 다들 늦게 가."

신녀가 정은을 타박하자 두 해녀가 큰 목소리로 옥신각신했다.

'여자친구도 어신디 결혼은 뭔 결혼이우꽈.'

승주는 이렇게 말하려다가 슬며시 웃었다. 불턱은 해녀들의 사랑방이었다. 온갖 이야기가 오고 가도 비밀은 철저히 지켜졌다. 물질을 마치고 몸이 고단한 해녀들은 불턱에서 쉬면서 서로 말싸움이라도 하듯이 거칠게 하소연을 하기 바빴다. 말끝 잘라먹기는 예사였다. 어린 승주는 해녀들만 알고 있는 갖가지 비밀을 엿들으며 자랐다. 어지간한 TV 드라마보다 재미있는 이야기가 많았다. 해가 저물어 하늘이 캄캄해지고 엄마 무릎을 벤 채로 잠들면 엄마가 승주를 업고 집으로 돌아오곤 했다. 가끔 그립다. 그 포근한 등에서 나던 바당 냄새가.

얼마나 지났을까. 엄마가 동료들과 함께 테왁 망사리를 메고 불턱으로 걸어왔다. 바당밭에 구쟁기가 풍년이었는지 망사리가 바닥까지 늘어졌다. 서귀동 어촌계장 임진수가 반갑게 해녀들을 맞이했다. 키가 크고 체격이 좋은 노인으로 서글서글하고 온화한 인상이었다.

"폭삭 속았수다."

임 계장이 해녀들이 건네는 구쟁기를 받아서 모았다. 해산물은 보통 2, 3일에 한 번 오는 상인에게 팔린다. 해녀들은 수확한 양에 따라 돈을 정산받는다. 승주는 벌떡 일어나서 엄마의 빈 테왁 망사리를 받아들었다. 구쟁기를 많이 캤는데도 엄마는 낯빛이 어두웠다. 승주는 의아한 표정으로 엄마를 바라봤다. 힘겹게 엄마가 입을 뗐다. 목소리가 무겁게 가라앉았다.

"승주야. 니가 경찰이영 119영 부르라."

승주는 그제야 엄마를 둘러싼 동료 해녀들의 침통한 분위기를 눈치챘다.

"뭔 일?"

불턱에서 쉬던 두 해녀가 걱정스러운 표정으로 승주와 엄마 곁으로 다가왔다. 임 계장도 심상치 않은 공기를 느끼고 가까이 왔다. 엄마의 시선이 임 계장을 향했다.

"계장님. 영순 언니 가션마씸. 영순 언니 나이가… 경해도 끝까정 물질허당 가시난 행복하게 가신 거주. 승주, 니는 강 마지막 인사드리라. 언니가 니를 유독 아껴시녜."

엄마가 쓸쓸히 중얼거렸다.

"아고. 영순이 삼촌마씸? 참말이꽝?"

임 계장이 바닷가로 뛰어갔다. 승주도 황급히 계장을 따라 뛰었다. 서두르다가 바위에 걸려 넘어질 뻔했다. 방금 전까지 대화를 나눴던 영순이 삼촌이 돌아가시다니. 승주는 믿기지가 않았다.

'반찬 가졍가라이?'

'호꼼 있당 보게이.'

아직도 영순이 삼촌 말이 들리는 듯했다. 그녀는 판판한 검은 돌 위에 반듯하게 누워 있었다. 승주는 잠수복을 입은 작은 몸을 내려다봤다. 생명이 사라진 눈의 홍채는 탁한 회색빛을 띠었고 보라색으로 변한 입술은 살짝 벌어져 있었다. 허망할 정도로 왜소한 몸이었다. 이 가냘픈 몸으로 평생 물질을 하며 세 아들과 남편, 시부모까지 건사했다.

어린 시절 승주에게 한없이 다정다감했던 영순이 삼춘이었다. 승주는 자신도 모르게 눈가가 붉어지면서 입술이 떨렸다.

'삼춘, 기어이 정 좋아하시던 바당서 돌아가셔수광.'

영순이 삼춘 옆에 놓인 테왁 망사리는 죄다 터져 있었다. 치밀어 오르는 눈물을 참고 승주는 휴대폰을 들어 서귀포경찰서에 신고했다. 사고사니 경찰에 신고하는 게 맞았다.

엄마가 임 계장에게 자초지종을 말했다. 영순이 삼춘이 물 위로 나오지 않는 걸 이상하게 여긴 엄마와 동료 해녀들이 물속에서 떠다니는 삼춘을 발견하고 힘을 합쳐 끌고 왔다고 했다. 해녀들은 아무도 울지 않았다. 해녀가 물질을 못하게 되면 죽은 거나 마찬가지다. 죽을 때까지 물질을 했으니 그것으로 됐다고 생각하는 분위기였다. 절벽 그늘 속에 묵묵히 서 있는 임 계장의 표정은 좀처럼 읽을 수 없었다.

그때 봄비가 내리기 시작했다. 승주는 한기를 느꼈다. 살갗에 닿는 봄비가 몸서리나게 차가웠다. 눈물 같은 비가 엄마의 뺨을 타고 줄줄 흘러내렸다. 엄마는 허공을 쳐다보고 있었다. 방금 엄마는 평생 동안 가장 의지했던 선배이자 동료를 잃었다. 어쩌면 남편보다 더 의지했던….

"엄마, 감기 걸리쿠다. 옷 갈아입읍서."

엄마는 힘없이 고개를 떨궜다. 승주가 엄마의 짐을 전부 짊어지고 손을 강하게 부여잡았다. 엄마는 한 손은 막내아들에게 맡기고 나머지 한 손으로는 이마를 짚었다. 여전히 울지 않았다. 비를 맞으며 모자는 집으로 향했다. 뒤에서 들려오는 구급차 소리가 서서히 커졌다.

## 2

"선배. 이렇게 만나네?"

양주혁 형사가 겸연쩍은 표정으로 승주를 쳐다봤다.

승주는 엄마에게 집에서 쉬라고 했다. 다른 해녀들도 일을 멈추고 집으로 돌아갔다. 경찰이 영순이 삼춘의 시신을 인계해가서 부검이 끝나야 장례를 치를 수 있으니 지금은 그럴 수밖에 없었다. 승주가 육지에 사는 삼춘의 세 아들에게 연락했다. 그들은 갑작스러운 소식에 황망해하면서 바로 비행기 표를 알아보겠다고 했다.

엄마는 넋을 잃었고 승주가 이끄는 대로 안방에 자리를 깔고 누웠다. 집에 아버지는 없었다. 엄마에게 이불을 덮어주고 승주는 현장으로 나갔다. 공교롭게도 서귀포경찰서 수사1팀 동료들이 출동했다. 주혁이 휴가 중인 승주 대신 임시 팀장으로 팀을 이끌었다.

'차라리 다른 팀이 오길 바랐는데.'

승주는 한숨을 쉬었다. 장가은 형사와 얼마 전에 1팀에 새로 합류한 막내 이영민 형사도 왔다. 두 형사에게 인사를 건넨 다음 승주가 주혁에게 물었다.

"사인은 뭐 닮으냐?"

"갑자기 망사리가 터져서 기껏 잡은 구쟁기가 다 떨어지니 줍다가 당황해서 익사한 거 아닐까? 상군 해녀가 장비 점검을 소홀히

할 리는 없고. 분명 망사리가 어디 걸령 찢어졌을 거라."

"할망 바당은 수심이 얕아서 걸릴 데가 없을 텐데. 영순이 삼춘은 노련한 대상군 해녀 출신이고."

"아, 돼서! 수사는 우리한테 맡기고 이해관계자는 빠지셔. 선배는 어머님 곁에나 있어."

"겅허라. 난 여기 없다 생각해. 방해 안 허크라."

승주가 새침하게 말했다.

"말이 되나? 이신디 어떵 없댄 생각허나? 와씨, 아까 현장에 선배 나타날 때 존재감 완전 쩔어서."

주혁이 투덜거리자 승주는 씩 웃으며 대꾸했다.

"반가웠단 소리지? 나도 반갑다."

옆에서 가은도 웃으며 말했다.

"팀장님이 계시면 우린 좋죠. 세컨드 오피니언을 주실 텐데."

"부검팀은?"

"홍 교수님이 방금 고인을 구급차에 실었어요."

승주는 부검의 홍창익 교수를 만나러 갔다. 휴가 중이지만 안부 인사를 해야 할 것 같았다. 홍 교수는 구급차 옆에 서 있다가 승주가 다가오자 놀란 토끼 눈을 했다. 뿔테 안경을 손가락으로 살짝 올리며 물었다.

"이게 누구야? 좌 형사님? 오늘 휴가라고 들었는데요."

"아, 오해하지 마세요. 이 동네가 제 고향 마을입니다. 돌아가신 분은 제 어머니 동료분입니다."

"저런. 삼가 명복을 빕니다. 좌 형사님은 수사에선 빠지는 거죠?"

승주는 말없이 미소를 지었다.

"그래도 궁금한 점 물어보시면 알려드릴 순 있습니다. 우리 사이에."

홍 교수가 빙그레 웃었다.

"아무래도 익사겠죠?"

"그동안 해녀 사고사를 많이 접해봤는데요. 상어에 물려 죽거나 파도에 휩쓸려 익사하는 경우도 있고 사인은 다양합니다. 익사일 가능성이 높지만, 연세가 있는 분이니 부검 전에는 장담 못합니다. 심장마비일 수도 있고."

"알겠습니다. 혹시 새로운 정보가 있으면 알려주세요."

승주가 말하자 홍 교수가 윙크했다.

"좌 형사님은 휴가 중이니 양 형사님께 알려드려야죠."

집으로 돌아가는 길에 승주는 잠시 머뭇거렸다. 뭔가 기분전환이 필요했다. 승주는 지난겨울 이후로 늘 지갑에 넣어 다니던 메모리칩을 생각했다. 벌써 3개월이 지났다. 이제 칩을 주인에게 돌려줄 때가 됐다. 긴장됐지만 심호흡하고 홍이서의 전화번호를 눌렀다. 전화를 거는 일이 수사보다 더 어렵게 느껴졌다.

"홍이서 씨 되시죠?"

"좌승주 형사님?"

경쾌한 어조다.

'바로 내 목소리를 알아듣다니.'

승주는 조금 기뻤지만 최대한 차분하게 말했다.

"전에 사진을 제공해주신 덕분에 무사히 범인을 잡을 수 있었습니다. 다시 한번 감사드립니다. 메모리칩을 돌려드려야 할 것 같은데요. 제가 홍 스튜디오로 가져다드릴까요."

"바쁘신데 멀리 애월까지 오실 필요 없어요. 저 마침 서귀포에 있어요. 신시가지 친언니 집에요. 제가 애월로 넘어가는 길에 경찰서에 잠시 들를게요."

"실은 제가 휴가 중이라 본가에 와 있습니다."

승주는 얼떨결에 고향 마을에서 제법 유명한 카페 이름을 말했다. 집은 곤란하다. 집에는 상심한 엄마와 하루 종일 TV만 보는 아버지가 있다. 카페에서 만나면 되겠지. 전화를 끊고 집에 가보니 아버지는 아직도 들어오지 않았다. 다행히 본가에 전에 입었던 옷이 꽤 많이 남아 있었다. 성긴 곱슬머리를 빗질하고 재킷을 걸치고 걸어가고 있는데 주혁, 가은, 영민과 딱 마주쳤다. 주혁이 의아한 표정으로 외쳤다.

"선배. 잘 빼입고 어디 감수광?"

"…."

이 순간 가장 마주치기 싫은 인간이 주혁이었다. 승주는 체념하고 솔직하게 말했다.

"지난겨울 보석 강도 살인사건 기억나지? 그 사건 목격자 홍이서 씨한테 메모리칩 돌려주기로 했어. 이서 씨가 우리 동네로 올 거야. 이상한 억측은 하지 말고."

"그으래애?"

주혁의 두 눈이 커지더니 콧구멍이 벌름거렸다. 옆에서 가은이 키득거렸다.

"홍이서 씨라면 혹시 전에 좌 선배하고 썸 탔다던 목격자요?"

승주는 주혁을 노려봤다.

"주혁이 너, 장 형사한테 뭐라고 떠든 거냐? 아무 사이 아닌 거 다 알면서."

"거, 연애는 원래 소문을 내야 잘되는 법이라."

주혁이 태평한 얼굴로 가은과 영민에게 말했다.

"어차피 잠깐 쉬기로 했으니까 우리, 좌 선배가 사주는 커피나 마실까? 케이크도 시켜. 먹고 싶은 거 다 시켜!"

가은과 영민이 동시에 외쳤다.

"좋아요!"

승주는 주혁을 죽이고 싶었다.

3개월 만에 만난 홍이서는 활기차 보였다. 못 본 사이에 머리가 많이 길었고 얇은 핑크색 오리털 파카를 입고 있었다. 승주 옆에 세 명의 형사가 앉아 있어도 개의치 않았다. 주로 이서와 주혁이 말했다.

"제가 제공한 사진이 사건 수사에 도움이 됐다니 기쁘네요."

"정말 큰 도움이 됐지요. 제가 홍이서 씨한테 꼭 표창장을 드려야 한다고 위에 건의까지 했다니까요."

주혁은 계속 호들갑을 떨었고, 승주는 조용히 앉아 있었다. 메모리칩을 돌려줬으니 더 할 말이 없었다.

"이서 씨, 애월까지 갈 길이 먼데 슬슬 출발하셔야죠. 여기까지 들러주셔서 고맙습니다."

승주가 웅얼거리며 일어나려고 하자 주혁이 승주의 어깨를 잡고 주저앉히더니 이서에게 물었다.

"이서 씨, 혹시 서핑해본 적 있으세요?"

"네? 아뇨."

"아니, 기껏 제주로 이주했는데 한 번도 안 해보셨다고요? 저는 서핑광입니다. 영민 형사가 아직 못해봤다고 해서 저랑 영민 형사가 내일 토요일 오후에 서핑할까 하는데 마침 중문에 괜찮은 서핑 숍이 있거든요. 저희랑 같이 해보실래요? 초보는 잠깐 교육받고 하면 됩니다."

"좋아요. 내일은 오전에만 일이 있으니까 오후엔 서귀포로 올 수 있어요."

"어? 선배랑 영민이만 하기예요? 저도 할래요."

가은이 끼어들었다.

승주는 다시 일어섰다.

"그럼 모두 서핑 잘하세요. 저는 본가에 와 있어서 아무래도 부모님과 시간을…."

주혁이 벌떡 일어나더니 승주의 어깨를 꾹 눌러서 앉혔다.

"선배, 왜 이래. 이 동네는 선배 나와바리잖아. 우리 서핑하고 나서 밥 어디서 먹으라고. 나 여기 전혀 몰라. 선배가 동네 맛집에 데려가서 저녁 좀 사줘."

"그래요, 팀장님. 기왕이면 서핑도 같이 해요. 이런 게 다 팀워크 다지는 데 도움이 돼요. 영민 형사가 팀에 들어온 뒤에 회식 한 번도 안 했잖아요?"

가은도 부추겼다. 승주는 잠시 망설이다가 마지못해 대답했다.

"알았어. 그럼."

영민이 좋아했다.

"와, 팀장님. 첫 팀 회식인데요?"

이서는 손뼉을 치며 밝게 웃었다.

"그럼 내일 모두 서핑하고 술 먹는 거예요? 좋아요!"

승주는 속으로 주혁에게 있는 대로 저주를 퍼부었다.

이서가 카페 밖에서 전자담배를 피우고 있는데 주혁도 담배를 피우러 나왔다.

"이서 씨, 실은 좌승주 선배 어머님이 이 동네 해녀예요."

"아, 정말요? 좌 형사님이 해녀의 아드님? 몰랐어요. 멋진데요."

이서가 탄성을 질렀다.

"그래서 선배가 해산물에는 아주 까다로워요. 어머니가 캐온 신선한 해산물에 하도 익숙해서. 승주 선배랑은 웬만하면 횟집에 안 가는 게 좋을 겁니다. 되도록 고기 먹으러 가세요. 예? 승주 선배는 흑돼지 좋아합니다. 아셨죠?"

"네? 네."

고개를 갸웃거리며 이서가 대답했다. 주혁은 담배를 한 모금 빨더니 연기를 내뱉으며 또 말했다.

"선배가 좀 답답한 면이 있지만 여자한테는 잘합니다. 그럼, 선배를 잘 부탁합니다."

주혁은 고개를 살짝 숙이며 다정하게 미소를 짓더니 카페로 들어갔다. 이서는 전자담배를 손가락 사이에 끼운 채 입을 벌리고 멍하니 서 있었다.

## 3

세 형사는 서귀포경찰서로 복귀하고 이서는 차를 몰고 애월로 떠났다. 네 사람을 배웅하고 승주는 집으로 돌아왔다. 엄마는 잠들어 있었고 아버지는 여전히 집에 들어오지 않았다. 방금 전까지 주혁 일당과 웃고 떠들고 오랜만에 홍이서를 만나 기분이 좀 나아졌는데 죽은 영순이 삼춘을 생각하니 다시 마음이 무거워졌다.

장성한 자식들이 모두 떠난 부모님 집은 적적했다. 이래서 아버지가 하루 종일 TV를 틀어놓나. 고요한 집에서 승주는 엄마를 위해 저녁을 차렸다. 달걀말이를 만들고 냉장고를 뒤져서 밑반찬을 꺼냈다. 식탁에 게우젓, 파래김, 열무김치, 양하 장아찌를 늘어놓고 엄마를 깨웠다. 마지못해 식탁에 앉은 엄마의 표정은 어두웠다.

엄마는 무심히 밥상을 보다가 갑자기 흐느껴 울었다. 승주는 묵묵히 그런 엄마를 지켜봤다. 엄마는 숟가락에 손도 대지 않았다.

"승주 니는 형사난 살인사건도 하영 해결해실 테주."

"직업이난 허는 거주마씸."

엄마가 고개를 들어 승주를 응시했다. 눈빛에 분노가 가득 차 있었다.

"나가 영순 언니를 한두 해 봐시냐? 일에 대해서는 철저한 양반이라고. 게고 장비 점검은 더 철저히 했고. 나이 들엉 노망기가 호끔 이서도, 아즉은 정정해나서. 언니가 망사리에 구멍 난 걸 알았댄 허믄 그걸 그냥 쓸 리가 이시냐."

"그래도 망사리가 죄다 터졌던데."

"그게 이상하다는 거라. 한두 줄 정도는 나갈 수도 있댄 해도 죄다 나갔다는 건….”

엄마가 말을 이었다.

“누가 역부러 칼로 긋거나 하지 않음 경까지 될 수 이시카?”

“경해도 난 지금 휴가 중이고, 이해관계자라 수사팀에 합류행 조사할 순 어수다. 규정에 어긋나마씸.”

“게믄 몰래 허라.”

엄마가 말했다.

“수사팀에 민폐 되카부댄 걱정되믄 니 혼자 조사하믄 되는 거 아니?”

“그건….”

승주는 망설였다. 엄마는 실망한 표정을 지었다.

“됐져. 나 돼시난 너만 먹으라.”

엄마는 안방으로 들어가버렸다. 승주는 혼자 밥을 먹고 설거지를 시작했다. 밤 9시가 다 되어가는데 아버지는 아직도 들어올 기미가 없었다. 전화를 해봤지만 벨 소리가 집 안에서 들렸다. 휴대폰이 아버지 서재 책상 위에 놓여 있었다.

‘팔십 다 된 노인이 이 밤중까지 어디에서 뭐 하시는 거야, 대체.’

밤 9시가 넘자 승주는 마음이 조급해졌다. 아버지가 이렇게 늦게까지 연락이 없는 경우는 드물었다.

“엄마, 난 아버지 찾으러 좀 나가볼게예.”

드러누운 엄마는 대답조차 하지 않았다.

승주는 차를 몰고 동네를 한 바퀴 돌았다. 시골이라 가로등이 없어서 컴컴했다. 길 양쪽에 주차된 차들을 피해 조심스럽게 운전하는데 흰옷을 입은 사람이 마치 땅에서 솟은 것처럼 느닷없이 나타나서 칠 뻔했다. 급하게 브레이크를 밟고 보니 아버지였다. 전조등 불빛을 정면으로 받은 아버지는 창백한 얼굴로 승주를 물끄러미 쳐다보며 서 있었다. 방금 교통사고를 당할 뻔한 줄도 전혀 모르는 눈치였다.

"아버지!"

승주가 비상등을 켜고 차에서 내려 아버지를 붙들었다. 아버지는 혼이 나간 듯한 얼굴이었다.

"하루 종일 어디 갔다 왐수광? 영순이 삼춘 돌아가신 건 알아마씸? 엄마가 하영 힘들엉 햄수다."

"…."

아버지는 말이 없었다. 그제야 승주는 아버지 얼굴이 온통 젖어 있는 걸 알았다. 전조등 불빛에 피부가 번들거렸다. 야밤에 노인이 혼자 울면서 도로를 배회하다니. 이러다가 차에 치이면 어쩌려고. 승주는 일단 아버지를 차에 태운 후 큰누나에게 전화했다.

"누나, 아버지 혼자 울멍 밤중에 도로를 돌아다니고 계시더라고. 혹시 전에도 영 해난 적 이서?"

"또? 에휴, 아버지가 요즘 영 이상허신게. 4월에 뭔 일을 맡기로 헌 거 닮은디 그 뒤로 계속 우울해하시네."

누나가 답답하다는 듯이 말했다.

"내일이나 모레 들르크라. 니도 모처럼 휴간데 부모님 옆에만 있지 말앙 바람이나 좀 쐬라."

"알아서."

승주는 작게 한숨을 쉬고 차를 몰았다. 큰누나를 뺀 나머지 형제자매들은 모두 육지에 살아서 부모님을 챙길 수 있는 사람은 큰누나와 자신뿐이다. 조수석에 탄 아버지는 꼼짝 않고 있다가 작은 목소리로 말했다.

"승주야. 미안허다."

"괜찮아마씸, 아버지. 오늘 친구분들이영 약주라도 해수광?"

아버지는 좌우로 고개를 저었다.

"술은 안 마셨져. 멀쩡허다."

승주는 아버지를 부축해서 집으로 들어갔다. 서재에 이부자리를 깔고 아버지를 눕혔다. 아버지는 베개에 머리를 대자 바로 잠들었다. 눈을 감은 초췌한 얼굴을 쳐다보며 마음이 복잡해졌다. 휴가가 월요일까지인데 하루 더 연장할까. 어두운 밤길을 유령처럼 배회하는 아버지와 영순이 삼춘의 죽음으로 슬픔에 잠긴 엄마를 생각하니 기분이 밑바닥으로 가라앉았다. 누나 말이 떠올라 아버지 책상에 놓인 탁상 달력을 넘겼다. 4월 3일 칸에 빨간 사인펜으로 일정이 표시되어 있었다.

'4·3 평화공원 아침 9시. 4·3 추념식. 연설.'

단정하고 꼼꼼한 글씨를 보니 아버지 글씨체가 맞았다. 아버지가 4·3 추념식에서 연설을? 승주는 놀랐다. 아버지는 지금까지 4·3 행사에 단 한 번도 간 적이 없었다. 달력 옆에는 편지지가 한 장 놓여 있었다. 볼펜으로 꾹꾹 눌러쓴 편지였다. 이메일로 소통하는 세상에 종이 편지라니. 혹시 유서는 아니겠지. 승주는 불안한 생각이 들어서 편지를 읽기 시작했다.

누님. 보세요. 경필입니다.

누님은 저한테 엄마 같은 사람이었어요. 자식 많은 집 막내로 태어나 일찍 부모를 잃은 저에게 열두 살 위의 누님은 제가 가장 믿고 의지하는 사람이었습니다. 장성한 형들은 육지로 떠났고 제 곁에서 절 돌봐준 사람은 누님뿐이었습니다.

4·3 추념식에서 연설을 부탁받고 많이 망설였습니다.

제가 4·3 유족인 건 아내 외엔 아무도 모릅니다. 자식들에게는 일부러 말하지 않았습니다. 좋은 일도 아니고 입 밖에 꺼내는 순간 누님이 죽었다는 걸 인정하는 것 같아서요. 그동안 아내와 저만 몰래 제사를 지냈지요. 아직도 저는 누님이 돌아가셨다고 생각하지 않아요. 누님은 항상 제 마음속에 살아 계시니까요. 저에게 누님은 영원히 열아홉 살 꽃다운 아가씨입니다.

지금도 누님과 정방폭포 단추공장으로 끌려가던 날을 생각하면 가슴이 먹먹해집니다.

저는 아직도 정방폭포를 혼자서는 가지 못합니다. 그날이 떠올라서요.

편지는 여기서 끊겼다. 아버지에게 나이 터울이 나는 누나가 있었고 그 누나가 돌아가셨다는 건 알고 있었지만 4·3 때 돌아가신 건 몰랐다. 고모가 4·3 희생자이고 아버지가 유족이었다니.

승주는 무거운 바윗덩어리가 가슴을 꾹 누르는 기분이 들었다. 어려서는 아버지를 동경했고 커서는 아버지를 미워했다. 서재에서 고상하게 책을 읽고 대학 강사로 일했지만 경제적 능력은 없었던 아버지. 엄마가 평생 물질을 하며 고생을 해도 집에만 머물렀던 아버지. 혼자 서재에 틀어박혀 책과 논문 속으로 도피했던 아버지.

승주는 방으로 돌아가 누웠지만 잠이 오지 않았다. 침대에서 몸을 뒤척이고 있는데 방문이 벌컥 열렸다.

엄마였다. 어둠 속에서 엄마의 두 눈이 야생동물처럼 빛났다.

"승주야. 나 할 말 있져."

"아직 안 주무션?"

승주는 일어나서 불을 켰다. 엄마가 침대 가에 와서 앉더니 조곤조곤 말을 시작했다.

"언니가 전날에 망사리를 새로 갈았댄 헌 게 생각났져. 망사리가 하루 만에 죄다 틀어졌댄 하는 건 말이 안 돼. 누가 영순 언니 집에 몰래 들어강 망사리를 손 본 거라. 구쟁기를 호꼼만 담아도 바로 틑어지게."

엄마는 승주의 두 손을 붙잡았다.

"이제사 허는 말이주만 널 지우켄 허는 걸 영순 언니가 말렸져. 마흔다섯 살에 니가 들어선 걸 알고 낳을 자신이 어서신디. '우리가 곱이 키워주키어. 게난 낳으라. 걱정 말앙 그냥 낳으라.' 언니가 경 날 설득해서."

"…."

"그 언니 아니라시믄 넌 이 세상에 있지도 않을 거라."

엄마의 목소리가 높아졌다.

"확실허다. 누권가 언니를 죽인 거라. 니가 살인범을 잡으라."

## 4

토요일 아침. 어제 만났던 카페에 나온 주혁은 짜증을 냈다.

"주말 아침 댓바람부터 만나달랜 행 왔더니 기껏 한다는 말이 수사 기록 보여달라고?"

"미안허다. 공식적으로 난 휴가 중인 걸로 되어 있으니까 니랑 1팀에는 피해 안 가게 할게."

승주는 입가에 살짝 미소를 지었다.

"그럼 혼자 탐정 노릇 하겠다고?"

"우리 어머니가 너무 힘들어 하시는 거라. 영순이 삼춘이 사고사가 아니라 살해당했다고."

"하. 망사리 터진 사고가 살인이라? 우린 사고사로 보고 있는데."

"어머니 애기로는 영순이 삼춘이 사고 전날에 망사리를 갈았다고 하시는 거라. 이상하지? 여튼 니가 공식 수사 책임자니까 이번 한 번만 도와주라."

주혁은 투덜거리더니 노트북을 열어서 수사 기록을 보여줬다.

"선배. 난 보여준 적 없어. 눈으로 보기만 해."

"난 여기 없는 거고이?"

승주가 싱긋 웃었다.

"아참, 홍 교수님한테 부검 결과는 물어봔?"

"아직 안 끝나서. 지금 시체들로 줄 세워놓고 있는 형국이라 홍 교수님 엄청 바빠."

"게믄 부검 결과는 나가 홍 교수님한테 직접 물어보마."

"진짜 걱정이여. 선배, 영 헐 거믄 차라리 정식으로 복귀햅서. 당당하게 수사하라고. 있당 서핑은 하러 올 거지?"

"글쎄. 우리 어머니 돌봐줄 사람 없어서 휴가를 연장헐 판인데 서핑할 여력이 될지."

"선배는 홍이서 씨영 잘해볼 마음은 이신 거라, 어신 거라?"

승주는 주혁의 말에 어이가 없어서 쏘아붙였다.

"이서 씨가 날 어떻게 생각하는지도 모르는데 너 혼자 오버하지 마라. 너 혹시 나 몰래 이서 씨한테 이상한 소리 한 건 아니지?"

"날 뭘로 봠수광? 그런 적 어서. 이서 씨가 선배를 어떻게 생각하는지 알고 싶으면 일단 만나보기부터 해야지."

주혁이 능글맞은 미소를 지었다.

수사 기록에 나온 망사리 사진을 보면서 승주는 인상을 찌푸렸다. 자세히 들여다보니 칼로 자른 게 아니라 자연스럽게 올이 풀려 뜯어져 있었다. 언뜻 보면 소라를 너무 많이 넣어서 줄이 터진 것처럼 보였다. 하지만 할망 해녀는 물질을 할 때 큰 욕심을 부리지 않는다. 크게 확대한 사진을 보니 올이 사고로 풀린 것인지 의도적으로 누군가가 풀리게 만든 것인지 애매했다. 아무래도 단서를 얻으려면 서귀동 어촌계 복지회관에 가서 임 계장을 만나야겠다고 생각했다. 복지회관에는 해녀들이 상주하니 이것저것 물어보기도 좋을 것이다.

승주는 주혁이 보여준 수사 기록 너머에 있는 진실을 원했다. 항상 진실은 행과 행 사이 어딘가에 있다. 기록은 진실의 절반도 보여주지 못한다. 승주는 주혁이 딴 데 보는 사이에 휴대폰으로 슬쩍 망사리 사진과 수사 기록을 촬영했다. 주혁은 알면서도 눈감아 주는 느낌이었다.

"고맙다이. 이제 가보마. 있당 서핑 숍에서 보게."

복지회관에는 아침부터 해녀들이 모여 있었다. 영순이 삼춘의 죽음으로 물질은 쉬지만 혼자 있기 불안하니 모여서 서로를 위로하고 있었다. 사람 좋은 미소를 띤 임 계장이 승주를 보더니 반가운 기색을 했다.

"잘 왔져, 승주야. 어머니는 좀 어떵하시냐?"

"그게… 완전 힘들어 해마씸."

"경헐 만도 허주게. 젤루 친해난 선배 해녀가 경 되신디. 쯧."

임 계장은 혀를 찼다.

"회 호꼼 떠신디 막걸리라도 한 잔 허잰?"

"호꼼만 줍서."

자리돔회와 제주막걸리를 상에 놓고 임 계장과 승주는 마주 앉았다.

"요새는 육지 것들이 하영 들어왕 범죄가 더 늘어나지 않아시냐?"

"요즘 일이 많긴 한데예, 육지 사람들이랑은 상관 어서마씸. 시대가 경한 거주."

"너 일 잘한댄 소문 났댄허멍? 서울 광수대에 갈 수도 있담서."

"아… 그냥 서귀포 이시켄 했수다."

주거니받거니 이야기가 이어졌다. 영순이 삼춘에 대해 묻자 임 계장은 난처한 표정을 지었다.

"실은 최근에 치매 증상이 이성 병원에서는 당장 물질 그만두랜 해신디, 삼춘이 숨 붙어 이신 동안은 물질은 포기 못한댄 고집 부련. 아들 서이가 요양원으로 모시잰 해도 죽어도 바당에서 죽으켄 허멍 요양원은 절대로 안 가켄 해나서."

"구체적으로 어떤 증상이어수광?"

"영순이 삼춘이… 가끔 가당 10대 시절로 돌아간 거추룩 어린아이 목소리로 엉뚱한 소리를 했댄 하더라고."

승주는 생각에 잠겼다. 엄마도 비슷한 말을 한 적이 있었다.

"혹시 영순이 삼춘이 경 현재를 과거로 착각했을 때 뭐랜 골아신지 아셔마씸?"

"난 실지로 들어보지는 못해서이. 동료 해녀들은 알지도 모르주게."

"게민 물어방 올게예."

승주는 자리에서 일어나 동료 해녀들을 만나러 갔다. 테왁 망사리를 수선하고 있던 해녀들은 다들 엄마를 걱정해줬다. 그중에서 심복명 해녀가 영순이 삼춘이 노망났을 때 바로 옆에서 똑똑히 들었다고 했다.

"에휴. 팔십다섯 넘어가난 그 어른이 가끔 헷소리를 하더라고. 망측한 짓도 벌리고이."

"망측해마씸? 무신 일이 이서난마씸?"

"혼번은 임 계장네 대학생 손자 붙들엉 '나가 좋아요, 언니가 좋아요?' 허멍 두 손을 덥석 잡으난 그 청년이 기겁한 적이 이서나서. 임 계장네 손자가 삼춘 애인이라도 된 것처럼 손을 꼭 붙들고 두 눈엔 눈물도 그렁그렁했댄 허난. 그 손자 나이가 기껏 스무 살이나 되카. 그때 난리도 경헌 난리가 어서난. 나중에야 임 계장이 전해 듣고 달려왕 영순이 삼춘신디 불같이 화 내멍 그 손자를 데려가부렀주. 그 언니가 노망낭 10대 시절로 돌아간 거주게. 하긴 그 손자가 인물이 훤칠허긴 해이."

복명은 깔깔 웃다가 바로 표정이 소심해졌다. 어제 죽은 고인을 두고 농담을 한 걸 스스로 깨달은 모양이었다.

"그때 그런 말만 핸마씸?"

"그 손자신디 '오라방, 거길랑 가지 맙서. 나가 거긴 가지 말랜 곧지 안 해수광. 딱 오늘 하루만 가지 말아마씸' 영하더라고. 몇 번이나 말하고 또 말해서."

승주는 생각에 잠겼다. 신발을 챙겨 신고 복지회관을 나가려 하자 임 계장이 따라와 붙들었다.

"술 마시다 말앙 어디 감시니?"

"아, 도서관에서 뭘 좀 알아봐사크라마씸."

승주는 임 계장한테 꾸벅 인사를 하고 걸어서 마을 도서관으로 향했다. 도서관에 도착하자마자 향토자료관으로 갔다. 이 고을에 대한 모든 역사, 자료를 수집해놓은 곳이다. 그곳에서 마을에 대한 기록을 샅샅이 찾아봤다. 자신이 무엇을 찾는지는 모르지만 지푸라기라도 잡겠다는 심정으로 책을 쌓아놓고 무턱대고 읽어 내려갔다.

두 시간 정도 머무르면서 다양한 책을 샅샅이 뒤져봤지만 건진 건 없었다. 목표가 불분명하니 성과가 없나. 승주는 책들을 도로 서가에 꽂고 집으로 돌아갔다. 자신이 한심하게 느껴졌다. 집에 가보니 큰누나는 바빠서 오지 못하고 대학에 다니는 큰조카 수희와 초등학생인 막내조카 수인이가 와 있었다. 수인이는 엄마의 테왁에 루피를 그려놓은 장본인이었다.

"삼촌, 삼촌! 젠가 게임 하게."

볼 때마다 잘 놀아줘서 승주를 무척 좋아하는 수인이가 졸랐다. 한동안 둘이 젠가 게임을 했는데 매번 수인이가 이겼다. 게임을 하는 도중에 문득 어떤 생각이 승주의 뇌리를 때렸다. 젠가 게임은 무조건 아래쪽에 나무토막을 튼튼하게 쌓아야 승리한다. 아래쪽에서 균형이 한번 깨지면 순식간에 공든 탑이 와르르 무너져버렸다. 아래가 과거이고 위가 현재라면? 과거의 잘못으로 현재의 살인이 일어났다면? 긴 세월을 사이에 두고 과거의 어떤 행동이 나비효과를 일으켜 현재의 살인에 영향을 미쳤다면?

치매에 걸리면 과거의 특정 시점으로 돌아가는 경우가 많다. 만약 영순이 삼춘이 임 계장의 손자를 보고 과거의 무엇인가를 떠올렸고 그녀가 떠올린 그 무엇인가가 누군가를 자극해서 살인의 동기를 제공했다면? 이 사고사가 만약 살인이라면 살인 동기는 현재가 아니라 과거에 있을지도 모른다.

승주는 임 계장에게 바로 전화했다.

"혹시… 계장님 손자 사진 보내주실 수 이서마씸?"

임 계장은 어리둥절해하면서도 알겠다고 했다.

"경허고, 영순이 삼춘이 계장님 손자 붙들엉 애인인 양 했을 때 그 옆에 누게 누게 이서수광?"

"글쎄. 나는 소동이 났댄 하는 말을 전해 듣고 나중에 도착해서. 그때는 어촌계 사람 거진 다 이서난 거 닮은디. 최 심방도 이서났고… 아, 너네 부모님도 다 왕 계셨고이."

어제가 오늘이 되고 오늘은 내일이 된다. 모든 것은 과거와 연결되어 있다. 승주는 두루뭉술하게 생각했던 자신을 자책했다. 수인이에게 미안하다고 말하고 도서관으로 뛰어갔다. 다시 향토자료관으로 가서 이번에는 서귀동의 4·3 생존자 증언집을 꺼냈다. 영순이 삼춘의 10대 소녀 시절은 바로 4·3 당시였다.

한 시간 남짓 증언집을 샅샅이 들여다본 끝에야 원하는 걸 찾았다. 승주는 그걸 보는 순간 벼락을 맞은 기분이었다.

> 1949년. 정방폭포 학살 현장을 목격한 고 아무개가 미쳐버렸다. 폭포에서 일어난 학살로 가족을 잃고 고아가 된 한씨 성과 박씨 성의 두 어린이를 마을에 데려다놓고 고 아무개는 정신줄을 놓아버렸다. '오라방, 가지 맙서. 거기엔 가지 맙서.' 중얼거리며 온 동네를 맨발로 돌아다녔다. 마을 사람들은 크게 놀라서 고 아무개를 말리려고 했지만 고 아무개는 누구의 말도 듣지 않았다. 부모는 하나뿐인 딸이 정신이 나갔다고 소문이 나면 혹시나 서청이나 군경에게 험한 꼴을 당할까 봐 집에 가둬놓고 못 나가게 했다. 4·3이 지나가고 고 아무개는 정신이 돌아와 마을 청년과 결혼하고 아들 셋을 낳고 잘 살았다.

증언에 나오는 고 아무개가 영순이 삼춘이 아닐까. 성씨, 나이, 사는 동네, 자녀 수가 일치한다. 승주는 계속 증언을 읽어 내려갔다.

'두 어린이는 모두 입양되었다.'

이 두 어린이는 누굴까. 증언은 여기에서 끝났다. 승주는 해당 페이지를 사진으로 찍었다.

도서관을 나와서 걷던 승주는 영순이 삼춘 집에 가봐야겠다고 결심했다. 일단 삼춘 집 맞은편에 있는 편의점 CCTV를 보면 삼춘 집에 침입한 사람을 알 수 있을지도 모른다. 승주는 경찰 신분증을 보여주며 편의점 사장에게 부탁해서 CCTV를 봤다. 삼춘이 죽기 전날인 목요일 밤을 집중적으로 봤다. 하얀 와이셔츠를 입은 호리호리한 노인이 편의점 앞 야외 테이블에서 한참 동안이나 삼춘의 집을 쳐다보고 있었다. 익숙한 실루엣이었다. 혹시…? 승주는 눈을 의심했다. 몇 번이나 연거푸 돌려봤지만 분명했다.

아버지였다.

목요일 밤, 영순이 삼춘 집 앞에 아버지가 있었다.

아버지는 30분 넘게 편의점 야외 테이블에 앉아 있다가 일어나더니 삼춘 집으로 들어갔다.

5

토요일 오후, 파도가 거세어 서핑하기엔 그만이었다. 승주가 서핑 숍 앞의 해변으로 가니 주혁, 영민, 가은이 서핑복을 입은 채 서 있었다.

"이서 씨는?"

"곧 올 거라."

잠시 후 서핑복을 입은 홍이서가 왔다. 키는 작지만 단단하고 야무진 몸 라인이 보기 좋았다. 자신도 모르게 승주는 이서에게 시선이 갔다. 서핑이 처음인 승주, 이서, 영민은 강사한테 간단한 기초교육을 두 시간 정도 받았다. 세 명의 초보자는 곧바로 파도에 도전했다. 승주와 이서는 생각보다 빨리 적응했고, 영민은 처음엔 어려움을 겪었지만 신체 조건이 좋아서인지 금방 익숙해졌다. 이서가 서핑보드를 탄 채 빠른 속도로 파도를 향해 달려드는 영민을 바라보면서 말했다.

"이영민 형사님, 멋있네요. 마치 연예인 같아요."

"영민이요? 얼굴 작고 키 크고 우리랑은 기럭지가 다르죠. 난 왜 쟤가 여기 와서 형사하고 있는지 모르겠어. 모델이나 하지."

주혁이 너스레를 떨었다. 이미 여러 번 서핑해본 주혁은 능숙하게 파도에 올라탔다.

승주는 처음 배운 것치고는 요령을 잘 터득해서 몇 번 파도타기에 성공했다. 이서, 영민, 가은이 환호를 지르며 박수를 보냈다.

"우리 〈하와이 파이브 오〉 같지 않아?"

주혁이 유명한 미국 드라마를 거론하자 이서와 가은이 깔깔 웃었다.

승주는 아까 CCTV에서 아버지를 본 뒤로는 머릿속이 복잡한 나머지 이서가 자신을 뚫어져라 쳐다보는 것도 모르고 서핑복을 절반쯤 벗었다. 상반신을 드러내자 양쪽으로 갈라진 탄탄한 복근이 드러났다. 이서가 얼굴을 붉힌 채 황급히 눈을 내리깔았지만, 승주는 설마 아버지가 영순이 삼춘에게 해코지했을까 그 생각뿐이었다. 만약에 아버지가 범인이라면 나는 어떻게 해야 하나. 승주는 삼춘의 집을 얼른 수색해야겠다는 생각에 허둥지둥 옷을 갈아입었다.

"장 형사. 난 할 일이 있어서 먼저 가. 같이 저녁은 못 먹고 2차에 합류할게."

가은에게 말을 내뱉고 차에 올라탔다.

영순이 삼촌 집 대문은 열려 있었다. 세 아들이 이미 집에서 중요한 서류와 문서는 챙겨서 괸당(친척) 집으로 갔다고 들었다. 집 안에 들어간 뒤 손전등으로 구석구석을 비췄다. 안방에 가보니 할망 혼자 사는 살림이라 단출했다. 방으로 들어가서 창문 구조를 보니 안에서 잠그면 외부인이 들어오기 힘들었다. 영순이 삼촌이 정신이 오락가락한 다음부터는 '서청이 와, 서청이!' 하고 두려워하면서 안방 문과 창문만큼은 꼭 잠그고 잤다고 했다. 대문까지는 쉽게 들어오더라도 안방에 침입하려면 흔적이 남았을 것이다.

테왁 망사리와 물질 도구들을 보관하는 방은 안방이 아니라 작은 방이었다. 보통 그 방은 잠그지 않으니 누구나 손쉽게 접근할 수 있다. 망사리를 칼로 확 끊어놓지 않고 몇 올씩 살살 풀었다면 줄에 손상이 생긴 걸 육안으로는 구별하기가 어려웠을 것이다. 그렇게 섬세하게 망가트리려면 오랜 시간이 걸렸을 텐데. 갑자기 어떤 생각이 승주를 스치고 지나갔다. 옆집이 빈집이라고 들었는데 혹시?

승주는 손전등을 들고 돌담을 넘어 옆집으로 들어갔다. 그곳에서 널브러진 망사리 몇 개를 발견하고 정신이 번쩍 들었다. 범인은 옆집에서 망사리 올을 푸는 '연습'을 했다! 휴대폰으로 올이 풀린 망사리들을 찍었다.

'아버지. 아버지가 정말 망사리에 손댔나요?'

하지만 왜? 아버지가 영순이 삼촌을 죽일 이유가 있을까? 망사리 올을 푸는 연습까지 해가며? 삼춘은 엄마의 가장 친한 동료이자 선배 해녀이고 늘 우리 식구에게 잘했다. 특히 아버지와 승주에게 극진했다. 승주는 아버지에게 직접 물어볼까 생각했다가 고개를 저었다. 아직은 아니다. 증거를 더 모아야 한다. 가족이 개입되어 있다고 해서 이성을 잃으면 안 된다.

승주는 다시 영순이 삼춘 집으로 넘어왔다. 거실을 살펴보던 승주는 천장에서 뭔가를 발견하고 눈썹을 치켜세웠다. 영순이 삼춘의 큰아들에게 전화를 걸었다.

"형님, 여기 승주마씸. 삼춘이 치매가 오고 나서 뭐 조처한 거 이수광?"

통화하면서 경찰수첩에 자잘하게 메모했다.

승주는 안방에 들어가 전화기 옆에 있는 낡은 앨범을 폈다. 영순 삼춘이 어린 소녀 시절부터 찍은 사진이 꽤 많았다. 이상한 페이지가 있었다. 박스테이프로 여러 겹 봉인된 낡은 종이봉투가 붙어 있었다. 승주는 커터칼로 봉투 입구를 열고 앨범을 거꾸로 들어 탈탈 털었다. 여러 장의 흑백사진이 떨어졌다.

사진 하나가 승주의 눈길을 끌었다. 영순이 삼춘이 10대 시절에 찍은 듯한 사진. 한 젊은 청년과 나란히 동백꽃 앞에서 포즈를 취했다. 양장을 입은 영순이 삼춘은 선이 곱고 예쁜 미녀였고 옆에 선 청년은 이목구비가 단정한 미남이었다. 사진 귀퉁이에 '48년 2월'이라고 적혀 있었다. '고영순과 한호열.' 영순이 삼춘이 10대 후반 무렵이다. 아직 혼인 전이니 옆에 있는 한호열이란 젊은 남자는 분명 삼춘의 남편이 아니다. 영순이 삼춘이 10대 시절에 연애했던 남자였을까. 누구이기에 이렇게 소중하게 밀봉해서 감춰

봤을까. 승주는 흑백사진을 휴대폰으로 찍었다.

마당에 나온 승주는 뒷머리에 강한 타격을 느꼈다. 쓰러진다고 느끼기도 전에 쓰러졌다. 피. 입안에 쇠 맛이 느껴졌다. 이것이 죽음인가. 이렇게 죽고 마는가. 승주는 천천히 의식을 잃었다.

수탉이 우는 소리. 사방에 쌀이 떨어지는 소리. 탁하고 쉰 목소리가 승주에게 외친다. 최 심방이다.

"너는 너네 부모님의 원을 풀어주잰 태어난 아이라."

'싫어마씸. 나가 무사 우리 부모님의 원을 풀어줘야 됩니까?'

어린 승주는 불만이었다. 동네 친구들과 축구를 하다가, 도서관에서 좋아하는 책을 읽다가도 승주는 툭하면 엄마에게 불려왔다. 집에 오면 최 심방이 기다리고 있다가 승주에게 넋들이기를 한다는 핑계를 대고 이상한 짓을 해댔다. 평소 승주가 입는 옷에 손을 갖다 대고 중얼중얼 무슨 주문을 읊는가 하면 승주에게 느닷없이 쌀을 뿌려댔다. 승주의 몸에 맞은 쌀이 방바닥에 마구 흩어졌다. 화가 난 승주가 도망가려고 하면 엄마는 승주를 붙들었다.

"참으라. 다 널 위해서 하는 거라."

엄마는 늘 참으라고만 했다.

쉰 목소리로 최 심방이 엄마한테 잔소리를 늘어놓으면 엄마는 무조건 그녀에게 순종했다.

승주는 모든 게 지긋지긋했다. 머리가 크면서 이 진절머리 나는 집에서 벗어나고 싶었다. 형, 누나들하고는 나이 터울이 많아서 항상 외로웠다. 물질하느라 바쁜 엄마, 집에만 있는 아버지. 또래 부모님보다 나이가 지긋한 부모님을 대하기가 어려웠다. 집에서,

이 섬에서 벗어나고 싶었다. 그래서 기회가 오자마자 집안 형편이 어려운 걸 뻔히 알면서도 온갖 핑계를 대고 제주시 고등학교로 진학했다. 육지에 있는 의대에 진학하려고 미친 듯이 공부했다. 도망가자. 이 섬에서 도망가자. 그 시절 잊을 수 없는 사람을 만났다. 그리고 그 사람은…. 안 돼.

승주는 눈가에서 눈물이 흘러내리는 것을 느꼈다. 눈물 덕분인지 뿌옇던 시야가 조금 또렷해졌다. 잠시 후 흐릿하게 형광등이 달린 회색 천장이 보였다.

"정신 들어요?"

누군가가 손수건으로 승주의 눈가를 닦아주었다. 한결 보기가 수월했다. 시야에 또렷하게 맺히는 상은 이서였다. 승주는 입을 열었지만 메마른 입술에서는 버석거리는 소리만 날 뿐 목소리가 나오지 않았다. 걱정스러운 표정으로 이서가 말했다.

"좌 형사님, 말씀은 하지 마세요. 가벼운 뇌진탕이래요. 의사가 당분간 무리하면 안 된다고 했어요."

"바쁘실 텐데, 저는 신경 쓰지 말고 볼 일 보러 가세요."

겨우 목소리가 나와서 승주는 이렇게 말했다.

"지금 제 걱정 할 때예요?"

이서는 어이없다는 듯이 웃었다. 승주가 머리를 만져보니 촘촘하고 팽팽하게 붕대가 감아져 있었다.

"열 바늘이나 꿰맸대요."

이서가 말했다.

서귀포의료원이었다. 승주는 의료원 로고가 그려진 환자복 차림으로 링거를 맞고 있었다. 이서 옆에는 가은과 영민도 앉아 있었다. 잠시 후 주혁이 들어왔다. 잔뜩 화난 표정이었다.

"대관절 뭘 들쑤시고 다닌 거꽝? 고영순 씨 집엔 무사 가수광? 우리가 발견했을 때 선배는 마당에 쓰러져 있어수다. 선배랑 연락이 안 돼서 혹시나 싶어 피해자 집에 가봤으니 다행이지. 큰일 날 뻔했다고! 계속 혼자 쓰러져 있었으면 어쩔 뻔해수광?"

주혁이 씩씩거리며 소리쳤다.

"오늘 막 발견한 단서가 있어서 그걸 조사하려던 참이었지. 나 휴대폰 줘봐."

아버지가 용의자일지도 모른다는 소리는 하지 않았다. 주혁이 툴툴거리며 휴대폰을 건넸다. 승주는 생각에 잠긴 얼굴로 사진첩을 열어서 손가락으로 사진을 휙휙 넘겼다.

"형사님. 피를 많이 흘렸다고 오늘 하루는 입원하래요."

옆에서 이서가 차분하게 말했다. 승주는 잠시 이서를 응시하다가 차갑게 말했다.

"걱정해주셔서 고맙습니다만…. 정말 이제는 가셔도 됩니다."

병원에 누워 있는 못난 모습을 보여준 게 자존심이 상했다.

승주는 몰두해서 휴대폰 사진을 들여다보다가 갑자기 눈이 휘둥그레졌다.

"머리를 맞긴 했어도 성과가 있어. 방금 큰 걸 하나 깨달았으니까."

"지금 이 와중에 뭔 성과 타령이꽝."

주혁이 핀잔을 줬다.

"범인이 내 머리를 쳤다는 건 위기의식을 느낀 거라. 덕분에 영순이 삼춘이 살해당했다는 게 확실해졌어. 지금 이 사진 보니 더 확실하네."

"뭔 사진인데 마씸?"

"입원해 있을 틈이 없어. 자세한 건 가면서 설명할게. 서두르지 않으면 두 번째 살인이 일어날지도 몰라. 내 생각이 맞으면."

승주는 현기증을 참으면서 천천히 침대에서 일어났다. 주혁이 어어, 하면서 승주를 부축했다. 승주가 손목에 붙여진 살색 테이프를 뜯어내고 링거 줄을 빼버리자 역류한 피가 침대에 튀었다. 이서와 가은이 질겁을 했다. 승주가 주혁에게 몸을 의지한 채로 말했다.

"여자분들 잠시만 눈을 돌려주시죠. 옷 좀 입을게요. 주혁이 니가 좀 입혀줘."

두 여자가 고개를 돌리자 승주는 주혁의 도움을 받아서 급하게 옷을 입으며 말했다.

"운전은 주혁이 니가 허라."

"돌부처 고집하고는. 어휴. 죽은 사람 소원도 들어준다고 하니까 대인배인 나가 참는다, 참어."

주혁이 입을 삐죽거리며 승주를 부축하며 병실을 나갔다. 가은과 영민이 서둘러 뒤를 따랐다. 이서가 승주의 뒤통수에 대고 말했다.

"저도 어쩐지 호기심이 생겨서 오늘까지 서귀동에 있을게요. 사건 해결되면 꼭 말씀해주셔야 해요."

차를 타고 가면서 승주가 주혁, 가은, 영민에게 간단하게 브리핑했다. 셋 다 경악하면서 승주의 수사 내용을 들었다. 70년이라는 세월을 두고 벌어진 일이었다. 승주가 급하게 누군가에게 전화를 했지만 받지 않았다. 주혁이 걱정스러운 표정으로 물었다.

"무사, 전화 안 받으맨?"

"밟으라!"

승주가 외치자 주혁은 가속페달을 더 세게 밟았다.

승주가 예상한 대로 영순이 삼촌 집 근처 팽나무 밑에 두 사람이 앉아 있었다. 머리에 붕대를 감은 승주가 나타나자 둘 다 당황한 표정을 지었다. 두 사람 앞에는 비타민 음료가 두 병 놓여 있었다. 한 명이 음료수 뚜껑을 따서 마시려 했다.

승주가 외쳤다.

"아버지! 마시지 맙서!"

아버지가 흠칫거리며 승주를 보더니 맞은편의 남자를 바라봤다. 임 계장이었다. 임 계장이 체념한 듯이 엷게 미소를 지었다.

"형님, 영특한 아드님을 두셨수다예."

승주는 절룩거리며 테이블로 다가가 라텍스 장갑을 끼고 비타민 음료 두 병을 수거했다. 뚜껑을 잘 덮고 주혁에게 건넸다.

"과학수사대에 넘기라. 성분 분석해보면 살인미수 증거가 나올지도 몰라."

승주는 임 계장 옆에 앉았다. 임 계장이 비틀린 미소를 지었다.

"언제 알아시냐?"

"아까 병원서 휴대폰 사진을 열어봐신디… 계장님 손자 사진인 줄로 착각했던 사진이 알고 보니 70년 전 어떤 남자의 사진이라마씸. 10대의 영순이 삼춘하고 다정하게 같이 사진 찍은 남자인데.

손자와 그 남자가 그렇게 닮은 것이 영 이상핸마씸."

임 계장은 처연한 눈빛으로 승주를 바라봤다.

"격세유전이랜 하는 말이 있지예. 가끔 한 세대나 두 세대를 건너뛰엉 외모를 쏙 빼닮은 경우가 있주게. 계장님은 아버지를 전혀 닮지 않았지만."

승주가 이어서 말했다.

"계장님 손자는 계장님 아버지를 닮은 거죠. 영순이 삼춘이 짝사랑했던 남자, 한호열 말이우다."

승주는 임 계장을 응시했다.

"오면서 서에 조회해봐수다. 계장님 원래 성은 임씨가 아니라 한씨였지예. 부모님이영 동생이 죽으난 옆 동네 임씨 집안에 입양되신 거고. 그때 똑같이 가족 잃은 두 살 위 동네 형도 좌씨 집안에 입양되신디 그 사람이 바로 우리 아버지였고예. 아버지는 원래 박씨였지예? 당시 상황을 자세히 아는 유일한 인물이 아버지여서 나중에 의심을 피하려고 죽이려 한 거지예?"

임 계장은 눈을 질끈 감았다.

"머리 때린 건 미안허다. 승주야."

그가 입을 열자 시간은 70년 전으로 돌아갔다.

## 6

꿈에서도 잊은 적이 없어. 겨우 다섯 살이었지만 잊을 수가 없지. 그날 정방폭포 단추공장에서 마지막으로 봤던 부모님의 모습.

자네 고모도.

아버지. 머리가 크고 나서 아버지에 대한 이야기를 동네 어른들한테 들었을 때 어떤 기분이 들었는지 아나? 친아버지가 살아 있었더라면 나는 훨씬 나은 인간이 되었을 거란 생각이 들더군. 양아버지가 백날 천날 술 먹고 양어머니와 나를 때렸던 집에서 자라나는 것보다는 낫지 않았겠나? 하지만 정방폭포에서 부모님은 돌아가셨고 나는 경필 형님과 함께 낯선 누나한테 업힌 채 어딘가로 옮겨졌네. 흐릿하게 남아 있는 유일한 기억이지.

성년이 되고 나서 파헤치고 싶었네. 왜 우리 부모님이 그렇게 돌아가셔야만 했는지.

마을 어르신들에게 물어보고 다녔네. 다들 나를 딱해하면서 자신이 아는 범위 안에서 조금씩 이야기를 들려줬네. 그건 일종의 퍼즐 맞추기였어.

아버지가 서북청년단*을 피해서 임신한 어머니, 자네 고모, 경필 형님과 함께 숨은 동굴은 동네 사람들에게 안전한 은신처로 알려진 곳이었네. 거긴 정말 마을 사람 말고는 아무도 몰라. 서북청년단 따위가 알 수 있는 곳이 아니었네. 그곳을 서청에게 들켰다면 원인은 단 하나밖에 없어. 밀고. 누군가가 밀고하지 않고서는 그 동굴의 위치를 알 수 없어. 4·3이 일어나고 근 1년 가까이 그 동굴은 마을 사람들에게 안전한 은신처였단 말이야.

* 북한 사회개혁 당시 월남한 이북 각 도별 청년단체가 1946년 서울에서 결성한 극우 반공단체로 정식 명칭은 서북청년회다. 4·3 당시 제주도에서 군경과 함께 초토화 작전에 투입되어 많은 도민들을 학살했다.

부모님과 자네 고모가 처형된 후 소문이 돌았네.

마을 사람 중 한 명이 그 동굴의 위치를 서청에게 밀고했다는 거야. 모두 믿지 않았네. 어떻게 그럴 수가 있나. 서청 같은 잔인한 놈들에게 어떻게 정든 마을 사람을 밀고할 수 있냔 말일세. 아무도 믿지 않았네. 소문은 흉흉했지만 드러난 용의자는 없었고 마을 사람들은 입을 닫고 쉬쉬하고 있었네. 그때였다고 들었네. 영순이 삼춘이 미쳐버린 건. 영순이 삼춘 집은 희생자가 전혀 없었네. 그건 삼춘 친오빠가 경찰이어서 그랬어. 서청이 군경 가족은 내버려뒀거든.

나는 계속 의문을 가졌네. 대체 왜?

누가 내 부모님과 자네 고모가 숨어 있던 동굴의 위치를 밀고했을까.

나중에야… 영순이 삼춘이 손자 영훈이를 붙들고 한탄을 늘어놓는 것을 듣고 나서야 알게 됐네. 삼춘이 밀고자였어. 그년은 어머니와 내가 죽으면 아버지와 재혼하고 싶었던 거였네. 그게 그 여자의 야심이었지. 어려서부터 짝사랑하던 남자가 정혼녀와 결혼하자, 그 아내와 아이를 서청에 밀고해서 없애고 자신이 그 남자를 가지려고 했던 거야. 그래서 그 동굴에 가지 말라고 거듭해서 아버지에게 애원했던 거고. 같이 동굴에 숨었던 자네 고모와 경필 형님은 억울하게 묻어간 거였고.

아버지는 가족을 사랑하고 책임감이 강한 분이었어. 아마 영순이 삼춘의 마음을 모르지는 않았을 거라 생각하네. 외적인 조건은 훨씬 좋았지. 영순이 삼춘네 집은 잘살았고 친오빠가 경찰이라 만약 영순이 삼춘과 결혼했다면 4·3에서 수월하게 살아남았을지도 몰라. 하지만 아버지는 자신을 짝사랑하는 영순이 삼춘이 아니라 정혼녀와 결혼하는 걸 선택했지.

영순이 삼춘은 일부러 어머니와 아주 친하게 지냈다고 하네. 왜 그랬을까? 그렇게 해서라도 좋아하는 남자를 자주 보고 싶었는지도 모르지. 아버지는 귀여운 동생이라고 생각한 건지 삼춘에게 항상 잘해줬다고 하네.

아버지와 어머니가 결혼하고 첫아이인 내가 막 다섯 살이 되었을 때, 4·3이 터졌지. 아버지 형님이 산에 올라가서 무장대가 돼버렸어. 자연스럽게 아버지와 아버지의 가족은 숨어 지내야 했네. 아버지가 어디 멀리 피신 간 사이에 서청이 마을에 들이닥쳤고 어머니는 둘째를 임신한 상태에서 나와 옆집에 사는 자네 고모와 경필 형님을 데리고 같이 동굴에 숨었네. 그걸 친하다고 생각한 영순이 삼춘한테만 이야기한 거야. 애 아빠한테 전해달라고.

영순이 삼춘은 오빠가 경찰이라 서청과 가까웠네. 아버지가 멀리 숨어 있고 어머니와 옆집 사람들만 동굴에 있다고 하니 그년의 머릿속에 나쁜 생각이 떠올랐을 거야. 바로 잘 아는 서청 청년에게 밀고했네. 폭도 가족이 동굴에 숨어 있다고. 그리고 아버지에게 가서 말했네. 어머니가 옆집 아가씨와 이웃 동네에 피신 갔다고 전해달라 했다고. 거짓말이었지. 영순이 삼춘은 아버지에게 당분간 동굴에는 가지 말라고 신신당부했어.

아버지는 영리한 분이어서 영순이 삼춘이 동굴에 가지 말라고 한 것을 수상쩍게 생각했네. 그날 낮에 혼자 동굴로 갔고, 바로 서청에게 발각되었지. 아버지, 어머니, 나, 자네 고모, 그리고 경필 형님까지 모두 다섯 명이 연행되었어. 뱃속의 아기까지 합치면 여섯 명일까. 영순이 삼춘은 끌려가는 아버지를 보고 비명을 질렀어.

"나가 그 동굴엔 가지 말랜 해수게!"

이렇게 소리 질렀다고 해.

우리는 정방폭포 위에 있는 단추공장에 갇혔네. 소위 폭도들을 처형하기 전날에 가두는 감옥이었어. 지금부터 들려주는 이야기는 자네 아버지가 해준 거야. 좌경필 형님은 그때 일곱 살이라 나보다 기억력이 낫지. 그때 내 아버지가 무슨 수를 썼는지 낡은 숟가락을 얻어서 밤새도록 그 공장에 개구멍을 팠어. 벽 아래 작게 파인 구멍이 있었지. 아버지는 잠도 자지 않고 그 구멍을 계속 팠지. 숟가락이 부러지자 맨손으로 땅을 팠네. 손톱에 피가 맺힐 정도로 파고 또 파서 간신히 아주 가느다란 틈이 만들어졌지. 아버지는 알았던 거지. 내일이면 모든 것이 끝이라는 걸.

그때 영순이 삼춘이 단추공장으로 왔네. 아마 좋아하는 남자를 마지막으로 만날 기회라는 걸 알았겠지. 개구멍을 사이에 두고 영순이 삼춘은 아버지에게 눈물을 흘리며 울부짖었네. 그 순간조차 그년은 이기적이었지. 제 감정만 생각했단 말이야. 하지만 아버지는 침착하게 그년을 달래면서 그 개구멍으로 나와 경필 형님을 내보냈네.

아버지는 알았겠지. 자신을 좋아하던 영순이 삼춘이 동굴 위치를 밀고했다는 걸. 아마 알았을 거라고 생각하네. 그 와중에도 영순이 삼촌을 원망하지 않았어.

"영순아, 이 두 아이만 좀 살려주라. 내 마지막 소원이라."

아버지는 영순이 삼촌에게 이것만 부탁했어.

영순이 삼촌에게 사랑하는 남자의 유언은 계명과도 같았을 거네. 아직 시집가지 않은 어린 처자였지만…. 그의 유언은 엄숙한 명령이자 삼촌이 아버지에게 속죄할 수 있는 유일한 기회 같은 거였네. 그녀는 울면서 알았다고 했네. 그리고 흙투성이가 된 어린 두 생명을 받아 안았네. 걸을 수 있는 경필 형님은 걷게 하고 나는 등에 업었지. 그렇게 영순이 삼촌은 단추공장을 떠났어. 그러고는 일단 집에다 두 아이를 몰래 숨겼지.

다음 날 새벽에 처형이 시작될 무렵에 영순이 삼촌은 다시 폭포 위로 갔네.

그날 서청이 내 부모님과 자네 고모를 처형했을 때 나는 그곳에 없었지만 천우신조로 몰래 빠져나온 동네 사람한테 그분들의 마지막을 들을 수 있었네. 지금부터 하는 이야기는 그 생존자에게 들은 거야.

그날 하필이면 서청에서 가장 잔인하기로 유명한 탁 대위가 사형집행인이었어. 남들보다 머리 하나쯤은 더 큰 키에 귀공자같이 얼굴이 허연 놈이었지. 처음에 탁 대위는 제일 먼저 어머니를 죽창으로 찌르려고 했네. 임신 9개월이 가까워지던 어머니의 불룩 나온 배 안에 폭도 새끼가 있으니 제일 먼저 죽여야 한다고. 그가 죽창을 들고 어머니에게 돌격했을 때 아버지가 앞으로 나서서 어머니 대신 죽창에 찔렸어. 아버지가 필사적으로 몸으로 막아서 어머니는 죽창에 한 번도 찔리지 않았지만 거의 정신이 나가버렸어. 내장을 찔리고 피를 흘리면서 아버지는 두 손으로 어머니의 눈을 가렸네. 그리고 아직 어린 자네 고모도 자신의 몸으로 최대한 가리려 했어. 하지만 탁 대위는 아버지를 죽창으로 마구 난도질하고도 성에 안 차서 자네 고모마저 찔렀어. 그 어린 아가씨의 배에서 창자가 쏟아져 나왔지. 비명과 흐느낌 소리가 난무하는 가운데 그자는 죽창과 군홧발로 죄수들을 절벽 끝으로 몰아갔네.

당시가 학살 막바지였는데 서청에게 지급된 실탄이 슬슬 부족해지고 있던 시기였다네. 토벌대는 총탄을 아끼기 위해 죽창을 사용했어. 그리고 정방폭포를 처형지로 선호한 이유는 가슴이나 발목을 대충 밧줄로 엮어놓고 한 명만 발길질해서 떨어트려도 다 같이 떨어져 죽으니까 처형하기가 용이해서였지.

영순이 삼촌은 수풀 뒤에 숨어서 마지막까지 사랑하는 남자가 죽어가는 모습을 지켜봤네.

아버지는 절벽 끝에 몰릴 때까지 어머니의 두 눈을 가리고 있었네. 탁 대위가 아버지를 절벽 가장자리에서 발길질하자 결국 부모님과 자네 고모, 그리고 다른 죄수들도 한 줄로 연결된 굴비처럼 다 같이 정방폭포 밑으로 떨어졌지. 그래. 죽음은 그렇게 쉬웠어.

폭포가 너무 높아서 퍽 하고 사람 머리가 으깨지는 소리는 들리지 않았어. 폭포수 밑으로 핏물이 섞인 검은 탁류가 소용돌이치며 흘러갔지. 바다로, 깊은 바다로.

한동안 사람들이 정방폭포 돌을 가져다 쓰지 않았지. 더러운 돌이라고. 폭도들의 피가 묻은 더러운 돌이라고. 하지만 더러운 건 우리 부모님도 자네 고모도 아니야. 더러운 건 탁 대위 같은 학살자들이고 마을 사람들을 밀고한 영순이 삼춘 같은 나쁜 년이지.

영순이 삼춘은 나를 입양 보내기 위해서 사방팔방으로 애썼다고 하더군. 당시 폭도 집안의 고아는 빨갱이 자식이라고 해서 손가락질하던 시절이었는데 영순이 삼춘이 여기저기 알아봐서 자네 아버지는 좌씨 집안에 나는 임씨 집안에 입양을 보냈어. 그렇게 내 아버지의 유언을 지킨 다음에 긴장이 풀렸는지 헤까닥 돌아버렸지. 운이 좋았지. 미쳐버렸기 때문에 그년이 밀고자인 줄 아무도 몰랐어. 삼춘이 무슨 소리를 해도 사람들이 미친년의 헛소리로 알았으니까. 그리고 내 아버지가 자신의 목숨으로 영순이 삼춘의 비밀을 지켰으니까. 아버지는 영순이 삼춘이 나와 경필 형님을 살려주기만 한다면 탓할 마음이 없었던 거야. 아버지는 그런 사람이었어.

그런데 70년 후….

영순이 삼춘이 내 앞에서 손자 영훈이에게 "오라방. 거기 가지 맙서. 오늘 하루만, 딱 하루만 가지 맙서"라고 말하던 순간에 나는 바로 알아차렸네.

그날 나를 업고 갔던 고마운 누나가 누구였는지. 그리고 그 고마운 누나가 실은 우리 부모님을 죽게 한 밀고자였다는 걸.

## 7

“얼마나 놀라시크라.”

임 계장이 중얼거렸다.

“그제야 퍼즐이 다 맞아떨어지는 거라. 밀고자도 아버지를 쫓아 다녔다던 동네 처녀도 죄 영순이 삼춘이었던 거라.”

“그때부터여수광? 살해 계획을 세운 게?”

“생각해보라. 영순이 삼춘이 우리 아버지를 차지할 욕심으로 그날 그렇게 밀고만 안 해시믄 어쩌면 나는 4·3 넘기고 울 부모님이영, 동생이영 다 같이 행복하게 살았을 수도 이서. 겐디 현실은 어떵해시? 폭력 휘두르는 양아버지이영 정이라곤 호나도 어신 양어머니 밑에서 눈칫밥 얻어먹고 살당 교육도 제대로 못 받고 열 살 겨우 넘긴 뒤에 맞기 싫어 도망치듯 배를 탔으니 원망이 안 쌓일 수 어서. 험난하고 고달픈 인생이었주. 나중에야 방통대에 가고 평생교육원도 다녔주마는. 우리 양어머니는 나 생일상 혼번 차려 준 적이 어서나서. 그 집안은 우익이라시난, 끌려가 처형당한 울 부모님을 빨갱이 취급했지. 목숨만 부지했다뿐이지 비참한 어린 시절이었주.”

승주는 이제야 알았다.

영순이 삼춘이 복지회관에서 임 계장의 손자에게 달려들어 사랑 놀음을 했을 때, 승주 아버지는 현장에 있었다. 그리고 섬세하고 똑똑한 아버지는 바로 알아차렸다. 동굴의 위치를 밀고한 사람이… 영순이 삼춘이었다는 걸. 아버지는 임 계장보다 두 살 위여서 당시 사건을 더 잘 기억했다. 아버지는 삼춘이 죽기 전날 편의점 앞에서 집을 감시했다. 삼춘 집에 들어간 건 그녀를 지켜주기 위해서였다. 임 계장의 과거를 아는 아버지는 혹시라도 그가 영순이 삼춘을 해코지할까 봐 염려했다. 아마 밤이면 밤마다 삼춘 집을 지켰으리라.

영순이 삼춘이 죽었다는 소식을 듣고 아버지는 눈물을 흘리며 동네를 배회했다. 하지만 차마 임 계장을 신고할 순 없었으리라. 고뇌하고 괴로워했지만 경찰인 아들에게도 말할 수 없었다. 그래서 계속 집 밖으로 나가 있었으리라. 아들을 아예 만나지 않으려고.

"경해도 영순이 삼춘은 계장님이영 우리 아버지를 구해내지 않았수광. 살려냉 무사히 입양 보내고 마씸."

"양심의 가책 탓일 테주!"

임 계장이 소리를 쳤다. 목소리가 분노로 떨렸다.

"동정심도 뭣도 아무것도 아니어서. 지 양심 달래잰 허는 요식 행위였주게. 울 아버지는 학교 선생님에 인텔리였어. 그런데 그년의 사랑 놀음에 어이없이 희생되신 거라. 울 어머니영, 어머니 뱃속의 동생까지."

"나는 계장님을 살인죄로 체포할 수밖에 어서마씸."

임 계장이 고개를 쳐들었다.

"증명할 수 어실걸."

"경 생각햄수광?"

승주는 차갑게 말했다.

"알아마씸? 치매 부모를 둔 자식들은 종종 부모 집에 CCTV를 달아놔마씸."

임 계장의 안색이 변했다.

"계장님은 편의점 CCTV 위치를 피해서 대문 말고 옆집 돌담을 타고 집으로 들어갔지예. 마침 옆집이 비어 있었고예. 거기서 계장님이 진즉에 작업해둔 망사리를 여러 개 발견했마씸. 정말 교묘하게 꼼꼼한 완벽주의자 스타일로 몇 올씩 정교하게 풀어놓아섭디다. 성에 찰 때까지 여러 번 실험하시고예. 그 옆집에서 계장님이 버린 담배 꽁초도 몇 개 찾아수다. 게고 영순이 삼춘 아들들이 집 안에 설치한 CCTV에 계장님이 망사리 바꿔치기하잰 집 안으로 침입하는 장면이 찍혔수다. 옆집 망사리에 남은 DNA영, 영순이 삼춘의 망사리에 있는 DNA, 그리고 계장님의 DNA가 일치하는지 조사 보낼 거우다."

"그년이 서청에 밀고하지만 않았어도 울 부모님이영, 너네 고모영 다 살아 이실 거라. 그 밀고자가 천벌을 받아야 한댄 생각은 안 들엄시냐?"

"영순이 삼춘은 계장님이영 우리 아버지를 구하멍 속죄했수게. 게고 평생에 걸쳐 속죄했고마씸."

"경해도 밀고자인 건 변함이 어서."

"계장님 부모님이영 동생, 그리고 울 고모를 죽인 살해자는 서청이우다. 그치만 영순이 삼춘을 죽인 살해자는 계장님이우다."

승주가 눈짓을 보내자 주혁, 가은, 영민이 다가왔다.

"임진수 씨. 고영순 씨를 살인한 혐의로 체포합니다."

주혁이 또박또박 말하면서 임 계장의 손을 뒤로 돌려 수갑을 채웠다.

"나 말이 맞는지 니 말이 맞는지는 어디 한번 법정에서 따져보게. 이번 기회에 말없이 파묻힌 수많은 억울한 사연들이 양지로 나올 수 이시믄 좋으키여. 나가 재판받는 법정이 4·3에서 잘 알려지지 않은 이야기들을 공론화할 기회가 되어줄지도 모르주."

수갑을 찬 임 계장이 희미한 미소를 지었다.

"누구를 죽이지 않고서도 경할 수 이서마씸. 우리는 현재를 살아야 헙니다. 지나간 일은 되돌릴 수 어수다."

승주가 단호하게 대꾸했다.

"정말 경할까? 주목을 끌잰 하믄 쇼가 필요한 법이라. 사람들이 잊으믄 쇼를 해서라도 강제로 기억하게 해사주게. 테러리스트들이 무사 테러를 하크냐?"

임 계장은 입가에 삐뚜름한 미소를 지으며 웃었다. 주혁에게 이끌려 경찰차에 타는 그의 뒷모습을 보는 승주, 가은, 영민의 표정은 착잡했다. 영민이 쓸쓸히 중얼거렸다.

"모든 학살의 충격은 유전자에 깊이 새겨져 다음 세대까지 유전된다고 들었습니다. 2차 세계대전 당시 홀로코스트에서 살아남은 유대인들의 자손을 조사해봤더니 3세대까지 유전자 깊숙이 그 상처가 남아 있었대요."

"3세대까지…. 엄청나군."

승주는 깨달았다. 내 피 어딘가에 학살당한 고모의 흔적이 남아 있다. 고모와 아버지의 고통이 남아 있다. 이 고통은 내 다음 세대까지 대물림될까?

승주는 고개를 푹 숙이고 있는 아버지를 일으켰다.

"아버지, 집으로 가 계십서."

"그래."

아버지는 힘없이 대답했다.

"선배, 기분 영 아닌데 우리끼리 술이나 한잔하죠. 주혁 선배가 저랑 영민이는 현장 퇴근하라고 지시하고 가셨어요."

가은이 말했다.

"좋아. 이서 씨는?"

문득 승주는 이서가 보고 싶었다.

"아, 지금 중문 바닷가에 있을 거예요. 그새 서핑에 재미 붙였나 보더라고요."

가은이 대답했다.

승주는 천천히 서핑 숍으로 걸어갔다. 저녁이 되면서 서핑 강습은 중단됐다. 대여점은 서핑복을 갈아입으러 탈의실로 들이닥친 손님들로 분주했다. 서핑 숍에 이서는 없었다. 이서를 찾아 승주는 해변으로 향했다.

서서히 해가 지고 있었다. 바다 위의 노을은 장엄했다. 많은 사람이 마치 경배하듯이 노을을 쳐다보고 있었다. 제주에 살면 자연을 경외하게 된다. 바닷가 바위 위에 긴 머리 여자가 노을을 바라보며 서 있었다. 작은 키에 꼿꼿한 어깨는 예전에 잘 알던 누군가를 연상하게 했다. 승주는 자신의 눈을 의심했다. 그 여자일 리는 없다. 그럴 리 없다.

"해…."

승주의 입술에서 오랫동안 말하지 않았던 이름의 첫 자가 튀어나왔다. 다음 음절을 말하기 전에 여자가 고개를 돌렸다. 홍이서였다. 그래. 그 사람일 리가 없지. 그 사람은 이제 세상에 없으니까. 승주는 안심이 되면서도 서글픈 마음이 들었다.

"네? 저 부르셨어요?"

이서가 미소를 지으며 승주를 바라봤다. 현재가 과거를 대체한다. 승주는 자신이 임 계장에게 했던 말을 곱씹었다. 우리는 현재를 살아야 합니다. 지나간 일은 되돌릴 수 없습니다. 과연 그럴까? 문득 승주는 자신이 없어졌다. 어떤 과거는 좀처럼 잊히지 않는다.

"아닙니다."

차마 다른 사람을 떠올렸다고 말할 순 없었다. 승주가 조심스럽게 입을 열었다.

"바람이 차요. 이만 들어갈까요? 장 형사와 이 형사가 같이 술 먹자며 안주를 사러 갔어요. 이 형사가 서귀동에 게스트하우스를 잡았으니 거기에서 다 같이 마시면 됩니다."

"좋죠."

이서가 미소를 짓더니 물었다.

"아까 문자로 사건 결과를 알려주셨죠. 이제 영순이 삼촌 사건이 해결된 걸까요."

"글쎄요. 해결이라고 볼 수 있을까요? 이 사건은 이제 시작인 것 같습니다. 아직도 많은 사람이 4·3에 대해 잘 모르니까요."

승주는 낮은 목소리로 신중하게 말했다. 사건은 해결되지 않았다. 과거와 현재가 얽히고설킨 혼돈의 도가니. 4·3은 아직도 진행 중이다.

"영순이 삼촌이 희생된 것도 범인이 그렇게 복수를 한 것도 모두 안타까워요. 왜 나라가 잘못했는데 사람들끼리 죽이고 죽는지."

이서가 담담하게 말했다.

그때 해가 마지막 절정을 불태우듯이 이서의 뒤에서 검붉게 타올랐다. 역광으로 검게 그을린 이서의 표정은 거의 보이지 않았다. 그녀는 바위에서 내려오려고 발을 한 걸음 딛더니 멈칫했다.

"여기 좀 높네요."

바위 위에서 이서가 도와달라는 듯이 한 손을 내밀었고 승주는 그 손을 잡았다. 작지만 뜨거운 손이었다. 그녀가 몸을 깊숙이 숙이면서 두 사람의 눈높이가 비슷해졌다. 승주는 얼굴이 붉어지면서 아까보다 사위가 어두워져서 이서가 자신의 표정을 볼 수 없는 게 다행이라고 생각했다. 바로 이서가 승주의 입술에 키스했기 때문이다. 막 가까워진 사이에서 흔히 벌어지는 충동적인 입맞춤이었다. 승주는 가슴이 두근거렸다.

"혹시 양 형사가 저에 대해 무슨 이야기를 했습니까?"

붙었던 두 입술이 떨어지자 승주가 잠긴 목소리로 물었다. 이서가 밝게 웃었다.

"좌 형사님은 제가 누가 부탁한다고 아무 남자한테나 키스하는 여자라고 생각하세요?"

승주는 대답하지 않았다. 마음속에서 순수한 기쁨이 솟아났다.

"인간의 자유의지는 절대 만만한 게 아니랍니다."

이서는 가볍게 땅에 착지한 뒤에도 승주의 손을 놓지 않았다. 승주도 그녀의 손을 놓지 않았다. 두 사람은 노을을 등지고 밤을 향해 걸었다.

## 8

휴가는 아직 하루 남았다. 승주의 엄마는 살해범의 정체를 알고 나서 견디기 힘들어 했다. 다른 해녀들도 마찬가지였다. 모두 충격이 커서 일주일 정도 물질을 중단한다고 했다. 승주는 해녀들의 절망을 충분히 이해했다. 수십 년을 함께 일했던 사람이 영순이 삼춘을 죽였다니.

승주는 짐을 싸다가 서재로 건너갔다. 아버지는 외출했는지 보이지 않았고 책상 위에는 그동안 쓰던 편지가 놓여 있었다. 드디어 편지를 완성한 모양이었다. 아버지의 편지는 이렇게 끝맺었다.

> 누님. 보고 싶습니다.
>
> 70년 세월도 누님을 보고 싶은 마음을 어쩌지 못하더군요. 누님만 생각하면 저는 언제나 정방폭포 단추공장에 같이 갇혔던 일곱 살 경필이가 됩니다. 그날 필사적인 표정으로 공장의 개구멍으로 저와 진수를 내보냈던 누님의 얼굴이 생각납니다.
>
> "살암시민 살아진다!"
>
> 누님이 구멍에서 마지막으로 저에게 외쳤던 말이 생각납니다.
>
> 살암시민 살아진다.
>
> 누님이 남긴 마지막 말을 저는 엄숙한 명령처럼 떠받들고 살아왔습니다. 다행히도 현명하고 부지런한 해녀 아내를 만났고 다섯 아이를 낳았습니다. 저는 부끄럽게도 돈 버는 재주가 없어서 아내가 물질을 하고 저는 가정을 돌봤습니다. 아내가 참 지혜로운 여자여서 남편이 돈을 못 벌어와도 아이들이 아비를 무시하지 못

하게 단속을 잘했습니다. 딸 둘에 아들 셋. 아내가 못난 저를 만나서 고생을 많이 했지요. 아이들은 알아서 잘 자랐습니다. 모두 제 앞가림을 하며 살아갑니다.

특히 늦둥이 막내 녀석 승주가 참 똘똘합니다. 대체 누구를 닮은 건지. 고모를 닮았는지… 아무것도 가르쳐주지 않아도 스스로 공부를 잘했습니다. 원래 서울에 있는 의대에 갈 예정이었지요. 하지만 녀석은 사람들을 위해 일하겠다며 경찰이 됐어요. 그 고집은 아무도 말릴 수 없었습니다. 순경부터 차근차근 밟아서 젊은 나이에 경위도 달았습니다. 직장에서 제법 인정받는 모양입니다.

누님. 아직도 저는 생선 반찬을 먹지 못하겠습니다. 아내가 물질을 해도… 정방폭포에서 떨어진 누님을 생각하면 저는 생선을 전혀 먹지 못합니다.

누님의 뼛가루를 먹은 고기를 먹는 기분이어서.

누님.

서천 꽃밭으로 가서 뼈살이 꽃, 살살이 꽃, 혼살이 꽃을 얻어와서 정방폭포에 뿌리면 누님이 살아날까요. 뼈와 살과 혼이 돋아나 제 곁으로 와서 손을 잡아주실까요. 그날 저승길로 같이 떠났던 마을 사람들이 살아날까요.

그날 정방폭포 앞 아주 깊고 어두운 그 바닷속으로 제 심장이 뿌리채 뽑혀 던져졌습니다. 그날 저는 심장을 잃었습니다.

그래서 저는 악착같이 돈을 벌 수가 없었나 봅니다. 성공할 수가 없었나 봅니다. 심장이 없는 반편이 같은 몸으로 누님이 포기한 그 생명을 살아내는 것만도 저는 벅찼습니다. 몇 번이고 목숨을 끊을 생각을 했습니다. 아내와 아이들을 생각해서 참고 또 참았습니다. 공부한다고 학문을 한다고 책 속으로 도망치기도 했습니다. 그렇게 버티고 버티니 이 나이까지 모진 목숨을 이어왔고 이렇게 추념식에서 누님을 위해 연설도 하게 됐습니다.

살암시민 살아진다.

누님의 말씀 잊지 않겠습니다. 누구든지 살아 있으면 살아지리라. 누님이 저에게 넘겨준 생명을, 이 생명이 다할 때까지 소중하게 이어가겠습니다. 그리고 죽는 날까지 세상에 전하겠습니다. 모든 생명은 소중하고 고귀하다는 것을. 두 번 다시 4·3 같은 비극이 벌어져서는 안 된다는 것을.

누님. 머지않은 미래에 누님을 만나러 가겠습니다. 그날이 오면 누님은 열아홉 살 아가씨 모습으로 마중 나와주실 건가요? 그날 저는 다시 일곱 살 경필이가 되어 누님 품에 안기겠습니다.

더 할 말이 많지만 이만 줄입니다.

승주는 눈가에 물기가 차오르는 걸 느꼈다. 손등으로 눈을 문지르고 조용히 편지를 책상 위에 내려놓았다. 집 안은 적막에 잠겨 있었다. 고통스러운 마음을 주체할 수가 없어서 집을 빠져나왔다. 정처 없이 고향 마을을 거닐었다. 누나들, 형들, 사촌들과 함께한 어린 시절의 추억이 가득한 곳.

바람이 잔잔한 봄날이었다. 팽나무 밑에는 마을 노인들이 앉아서 도란도란 이야기를 나누고 있었다. 그 옆으로 젊은 아빠가 막 걸음마를 시작한 어린 딸의 손을 잡고 조심스럽게 걸었다. 인근 인도에선 태권도복을 입고 단체로 운동을 나온 초등학생들이 뜀박질을 했다. 밀짚모자를 쓴 할머니가 전동 휠체어를 타고 도로를 지나갔다. 모두 그가 안간힘을 다해 소중하게 지키려고 하는 사람들이다. 이들이야말로 승주가 경찰이 된 이유다. 하지만 나는 이들을 잘 지켜줄 수 있을까? 과연 나에게 이들을 지킬 힘이 있을까? 70년 전 제주에서는 승주 같은 군인과 경찰이 정부의 명령으로 도민을 도륙했다. 나라의 운명을 두 강대국에 맡기는 투표를 도민들이 거부했다는 이유로 제주 섬은 레드아일랜드로 규정되었고, 서청과 군경에 의해 섬사람의 9분의 1이 죽었다. 아버지와 고모가 당했던, 수많은 도민들이 당했던 거대한 학살 앞에서 승주는 처절한 무력감을 느꼈다.

살암시민 살아진다.

고모. 정말 그럴까요. 살다 보면 살아질까요.

단 한 번도 얼굴을 본 적 없는 고모가 남긴 마지막 말. 그 말을 생각하며 승주는 눈앞이 흐릿해졌다. 흐려진 눈 앞에 불그스름한 것들이 보였다. 동백나무였다. 바닥엔 떨어진 동백꽃들이 수북했다. 뎅겅, 꽃이 질 때면 마치 잘려나간 사람 목처럼 꽃송이 전체가 떨어져 4·3에 스러져간 목숨들을 상징하게 된 꽃. 승주는 걸음을 멈췄다.

동백나무 옆에서 승주는 아버지에게 전화를 걸었다.

"아버지?"

"그래. 승주냐."

"아버지. 그냥 들어줍서. 나는 아버지가 곁에 있는 것만으로도 고맙수다. 그런 일이 있었는데도 끝까지 살아주셔서 고맙수다."

정적. 처음엔 침묵인 줄 알았다. 곧 휴대폰 너머로 피리 소리처럼 가늘게 흐느끼는 소리가 들렸다. 아버지가 천천히 한 음절 한 음절 말을 뱉었다.

"고맙다. 승주야. 이 아버지한테 그렇게 말해줘서 정말 고맙다."

천만에요. 저야말로 아버지한테 고맙습니다. 생을 포기하지 않고 계속 살아주셔서, 그리고 저를 낳아주셔서 고맙습니다. 승주는 속으로 중얼거렸다.

아버지의 울음소리는 끊어질 듯 말듯 계속 이어졌다.

승주는 말없이 그 곡소리를 들었다. 70년간 이어져온 슬픔의 그림자는 길었다. 어떤 말로도 아버지를 위로할 수 없었다. 날카로운 봄 햇살이 눈을 찔렀다. 머리가 어지러웠다. 땅바닥에 떨어진 동백꽃 송이들 옆에서 승주는 휴대폰을 귀에 댄 채로 두 눈을 가만히 감았다. 자신이 태어난 마을에서 그는 수사팀장도 형사도 아닌 단지 동네 해녀의 아들일 뿐이었다.

〈해녀의 아들〉은 참 징한 작품입니다. 쓰는 도중에 몇 번이나 포기하려고 했는지…. 쓰다가 쉬고 쓰다가 멈추고 쓰다가 외면하고 쓰다가 덮기를 셀 수 없이 반복했습니다.

내가 4·3이라는 무거운 소재를 장르 소설에 잘 담아낼 수 있을까? 의미만 좇다가 재미를 놓치는 건 아닐까? 온통 지뢰밭이었습니다. 가장 큰 지뢰는 바로 이 질문이었습니다.

"제주 토박이가 아니라 '육지 것'인 내가 과연 4·3 이야기를 잘 쓸 수 있을까?"

좌승주는 어머니의 의뢰를 받아 살인사건을 파헤치면서 현재의 사건을 해결하려면 과거의 사건을 먼저 해결해야 한다는 사실을 깨닫게 됩니다. 그렇게 그는 시간의 탐정이 됩니다. 독자도 승주를 따라 70년 전 4·3 속으로 시간여행을 떠나게 됩니다.

4·3 희생자들과 유족들에게 삼가 애도를 표합니다. 이 소설은 철저한 픽션이며 국가권력이 국민을 학살한 4·3이라는 전무후무한 비극을 반영했습니다. 2년 동안의 자료 조사, 실제 해녀 가

족 인터뷰, 그리고 정방폭포 학살 사건과 생존자 및 유족의 증언을 소설에 녹였습니다. 일부 장면의 잔혹성은 실제 사건의 10분의 1도 안 되는 수준이라는 점을 밝혀둡니다.

육지 사람인 저는 자료 조사와 취재에 의지할 수밖에 없었습니다. 취재에 협조해주신 오승주 작가님과 김신숙 시인님, 제주어 감수를 도와주신 김유경 작가님과 장선화 선생님께 고마움을 표합니다. 이 괸당들이 토박이만 아는 지식을 아낌없이 알려준 덕분에 〈해녀의 아들〉이 더욱 생생해졌습니다.

왜 이 시점에 외지인인 당신이 굳이 4·3 미스터리를 썼냐고요? 시간이 없습니다. 더 미루면 생존자분들과 유족분들이 모두 돌아가시고 맙니다. 목격자들이, 증언자들이 이 세상에서 전부 사라지기 전에 추리소설가로서 목소리를 내고 싶었습니다. 억울한 원혼들이 어떻게 허망하게 죽어갔는지 그 죽음의 비밀을 밝히는 미스터리를 쓰고 싶었습니다.

〈해녀의 아들〉은 미스터리만이 해낼 수 있는 해원解冤 굿입니다.

이 작품집에 제 단편이 실린 것도 영광인데 과분한 상을 받게 되어 아직 실감이 안납니다. 〈해녀의 아들〉은 결코 저 혼자 쓴 작품이 아닙니다. 많은 이들이 저를 이끌어주었습니다. 이 기쁨을 그동안 저를 응원해 준 가족, 제주 괸당, 한국추리작가협회 작가님들과 함께 나누고 싶습니다.

역사와 전통이 있는 황금펜상의 무게감에 어깨가 짓눌리는 듯 합니다. 이 부채감을 갚기 위해 매일 노트북 앞에 앉겠습니다.

# 죽일 생각은 없었어

서미애

서미애

〈남편을 죽이는 서른 가지 방법〉으로 데뷔했다. 《인형의 정원》, 《잘 자요, 엄마》, 《당신의 별이 사라지던 밤》, 《모든 비밀에는 이름이 있다》 등의 장편소설을 출간했다. 2023년 프랑스에서 단편집 《남편을 죽이는 서른 가지 방법》이 출간되었다.

어릴 때 몇 년을 청주에 있는 할머니 댁에서 보냈다.

방학 때만 갔던 게 아니라, 말 그대로 몇 년을 할머니와 함께 시골집에서 살았다. 맞벌이로 바쁘게 살던 엄마와 아버지에게 나는 짐 같은 존재였다. 아버지의 사업이 어려워져 함께 살 형편이 아니었다지만 그건 변명일 뿐이다.

몇 년 뒤 다시 부모님과 살게 되었지만 나는 이미 부모에 대한 기대도, 애정도 없었다. 당신들은 떨어질 수 없는 가족이지만, 나는 언제든 상황이 안 좋으면 누군가에게 맡겨지는 존재라는 걸 알았으니까. 정말로 가족이라면 어려운 일이 있을 때도 함께하고 서로 보듬고 기대고 살아야 하는 것 아닌가?

한집에 살게 된 뒤 나의 냉랭한 태도를 느낀 엄마는 몇 번이나 어쩔 수 없는 상황이었다며 나를 달랬다. 그럴수록 나는 화가 났다. 다시 어려운 상황이 되면 나는 또 짐짝처럼 어딘가로 던져질 거라는 생각을 지울 수가 없었다. 그때 할머니도 없다면 나를 어디에 버리려나? 본질적으로 엄마는 내가 왜 그렇게 냉담해졌는지 이해하지 못했다.

엄마는 곧 나를 어르는 일을 그만두었다. 어린아이의 투정이라고 생각했겠지. 몇 번 다정한 말로 다독였으니 됐다고, 시간이 지나면 잊을 거라고 대수롭지 않게 여겼겠지. 아무래도 상관없었다. 기대하지 않으면 실망도 없는 법이니까. 엄마 이야기를 하려던 건 아니니 그 얘긴 이쯤에서 그만하자.

할머니와 살았던 때가 나빴던 건 아니다. 오히려 썩 재미있게 지낸 편이었다.

학교에서 돌아오면 나는 할머니를 찾아 집 뒤 텃밭이나 산밑에 있는 밭으로 내달렸다. 아플 때를 빼고 할머니는 집에 있는 법이 없었다. 덕분에 나는 할머니가 갈 만한 곳을 찾아 온 동네를 뛰어다녔고 곧 할머니의 행동반경을 파악했다. 집 뒤 텃밭이나 산 밑의 밭, 이웃집 할머니 과수원에서 일을 하는 경우가 대부분이었고 들판에서 찾기 힘들 때는 마을회관으로 달려갔다.

그중 할머니가 가장 많은 시간을 보내는 건 산 밑에 있는 밭이었다. 할머니는 그곳에 감자나 고추, 호박, 오이, 옥수수 등을 심었다. 여기에서 자란 농산물은 매끼 우리의 양식이 되었고, 남은 수확물은 동네 이장에게 부탁해 장에 내다 팔았다.

계절마다 어떻게 싹이 나고 잎사귀가 자라고 열매가 커가는지 지켜보는 건 신기한 경험이었다. 하지만 그것보다 나의 관심을 끈 건 산에서 자라는 식물들이었다.

밭일을 마친 할머니는 나를 데리고 산에 올랐다. 마을 안쪽에 있어서인지 이 산길을 오르는 사람은 거의 없었다. 덕분에 한적하게 할머니와 시간을 보냈고 계절마다 많은 것을 캐고 주웠다.

봄에는 두릅이나 잎이 막 올라오는 연한 나물, 고사리를 따서 삶아 먹거나 말렸다. 여름에는 산딸기와 머루, 다래, 개복숭아 같은 열매를 따먹었다. 가을에는 도토리와 밤을 주웠다. 버섯 같은 것은 늘 있었다. 내 눈에는 보이지 않았지만, 할머니는 한 번만 쓰윽 주변을 둘러보기만 해도 그것들이 눈에 띄는 모양이었다.

“이거 봐라 세상에, 크기가 어른 손바닥만 하구나.”

방금 내가 지나쳐 온 곳인데 할머니는 또 무언가를 발견했다. 고개를 돌려 보면 할머니가 나무 허리에서 뭔가 떼어내고 있었다.

“뭐야, 할머니?”

“영지버섯이란다.”

할머니 말대로 영지버섯은 어른 손바닥만 했다. 짙은 갈색에 딱딱한 나무껍질 같은 감촉이었다. 이렇게 딱딱한 걸 먹는다고? 버섯은 다 부드러운 줄 알았던 나는 할머니 손에 들린 영지버섯을 손가락으로 톡톡 건드려보았다.

“이것도 먹을 수 있어?”

“이건 잘 말려서 작게 잘라 차를 끓여 먹는 거지. 마루에 널어둔 거 못 봤어?”

나는 그제야 툇마루 한편에 널어 말리던 것들을 떠올렸다. 산에서 캔 칡이나 둥굴레 뿌리, 고사리, 이름도 모르는 나물이 신문지 위에서 말라가고 있었다. 도대체 저런 것을 왜 주워 오나 싶었지만, 할머니는 그걸로 반찬도 해주고 차도 끓여주었다. 밭에서 나는 것과는 또 달랐다. 봄에 막 돋아난 연한 두릅을 데쳐 먹었고 고사리, 취나물의 맛도 그때 알았다. 둥굴레를 넣고 끓인 차는 특히 좋아했다.

나는 할머니 손에 들린 영지버섯을 건네받아 바구니에 담았다. 바구니를 들고 다니는 건 내 몫이었다. 할머니가 산에서 따는 나물이나 열매는 다 먹는 거라서, 건네주는 것들을 늘 조금씩 떼어 맛을 보았다. 하지만 어떤 나물은 손도 못 대게 하고 할머니가 직접 챙겼다.

"그건 뭔데?"

"이건 늦젓가락나물이야. 잘못 먹으면 죽어."

의아했다. 나물인데 왜 죽지? 무슨 말인지 모르겠다는 표정으로 쳐다보면 할머니가 내 눈을 빤히 쳐다보며 말했다.

"버섯도 독버섯이 있지? 그것처럼 나물도 먹으면 죽는 독나물이 있단다."

"그런데 왜 가져가?"

"다 쓸모가 있으니까 그렇지."

할머니는 독이 든 버섯이나, 독성이 강한 나물은 따로 준비해간 비닐봉지에 잘 싸서 일바지 주머니에 조심스럽게 넣었다. 먹으면 죽는다면서, 저렇게 손으로 만지고 주머니에 넣으면 괜찮을까 불안했다. 그런 내 마음을 아는지 모르는지 할머니는 또 다른 것들을 찾아 걸음을 옮겼다.

산에서 내려오면 할머니는 나에게 바구니에 든 것을 마루에 내려놓으라고 이르고 집 뒤 보일러실에 붙어 있는 창고로 들어갔다. 할머니는 일바지 주머니에 넣어 챙겨온 것들을 꺼내 그곳에 따로 보관했다. 잎사귀는 말리고 뿌리는 손질해두었다가 술을 담갔다.

나는 어느새 쪼르르 달려가 창고 문에 매달려 할머니가 나물이나 뿌리를 손질하고 선반에 올려두는 모습을 지켜보았다. 할머니가 미소를 지으며 '만져볼래?' 하고 물어도 그때마다 고개를 흔들었다. 죽는 게 뭔지도 잘 몰랐지만 사람을 죽일 수도 있다는 '독'에 가까이 다가가고 싶지 않았다. 창고 안으로 들어가지 않고 문에 매달려 있던 것도 그래서였다. 그래도 호기심은 있었다.

"할머니, 먹지도 못하는데 왜 술을 담가요?"

"먹기에 따라서 약도 되고 독도 되니까. 벌침 알지? 그것도 잘못 찔리면 상처가 붓고 아프잖니? 하지만 아픈 곳에 벌침을 놓으면 병이 낫는단다."

약이라는 말에 조금 이해가 되었지만 그래도 이렇게 많은 독초를 따로 보관하는 건 이상하다는 생각이 들었다. 산에서 따온 나물이나 뿌리만이 아니었다. 할머니가 진짜 아끼는 독은 따로 있었다.

집 뒤 텃밭에서 조금 떨어진 곳에는 할머니가 만들어놓은 비닐하우스가 있었다. 비닐하우스 옆에는 협죽도라는 이름의 붉은 꽃이 피는 나무가 있었고 비닐하우스 안에는 천사의 나팔, 디기탈리스, 란타나 같은 꽃과 화분들이 있었다. 란타나는 꽃 색깔이 일곱 번이나 변한다는 말이 있을 정도로 볼 때마다 색을 바꿨다.

할머니는 꽃이 이뻐서 키운다고 했지만 학교 도서관에서 식물도감을 찾아본 뒤로는 그 말을 믿지 않았다. 할머니의 비닐하우스에 있는 꽃과 화분들은 하나같이 독초였다. 비닐하우스 안에 있는 식물만이 아니었다. 밖에서 자라고 있는 협죽도도 독성이 강하다고 알려진 나무였다.

나는 학교에서 빌려온 식물도감 책을 할머니에게 읽어주었다.

"란타나. 국명 란타나 카마라. 원산지는 미국 남동부 열대 지역으로 전 세계 열대 및 아열대 지역에 널리 퍼져 있다. 우리나라에서는 관상용으로 재배한다. 꽃은 연중 피고 지며, 전체적인 지름은 3~4센티미터 정도이고 색깔은 다양하다. 음, 잎은 마주나며 털이 있고… 잎과 줄기에는 독성이 있기에 주의를 요하며 열매는 녹색이나 청동색인데 역시 독성이 있어서 조심해야 한다."

너무 긴 내용은 대충 건너뛰고 할머니에게 말하고 싶은 부분을 찾아서 읽었다. 디기탈리스나 천사의 나팔, 협죽도에 대해서도 읽어주었다.

"협죽도. 쌍떡잎식물속 용담목 협죽도과에 속하며 우리나라에서는 제주도에 자생한다. 장미나 복숭아꽃을 닮은 꽃이 피어 가로수로 심어지기도 했지만, 지금은 독성 때문에 철거되었다. 화분에 심어 실내 관상수로 두기도 하지만 올레안드린은 강한 강심 작용을 해서 다량 섭취할 경우 대상자는 심장이 수축된 채 회복되지 않아 사망한다. 꽃말은 위험, 방심은 금물."

나는 할머니에게 읽어주기 위해 접어둔 부분을 다 읽고 난 뒤 현장검증에서 결정적 증거라도 잡은 듯한 눈초리로 할머니를 쳐다보았다. 꽃말이 '위험, 방심은 금물'이라니, 학교에서 읽을 때도 그랬지만 할머니 앞에서 다시 읽어 내려가면서 또 팔에 소름이 돋았다.

할머니는 놀라지 않았다. 할머니는 고개를 끄덕이며 협죽도의 붉은 꽃을 손으로 건드렸다.

"…그랬지. 독성이 있다고 했어. 그래서 협죽도를 심은 거란다."

"…?"

독성이 있어서 심었다고요? 초등학교 4학년인 나의 머리로는 이해가 되지 않았다. 위험물은 해골 표시를 해서 어디 보이지 않는 곳에 보관하거나, 불태워 없애거나, 묻어야 하는 것 아닌가요?

할머니는 나의 의아한 표정을 읽었는지 미소를 지으며 답을 해 주었다.

"독성이 있어서 방충 효과가 있단다. 벌레가 무서워서 이 근처에는 오지 않지. 독버섯이 왜 화려한 색인지 알아? 나 건드리지 마시오, 라는 뜻이야. 눈에 띄어서 조심하라고 경고하는 거지."

할머니는 화초에 시선을 돌렸다.

"저 나무며 꽃은 자신을 보호하기 위해 독을 품었을 뿐이야. 누구나 다 세상을 살아가는 자기만의 방식이 있는 거란다."

"그래도 독이 있는데, …무섭지 않아요?"

할머니가 내 머리를 쓰다듬으며 말했다.

"독성이 있다는 걸 알면, 조심하면 될 일이지."

여전히 왜 그렇게 많은 독초를 키우는지 의심스러웠지만 더는 묻지 않았다. 어린 나이였지만 나는 그게 할머니가 세상을 살아가는 방식이라고 짐작했다.

1

"내가 이럴 줄 알았어. 이 시간에 밀릴 이유가 없다니까."

또다시 들려온 택시 기사의 목소리에 눈을 떴다. 차 지붕을 때리는 빗소리를 들으며 설핏 잠이 들었나 보다. 주희는 정신을 차리고 자세를 고쳐 앉았다.

창밖을 살피며 여기가 어딘지 가늠하려 했으나 늦은 밤 비가 쏟아지는 도로는 온통 붉게 번쩍이는 자동차의 후미등으로 가득했다. 가다가 서기를 반복하는 도로의 정체는 도무지 풀릴 기미가 보이지 않았다.

주희는 휴대폰을 꺼내 지도 앱을 켰다. 지도에서 위치를 확인해 보니 막 능곡을 지나 장항을 향해 가고 있다. 시간을 확인했다. 12시 1분 전. 합정동에서 택시를 탄 지 30분이 지나 있었다. 평소라면 일산 집에 이미 도착했을 시각이다. 지금 도로 사정으로는 한참 더 길 위에서 시간을 보내야 할 것 같았다.

오후 내내 이어진 PT 일정에, 생각지도 않았던 일을 처리하느라 지쳐서 버스 정류장까지 걸어가는 것도, 버스를 기다리는 것도 귀찮아 택시를 탔다. 강변북로를 탄 택시는 행주대교 앞에서부터 밀리기 시작했다. 세차게 내리는 비 때문에 다들 속도를 줄여 그런가 보다 생각했다. 때가 되면 도착하겠지 하며 잠시 졸았는데, 그 사이 자동차는 거북이보다 느리게 움직였다. 앞으로도 한참을 좁은 차 안에 갇혀 있어야 한다고 생각하니 가슴이 답답했다.

'이럴 줄 알았으면 버스를 탈걸.'

버스라고 막힌 도로를 뚫고 갈 방법이 있진 않겠지만, 적어도 버스 운전기사는 승객에게 말을 걸지 않는다.

택시 기사는 주희가 뒷좌석에 타자마자 말을 걸었다.

"운동하고 오는 길인가 봐요."

'오늘도 짐'이라는 글자와 운동으로 다져진 탄탄한 남녀의 실루

엣이 새겨진 가방을 봤는지 택시 기사가 고개를 돌려 주희를 힐끗거렸다. 그때부터 식도에 가시가 걸린 듯 불편했다. 아, 말 많은 인간 딱 질색인데. 목적지를 이야기하고 창밖으로 고개를 돌렸는데도 기사는 예상대로 말을 걸었다.

"그…, 너무 꽉 끼어서 안 불편해요?"

뭔 얘긴가 싶었다. 뭐가 꽉 끼었다고?

"나는 처음에 스타킹만 입은 줄 알았다니까요?"

레깅스를 입은 게 문제였군. 주희는 그가 다시 입을 열기도 전에 짜증이 밀려왔다. 말만 많은 게 아니라 오지랖도 넓었다. 쓸데없는 말을 얼마나 해댈지 한눈에 그려진다.

"레깅스? 아니 그게 스타킹이랑 뭐가 달라? 요즘 그거만 입고 다니는 사람이 얼마나 많은지, 눈을 어디 둬야 할지를 모르겠어. 아, 손님에게 하는 얘기는 아닙니다."

레깅스를 입은 승객에게 잔소리를 하면서 당신에게 하는 이야기는 아니라니, 주희는 그의 입을 막아버리고 싶었다.

택시 기사들은 남자 승객에겐 절대 말을 걸지 않는다는 얘기를 들었다. 도대체 왜 여자 승객만 타면 말을 걸까? 같잖은 정치 비평과 라떼는 어쩌고 하는 꼰대질, 무례하게 던지는 사적인 질문에 피곤했던 게 한두 번이 아니다. 뉴스를 보니 어느 미용실은 대화를 원하지 않는 손님을 위해 침묵 모드를 선택해 예약할 수 있다던데 택시에도 도입이 시급하다. 오늘같이 피곤한 날은 더 절실하다.

"요즘 등산 가보면 아주 가관이에요. 레깅스 입은 아줌마들이 아주 그냥 바글바글, 몸매가 좋으면 말이나 안 해, 그건 테러지 테러. 눈 버린다니까."

테러는 너다. 주희는 그의 말을 더 듣고 싶지 않았다. 주희는 짧고 단호하게 말했다.

"조용히 가죠."

"…."

힐끗 룸미러로 뒷좌석을 보는 택시 기사의 얼굴이 보였다. 30대 후반이나 40대 초반으로 보이는 얼굴. 빤히 쳐다보는 그의 눈길이 느껴졌다. 주희는 일부러 고개를 빼고 계기판 위에 부착된 택시 운전 자격증을 확인했다. 주희의 눈길을 느꼈는지 기사는 결국 시선을 거두고 입을 다물었다.

이제 좀 조용히 가나 싶었는데 몇 분 지나지 않아 기사가 라디오를 켰다. 조용한 것을 못 견디는 성격인 모양이다. 말을 거는 것보다는 낫다 싶어 내버려두었다.

'…검찰은 20년 형을 구형했습니다. 피의자 김씨는 헤어지자는 여자 친구를 잔혹하게 살해하고 시신을 유기한 혐의로 지난 5월 기소되었습니다. 검찰은 피의자 김씨의 범행이 잔혹하고 반성의 기미가 보이지 않는 점을 들어 이와 같이….'

뉴스를 듣던 택시 기사는 그새를 못 참고 또 입을 열었다. 혼잣말이라고 하는 모양이지만 주희에게 들릴 정도로 목소리가 컸다.

"아이고 미친 새끼. 헤어지자면 그냥 헤어지지, 왜 자기 인생까지 망쳐, 세상에 널린 게 여잔데. 그 인생도 끝났네 끝났어."

"…."

"요즘 뉴스 듣기가 겁난다니까, 왜 이렇게 미친놈이 많은지 원. 하긴 미친놈만 많은가, 미친년도 많지. 아, 내가 재미있는 얘기 하나 해줄까요?"

이럴 줄 알았다. 주희가 뭐라고 대답도 하기 전에 택시 기사는 다시 말을 걸었다.

"재미있는 이야기가 아니라, 오싹한 이야기인가? 아무튼, 택시를 몰다 보면 별 손님이 다 있거든요. 그때도 이렇게 비가 내리는 밤이었는데 여자가 뒷좌석도 아니고 조수석에 타는 거라. 목적지도 말을 안 하고 일단 어디든 바람을 좀 쐬고 싶다고 하길래 자유로 쪽으로 향했죠. 가끔 그런 손님이 있어요. 뭔 답답한 일이 있나 보다 했지. 그런데 자꾸 내 얼굴을 힐끗힐끗 보더니 갑자기 내 손을 쓱 만지더라고요. 어디 조용한 곳으로 가자고 하는데 아이고 확 느낌이 오더라고. 대놓고 택시 기사에게 이런 수작을 부리는 여자가 많아요. 내가 정색을 하고 나 그런 사람 아니라고, 목적지나 말하라고 하니까 갑자기 차 문을 확 여는 거야, 아이고 진짜. 자유로에서 뭐 하는 짓인지. 그거 막느라고 사고날 뻔…."

주희는 더 듣고 싶지 않아 휴대폰을 꺼내 전화를 거는 척했다.

"어, 늦었지? 차가 밀리네. 모르겠어. 이따가 도착하면 전화할게. 응."

혼자 신나서 떠들던 기사도 주희의 통화 소리에 입을 닫았다. 주희는 잠시 더 휴대폰 문자를 하는 척하다가 휴대폰을 닫고 창밖으로 시선을 돌렸다. 주희는 다시 택시 기사의 수다가 이어질까 싶어 눈을 감았다. 그렇게 자는 척을 한다는 게 자기도 모르게 잠이 든 거였다.

"아이고, 사고가 크게 났네."

사고 현장이 보이자 택시 기사는 고개를 빼고 전방을 주시했다.

바로 앞에 사고로 부서진 몇 대의 자동차가 보였다.

차체 앞부분이 완전히 구겨진 자동차도 있었고, 한쪽에는 전복된 차도 보였다. 가벼운 추돌 사고가 아닌 모양이다. 경찰차와 견인차, 구급차가 경광등을 번쩍이며 현장을 수습 중이었다. 북새통을 지나는 자동차들은 한 개의 차로만 간신히 이용할 수 있었다. 이러니 차가 막히지.

사고 현장을 지나던 기사는 창문까지 열어 고개를 빼고 이리저리 주위를 살폈다. 빗소리와 함께 차갑고 습한 공기가 밀려 들어왔다. 차가운 공기 덕에 잠기운이 완전히 사라졌다. 주희는 뒷좌석의 창문도 열어 숨을 크게 들이마셨다. 빗방울이 얼굴을 때렸다. 기분이 한결 나아졌다. 갑자기 창문이 닫혔다. 주희는 기사를 쳐다보았다. 겨우 숨통이 트이나 했는데 다시 속이 답답해졌다. 기사는 전방을 주시한 채 말했다.

"시트 젖어요."

주희는 가만히 기사를 쏘아보다 창밖으로 고개를 돌렸다.

도로 위에는 깨진 유리창과 불빛들, 빗줄기까지 모든 것이 부서지고 있었다. 구급대원이 구겨진 자동차의 문을 열고 축 늘어진 사람을 꺼내는 모습이 보였다. 그의 머리는 붉은 피로 젖어 있었다.

주희는 들것에 실리는 운전자의 모습을 유심히 바라보았다. 몸이 축 늘어진 걸 보니 상태가 심각한 것 같았다. 이미 죽음이 가까운 듯 보였다.

그는 오늘이 자신의 마지막 날이라는 것을 알았을까? 아마도 다른 자동차와 충돌해 의식을 잃어가는 순간에도 그는 자신이 죽는다는 건 생각도 하지 않았을 것이다. 대부분의 사람들이 그렇다.

오늘 자신이 죽는다고 해도 그것을 받아들이지 못한다.

주희는 택시 기사의 옆얼굴을 물끄러미 보다가 불쑥 말을 걸었다.

"…만약 오늘이 마지막 날이라면 뭘 하고 싶어요?"

택시 기사는 주희의 질문이 당혹스러운지 슬쩍 고개를 돌리고 쳐다보았다.

"…갑자기 무슨, 아… 그러네요. 저 사람도 오늘이 마지막이 될지는 몰랐겠네. 가만있자, 오늘이 마지막이라… 갑자기 물으니까 떠오르는 게 없네."

생각 없이 살면 이렇게 된다. 자신이 뭘 하고 싶은지조차 모르며 살아간다. 그저 내일, 아니 더 많은 시간이 아직도 자기에게 남아 있다고 믿으며 어영부영 살아가는 것이다. 오늘이 마지막이라고 해도 마지막 순간에 뭘 하고 싶은지 머릿속에 떠오르는 게 없다니. 떠들기 좋아하는 것 같아 말할 기회를 주었더니 이런 질문에는 말문이 막히는 모양이다. 택시 안이 조용해졌다. 주희는 자기도 모르게 웃음이 났다.

꽉 막힌 구간을 지나온 자동차들은 그동안의 시간을 보상이라도 받으려는 듯 속력을 내며 경쟁하듯 달려나갔다. 택시 옆으로 빠르게 자동차들이 지나갔다. 택시도 지지 않고 속력을 높였다. 누군가 옆에서 경적을 울렸다. 갑자기 기사의 입에서 욕이 튀어나왔다.

"저게 죽으려고 환장을 했나?"

기사는 차선을 바꾸며 스치듯 앞서간 흰색 자동차의 뒤를 쫓더니 상향등을 쏘아댔다. 주희는 인상을 찡그리며 기사의 뒤통수를 노려보았다. 다시 불쾌감이 밀려들었다. 처음부터 마음에 들지 않았지, 이 인간. 방금 사고 난 거 못 봤어?

"속도 좀 줄이시죠?"

"저런 건 가만두면 안 된다니까요. 저런 놈 때문에 사고가 난다고."

"…."

"서로 저 잘나서 먼저 가겠다고 머리를 디밀고. 아주 다른 사람 생각은 1도 안 해. 내가 가겠다는데 누가 막아, 길 비켜, 이거야."

그렇게 말하는 택시 기사 역시 자신의 진로가 침범당하자 손님을 태우고 가면서도 위험하게 차를 몰고 있다. 그러게, 가만두면 안 된다니까. 그렇게 얘기를 해도 못 알아듣지.

주희는 택시 기사의 뒤통수를 빤히 쳐다보며 한 시간 전의 일을 떠올렸다.

'살려주세요. 다시는 안 그럴게요.'

## 2

"수고하셨습니다."

드디어 헬스장에 남아 있던 마지막 회원이 샤워를 마치고 나와 인사를 하며 헬스클럽을 나가자 주희는 기다렸다는 듯 음악부터 껐다. 하루 종일 음악 소리가 신경에 거슬렸다. 아니, 음악 때문이 아니다. 사람들의 목소리, 운동화 끄는 소리, 실내를 떠도는 땀 냄새, 제멋대로 놓고 간 운동기구들. 모든 게 주희의 신경을 건드렸다. 사소한 자극에도 촉각이 곤두섰다.

주희는 음악을 끄고 조명을 최소한으로 한 뒤 러닝머신 위에 올라섰다. 이렇게 예민한 날에는 땀을 쫙 빼고 뜨거운 물로 샤워를 해줘야 한다. 몇 분 동안 예열을 한 뒤 속도를 올리고 본격적으로 달리기 시작했다. 음악이 꺼진 실내에서 주희는 고르게 숨을 들이마시고 내쉬며 자신의 호흡에 집중했다. 날카롭던 신경들이 차츰 가라앉았다.

사람을 상대하는 일은 피곤하다. 오늘처럼 알 수 없는 이유로 몸이 무겁고 신경이 날카로운 날은 더하다. 그래도 이곳은 나은 편이다. 회원 등록을 한 지 얼마 되지 않은 신입 회원들이 이따금 운동기구의 사용법을 물어보는 정도일 뿐, 대부분의 회원들은 운동에 집중하느라 트레이너를 부르는 일이 거의 없다.

"다들 오기 전에 유튜브로 공부하고 온다니까. 어떤 부위를 어떻게 뺄지, 근육은 어디를 늘릴지, 어떤 동작을 몇 세트 할지 계획이 다 있다고. 유튜버에게 고마워해야 할지…."

이제는 헬스장이 장소와 운동기구를 빌려주는 곳이 되었다며 박 관장은 웃었다. 이곳으로 옮긴 뒤 주희의 일상은 다시 평온하고 조용해졌다.

'여성 전용 헬스장으로 옮기길 잘했어.'

전에 있던 곳은 이렇지 않았다. 주희가 처음 갔을 때만 해도 사람이 아주 북적거리는 시간은 아니었다. 하지만 어느새 클럽 안은 남자 회원들로 북적거렸다. 단순히 운동을 하러 오는 사람이 많은 게 아니었다. 어떤 회원은 운동보다 주희 주변을 어슬렁거리는 것으로 시간을 보냈다.

그들은 먹이를 노리는 하이에나처럼 주희의 주변을 어슬렁거리며 기회가 있을 때마다 말을 걸었다. 누구 하나가 주희에게 PT를 받겠다며 등록을 하자, 경쟁이라도 하듯 서로 PT를 신청했다. 주희는 그마저도 달갑지 않았다. 그들의 속셈이 무엇인지 뻔히 보였고 예상은 빗나가지 않았다.

차라리 진심으로 주희와 운동을 할 마음이라면 괜찮겠지만 그들은 트레이너로 주희를 인정하는 게 아니라 주희의 얼굴과 몸매에 집중했다. 돈을 주고 주희와 함께하는 시간을 보장받은 그들은 웨이트 동작을 하는 틈틈이 농담을 걸고 엉뚱한 동작으로 주희의 손길을 기다렸고 사적인 호기심을 드러냈다. 늦은 저녁에 퇴근하는 주희를 밖에서 기다리는 남자도 있었다. 같이 술 한잔하려고 기다렸다는 말에 주희는 짜증과 분노가 치밀었다.

오전으로 근무 시간을 바꿔달라고 부탁했지만 관장은 고개를 저었다. 오전 시간을 맡고 있는 트레이너가 저녁 알바를 해서 시간 변경이 어렵다고 했다. 자신도 오전에 맡고 있는 주부 프로그램을 책임져야 한다고 했다. 주희는 대충 무슨 얘긴지 알아챘다.

오전 시간 트레이너가 귀띔해주던 게 생각났다. 오전 특별 프로그램에 참가하는 주부와 관장이 내연 관계라는 소문이었다. 주부는 오후에 시간을 내기가 어렵겠지. 관장이 누구와 눈이 맞든 자신이 알 바 아니었다. 관장에게도 근무 시간을 오후로 바꿀 수 없는 절대적 이유가 있는 셈이었다.

관장은 남자 회원들의 호의를 좋게 생각하라며 이번 기회에 괜찮은 사람을 찾아보라는 참견까지 했다.

"이제 슬슬 결혼도 해야 하는 나이 아니야? 잘 한번 찾아봐요."

주희의 불편함이 무엇인지 전혀 인식하지 못하는 것 같았다. 미친, 나는 돈을 벌기 위해 직장을 다니는 거지, 결혼 상대를 찾거나 당신들 눈요기가 되려고 온 게 아니야.

한두 명이라면 적당히 처리하고 끝내겠지만 잘 알아듣게 정리했다 싶으면 또 다른 놈이 찝쩍거렸다. 끝없이 이어지는 악몽 같았다. 근무 시간은 물론이고 운동 시간까지 방해받는 일이 계속되자 이대로는 안 되겠다는 생각이 들었다.

신경이 날카로워질 대로 날카로워졌을 즈음 끈덕지게 주희의 곁을 맴돌며 기회가 있을 때마다 주희를 톡톡 건드리는 한 회원 때문에 스트레스가 점점 심해졌다. 따끔하게 뭐라 한마디 하려고 하면 주희가 오해하고 있다는 식으로 말을 돌렸다. 퇴근하면 뒤를 따라왔다. 하루 종일 놈의 기척이 느껴졌다. 아예 스토커가 되기로 작정한 듯했다. 그냥 놔둘 수가 없었다. 인내력도 바닥이 났다.

결국 직장을 옮기기 위해 수소문을 하던 중, 몇 년 전 함께 일했던 박은영 트레이너가 여성 전용 헬스장을 오픈했다는 소식을 듣고 연락을 했다. 오랜만의 연락이었지만 박 트레이너는 반갑게 전화를 받아주었고 마침 새 직원이 필요하던 참이라며 주희를 반겼다.

직장을 옮긴 탓에 출퇴근 시간은 길어졌지만 그래도 집까지 한 번에 가는 버스가 있어 불편한 점은 없었다. 무엇보다 짜증을 유발하는 남자들이 사라진 것이 개운했다.

달리기에 집중하던 주희는 갑자기 정지 버튼을 누르고 러닝머신에서 내려왔다. 어디선가 인기척이 느껴졌다. 아직 누가 안에 남아 있나? 다시 신경이 날카로워졌다. 주위를 둘러보고 탈의실을 확인하려는 순간 누군가 조심스럽게 현관문을 두드렸다.

주희는 얼른 아령을 집어들고 발소리를 줄이고 현관문으로 걸어갔다.

"누구세요?"

"아, 저예요. 최은서예요."

최은서? 아, 마지막으로 나간 회원이었다. 주희는 아령을 내려놓고 문을 열었다. 은서가 서둘러 안으로 들어오더니 문을 잠그려 했다. 어둠 속에서도 최은서가 잔뜩 겁을 먹고 있는 게 느껴졌다.

"왜 그래요? 무슨 일 있어요?"

"죄송해요. 저 잠깐만 여기 있다 가면 안 될까요?"

물건을 놓고 간 건 아닌 모양이다. 나간 지 꽤 시간이 된 것 같은데… 이미 영업을 끝내고 불까지 끈 헬스장에 들어와서 문까지 잠그는 것도 모자라 잠깐 있다 가겠다니, 뭔가 사연이 있어 보였다. 주희는 일단 은서를 안으로 데리고 들어오며 헬스장 불을 켰다.

은서는 잔뜩 움츠러든 어깨를 두 손으로 감싸며 불안한 표정으로 실내를 서성거렸다. 무엇 때문인지 안절부절못하고 있었다.

"무슨 일이에요?"

주희의 물음에 입술을 깨물며 망설이던 은서가 조심스럽게 입을 열었다.

"저기, 건물 앞에 그 사람이 서 있어요. 제가 나오기를 기다리고 있어요."

"그 사람?"

"…몇 달 전에 헤어진 남자 친구예요. 계속 이렇게 아무 때나 불쑥 찾아와요."

최은서는 등록한 지 한 달이 채 안 된 회원이다. 아직 이름도 제대로 각인되지 않은. 그러니 개인사도 잘 알지 못했다.

"정말 미치겠어요. 여긴 또 어떻게 알았는지…."

주희는 불안해하는 은서의 얼굴에서 공포를 보았다. 여성 전용 헬스클럽에 오니 이런 일도 있구나. 전에는 한 번도 고민해보지 않았던 문제였다. 피곤과 짜증이 밀려들었다. 하지만 겁먹은 회원에게 그런 내색을 할 수는 없었다.

주희는 은서의 곁으로 다가가 등을 쓰다듬었다.

"…자세히 얘기해봐요."

"안 만나주면 죽여버리겠다고, 그래서 이사도 하고 전화번호도 바꿨는데…."

남자에게서 벗어나려고 노력은 한 것 같았다. 남자는 이럴 때 더 집요해진다.

주희는 눈물을 글썽이며 어쩔 줄 몰라 하는 은서를 보다가 인상을 찡그렸다. 주희는 고개를 좌우로 꺾었다. 겨우 풀리던 근육들이 다시 뻐근해져오는 게 영 기분이 안 좋았다. 주희는 어깨와 목덜미를 주무르며 은서에게 물었다.

"직장은요?"

"그것도 옮겼어요. 다시 직장 구하느라 얼마나 힘들었는데…."

"혹시 SNS 해요? 인스타나 페북 같은 거."

"그거야… 하지만 계정도 바꿨는데요."

"친구 타고 들어오면 못 찾을 건 없죠."

은서는 놀란 듯 손을 입으로 가져갔다. 주희는 한마디 해주려다 입을 다물었다. 남자에게 완전히 모습을 감춰야 한다면서 도대체 인스타그램 같은 건 왜 못 버리는지, 그렇게 조심성이 없으면서 안 들키길 바라다니. 하지만 은서의 잘못은 아니다. 문제는 여자의 거절을 받아들이지 못하는 놈에게 있다. 어디에나 있는 미성숙한 찌질이들.

주희는 은서를 안심시키기 위해 일단 물을 한 잔 따라주었다. 은서가 물을 마시는 모습을 지켜보던 주희는 실내의 불을 껐다.

"아, 죄송해요. 퇴근하셔야 하는데…."

은서는 주희의 행동을 오해하고 가방을 챙겨들었다.

"가려고요? 그 남자 밖에 있다며?"

"네, 하지만 여기도 문을 닫아야 하니까…."

주희는 은서의 어깨를 토닥이고 창가로 걸어가 건물 앞 거리를 내려다보았다.

"인상착의가 어떻게 돼요?"

주희가 무엇을 하려는지 눈치챈 은서가 조심스럽게 주희의 등 뒤로 다가와 창밖을 바라보았다.

"저기… 저 후드티 입은 남자예요."

주희는 은서가 가리키는 남자를 쳐다보았다. 위에서 내려다보는 거라 정확히 가늠이 되지는 않았지만 큰 덩치는 아니었다. 회색 후드티를 입은 남자는 주위를 두리번거리다 이따금 고개를 들어 건물을 올려다보았다. 이대로 물러날 기세가 아니었다.

은서는 남자가 고개를 들자 움찔하며 뒤로 물러났다. 주희는 겁에 질린 여자의 얼굴을 힐끗 보다가 물었다.

"어떻게 할 생각이에요?"

"네?"

"이렇게 계속 있을 수는 없잖아요?"

"…죄송합니다."

은서는 난감한 표정으로 어쩔 줄 몰라했다. 주희의 질문을 오해한 것 같았다.

주희는 여자를 빤히 쳐다보다 물었다.

"그게 아니라, 저 남자 어떻게 할 거냐고요?"

"네? …어떻게 할… 저도 잘 모르겠어요."

"계속 이렇게 숨고, 도망 다니고… 이런다고 끝날 거 같아요?"

"그럼 어떡하죠? 경찰에도 신고해봤어요. 하지만 그때뿐이에요. 경찰도 뭘 해줄 수 있는 게 없다고 해요."

경찰은 사건이 일어나기 전까지는 구경꾼에 불과하다. 그들이 할 수 있는 건 없다. 겁에 질려 울먹거리는 은서를 보고 있자니 답답한 마음과 안쓰러운 마음이 교차했다. 아직 20대 초반으로 보이는 앳된 얼굴이다. 사귀기 전까진 남자가 이런 놈인 줄 몰랐을 것이다. 어쩌면 그래서 놈의 겁박이 더 무섭게 느껴지겠지. 그럴수록 놈은 최은서를 더 몰아세우고 끈질기게 들러붙을 것이다. 해주고 싶은 말이 많았지만 주희는 그 말을 꿀꺽 삼켰다. 모든 여자가 주희처럼 깔끔하게 해결하지는 못한다.

보통은 사랑했던 사람이라는 관계 때문에, 그동안 쌓인 여러 감정들이 정리되지 않아 주저하고 망설이다 틈을 보인다. 그 틈을 본 남자는 자기 기분에 따라 여자를 괴롭히기도 하고 위협도 하면서 손아귀에서 놓아주지 않는다. 남자가 스스로 물러나기 전까지 가슴 조이며 숨죽이고 사는 여자들이 얼마나 많은지.

이 여자도 놈을 물리치기에는 아직 결심이 서지 않았다. 이렇게 뒷걸음질 치고 숨는 순간 남자는 더 치고 들어와 자신의 자리를 넓힌다. 남자의 의지를 꺾어놔야 한다. 두 번 다시 찾아오지 못하게 완전한 방법을 찾아야 한다.

주희는 굳이 자신의 해결 방법을 얘기해줄 마음은 없었다. 완전한 이별은 사람마다 다르다. 각자의 성향과 관계의 밀도에 따라, 남자의 반응에 따라 적절한 방법을 찾아야 한다. 그 방법은 은서 스스로 찾아야 한다. 그래도 이대로 내버려둘 수는 없다. 우선 내 눈에 거슬리는 건 봐줄 수가 없지.

주희는 창밖을 쳐다보며 은서에게 물었다.

"저 남자 이름이 뭐예요?"

"네? 남서준이요."

주희는 은서의 손을 잡고 코가 닿을 듯 얼굴을 가까이 들이댔다.

"잘 들어요. 저놈이랑 진짜 끝내고 싶으면 저놈 눈을 똑바로 노려보며 말해야 해요. 두 번 다시 내 눈에 띄지 말라고."

"그렇게 말한 적도 있어요. 들은 척도 안 해요."

"겁먹지 말고, 애원하지 말고 당당하게 말해요. 정색을 하고 눈동자 너머의 놈에게 말해요. 한 번만 더 내 눈에 띄면 그땐…."

'죽여버릴 거야.'

그 말은 목 안으로 삼켰다. 은서의 내면에서 서서히 끓어오르는 분노로 만들어진 말이 아니면 소용없다. 누군가 시켜서 할 수 있는 말이 아니다. 온 마음으로, 세포 하나하나까지 진심으로 분노를 뿜어내지 않으면 효과가 없다.

'놈에게 두려움을 심어주라고, 사냥감이 되지 말고. 이제부턴 내가 널 사냥할 거니까. 겁을 먹을 사람은 바로 너라고 말하라고.'

주희는 계속 은서의 눈을 바라보며 자신이 하고 싶은 말들을 떠올렸다. 그렇게 마음으로 건네면 은서가 알아듣기라도 할 것처럼.

"내 눈에 띄면 그땐… 뭐라고 해요?"

은서의 눈에는 걱정과 망설임, 겁을 집어먹은 초식동물의 연약한 눈물이 가득했다. 주희는 은서를 안아주고 싶었다. 겁먹지 마, 제발 겁먹지 말고 싸워.

주희는 말 대신 가방을 챙겼다. 나갈 준비를 끝낸 주희는 은서의 팔을 잡고 말했다.

"어떤 말을 할지는 회원님이 잘 생각해봐요. 여기 있다가 10분 뒤에 나와서 택시 타고 집으로 가요. 남자는 내가 따돌릴 테니까."

"네? 어떻게 하시려고요?"

"그런 건 나한테 맡기고. 알았죠? 10분 뒤에 집으로 돌아가요. 아, 문은 따로 잠그지 않아도 돼요."

주희는 은서를 남겨두고 헬스클럽을 나왔다.

건물 현관문을 밀고 나오자 남자가 몸을 내밀어 다가서려다 주희의 얼굴을 확인하고 걸음을 멈췄다. 남자는 이내 시선을 돌리고 건물을 올려다보았다. 키는 주희와 비슷했다. 남자의 입에서 나온 욕설이 주희의 귀에 들렸다.

"뭐라고요?"

주희가 돌아보자 잠시 당황한 표정이던 남자는 이내 인상을 쓰며 말했다.

"…그쪽한테 한 얘기 아니에요."

"최은서 기다려요?"

남자의 눈이 커졌다. 주희는 남자를 쳐다보다가 몸을 돌렸다.

"지금 만나러 갈 건데, 볼일 있으면 따라와요."

주희가 걸음을 옮기자 머뭇거리던 남자는 이내 주희의 뒤를 따라왔다.

"은서 어디 있어요?"

주희는 주위를 둘러보며 근처 골목으로 향했다.

'이곳엔 CCTV가 너무 많아.'

그러나 생각보다 사각지대를 찾는 것은 어렵지 않다. 아무리 번화한 도시라고 해도 건물과 건물 사이, 두 사람 정도 들어갈 조용하고 은밀한 공간은 충분히 있었다.

주희를 따라오던 남자는 어느새 주희의 앞을 가로막았다.

"은서 어디 있냐고? 당신 누구야?"

"저기, 저 건물 사이로 들어가면 뒤쪽 지하에 주차장이 있어. 은서는 내 차에서 기다리고 있어."

놈은 더 들어보지도 않고 건물 사이로 뛰어갔다. 건물 뒤편 지하는 막다른 벽이 있을 뿐이다. 출구가 없다는 사실을 깨달은 남자는 몸을 돌렸다. 바로 뒤까지 따라간 주희는 틈을 놓치지 않고 남자의 목에 전기충격기를 들이댔다.

남자가 몸을 떨며 바닥에 쓰러졌다. 주희는 다시 한번 전기충격을 주었다.

남자가 몸을 비틀며 신음소리를 냈지만 주희는 아랑곳하지 않고 주머니를 뒤졌다. 바지 주머니에 있는 휴대폰을 꺼내 화면을 켰다. 갤러리앱부터확인했다.

'이런 놈들의 특징은 너무 잘 알지.'

아니나 다를까 여러 사진 중에 은서의 사진도 있었다. 그때는 추억이었으나 지금은 협박용으로 쓰기에 충분한 사진과 동영상들. 주희는 갤러리에 있는 사진을 몽땅 지웠다. 갤러리가 깔끔하게 지워진 것을 확인한 주희는 남자의 얼굴에 휴대폰을 대고 사진을 찍었다. 충격으로 정신을 못 차리는 와중에도 남자는 얼굴을 가리려고 손을 들었다. 주희는 자신의 휴대폰을 꺼내 다시 남자의 얼굴을 찍었다. 남자가 고함을 질렀다.

"뭐 하는 거야?!"

주희가 누워 있는 남자의 배를 발로 걷어찼다. 이럴 때를 위해 운동을 꾸준히 해왔지. 주희는 남자의 머리카락을 움켜쥐고 일으켜 가까이 얼굴을 들이댔다.

"너야말로 뭐 하는 거야? 할 짓이 그렇게 없어?"

"…."

남자는 대답 대신 팔을 뻗어 주희의 손을 저지하려 했다. 하지만 운동으로 다져진 주희의 완력을 당해낼 수는 없었다. 주희는 남자의 팔을 비틀어 꺾었다. 남자의 입에서는 이제 신음소리가 아니라 비명이 들렸다.

"너 엄마한테 안 배웠니? 친구가 너랑 놀기 싫다고 하면 그냥 얌전히 집으로 돌아가는 거야. 생떼를 쓰며 징징댈 나이는 지났잖아?"

"네가 뭔데 참견이야?"

곧 죽어도 으르렁거리겠다 이거지? 주희는 남자의 등 뒤로 꺾은 팔을 더 위로 올렸다. 남자가 고통에 못 이겨 몸을 비틀었다. 주희는 남자를 벽으로 밀어붙여 다시 한번 팔을 힘껏 꺾어 올렸다. 두둑, 뼈가 빠지는 소리가 들렸다.

"으악!"

빠진 팔이 아래로 축 늘어졌다. 주희는 다시 남자의 사타구니를 걷어찼다. 남자는 무릎을 꺾고 주저앉았다. 주희는 놈의 등을 무릎으로 짓누르고 놈의 휴대폰에 저장된 연락처를 확인했다. 주희는 자신의 휴대폰을 꺼내 남자의 휴대폰 화면을 찍었다. 화면을 넘기며 사진을 몇 장 더 찍은 뒤 남자의 눈앞에 휴대폰을 내밀었다.

"네 폰에 있는 연락처, 카톡, 인스타, 페북 다 찍었어. 네 그 찌질한 얼굴도 찍었고. 한 번만 더 은서 앞에 나타나면 너를 알고 있는 사람들 모두 길바닥에 쓰러져 있는 네 얼굴을 보게 될거고 네가 한 짓도 알게 할 거야. 사회적으로 매장된다는 게 뭔지 아니?"

"아 씨발, 이년이 미쳤나 내가 누군 줄 알고…."

바닥에 쓰러져 입에서는 침이 흘러내리는데도 남자는 호기롭게 주희의 신경을 건드렸다. 주희는 남자의 머리카락을 움켜잡고 있는 힘껏 바닥에 내려쳤다. 몇 번이고 놈의 머리를 잡아 같은 동작을 반복했다. 버둥거리던 남자의 몸에서 힘이 빠졌다. 손을 놓자 머리가 힘없이 툭 떨어졌다. 바닥으로 붉은 액체가 조금씩 번져가는 게 보였다. 주희의 머릿속에서 빨간 경고등이 번쩍거렸다.

주희는 그제야 여기서 멈춰야 한다는 것을 깨달았다. 이렇게까지 할 생각은 없었다. 남자가 욕을 하는 순간 머릿속이 하얗게 비워졌다. 간신히 정신을 차리고 멈춘 것은 은서 때문이다. 만약 이 놈이 죽는다면 은서가 증인이 될 것이다.

주희는 잠시 귀를 기울였다. 놈의 숨소리가 들렸다. 주희는 옷에 묻은 먼지를 털며 자리에서 일어났다. 주희의 무게에서 풀려난 놈은 바닥에 벌렁 누웠다. 조금 전까지 욕을 내뱉던 입은 거친 숨을 몰아쉴 뿐 아무 말도 하지 않았다. 다행히 죽을 것 같지는 않다. 내가 이 자식에게 이름을 말했던가? 그런 기억은 없다. 놈이 두려운 건 아니다. 다만 귀찮은 일이 생기는 게 싫을 뿐이다.

주희는 바닥에 떨어진 전기충격기를 주웠다. 남자의 몸이 파르르 떨렸다. 주희는 전기충격기를 가방에 넣었다.

"다시는 이 근처에 얼씬거리지도 마. 알았어?"

"…."

"대답 안 해?"

주희가 가방에서 다시 전기충격기를 꺼내자 남자는 미친 듯이 고개를 끄덕였다. 뭐라고 중얼거렸지만 잘 들리지 않았다. 주희는 놈을 내버려두고 걸음을 옮겼다. 뒤에서 기척이 들리더니 사진 찍는 소리가 들렸다. 돌아보니 놈이 휴대폰으로 주희를 찍고 있었다.

주희는 주머니에서 잭나이프를 꺼냈다. 남자의 표정이 금세 바뀌었다. 이제야 사태가 심각하다는 것을 깨달은 모양이었다. 주희는 남자의 목에 칼날을 들이댔다. 놈은 숨도 제대로 못 쉬고 헐떡거렸다.

"사, 살려주세요. 다시는 안 그럴게요."

"남서준. 너 어디 사는지도 알아. 뭐 하는 놈인지도 알고. 앞으로 네가 뭘 하고 살지 나는 하나도 관심 없어. 근데 네가 다시 내 눈에 보이면 넌 이 세상에 없을 거야."

주희는 남자의 귀밑에 칼날을 들이댔다. 살갗을 파고드는 칼의 흔적이 턱에 그려졌다. 남자의 숨이 가빠졌다.

"이건 오늘을 잊지 말라고 새겨주는 거. 다음에 내 눈에 보이면 이 흔적을 따라 고랑을 깊게 팔 거야. 알았어?"

"아, 알았어요. 다신 안 그럴게요."

남자는 저항할 생각도 접은 듯했다. 눈에 띄게 남자의 몸에서 힘이 빠져나가는 게 느껴졌다.

주희는 칼을 거두고 남자의 손에서 휴대폰을 빼앗아 힘껏 담벼락에 집어던졌다. 어둠 속에서 액정 깨지는 소리가 들렸다. 주희는 잭나이프로 휴대폰을 몇 번이나 내리찍었다. 주희의 모습에 질린 듯 남자가 몸을 질질 끌면서 뒤로 물러났다.

주희는 휴대폰이 완전히 분해되어 조각이 되고서야 비로소 칼을 거두고 자리에서 일어났다. 더 있어봤자 피곤할 뿐이다. 어서 집으로 돌아가 뜨거운 물에 몸을 씻고 싶었다.

지상으로 올라오자 기다렸다는 듯이 비가 쏟아졌다. 주희는 근처 건물의 현관에 잠시 서서 비를 피하며 가방을 열었다. 스포츠 타월을 꺼내 칼과 손에 묻은 피를 닦았다. 주희는 타월을 가방에 넣고 우산을 펼쳐 쓰고 걸음을 옮겼다. 찌뿌둥하던 몸은 어느새 풀려 있었다. 가볍게 목을 돌려보았다. 근육도 부드럽게 이완되어 있었다. 적당한 아드레날린이 몸을 가볍게 만든 모양이다. 오늘 밤은 푹 잘 수 있을 것 같았다.

골목을 걸어 나오며 주희는 놈을 협박하며 했던 말들을 떠올렸다. 그게 얼마나 효과가 있을지 몰라도 한동안은 은서 주변에 나타날 엄두를 내지 못할 것이다. 내일 은서를 만나면 만약을 위해 자신을 지킬 수 있는 방법을 몇 가지 알려줘야겠다고 생각했다.

도로 쪽으로 나온 주희는 버스 정류장으로 가는 대신 빈 차 표시등을 켜고 정차해 있던 택시를 향해 걸음을 옮겼다.

## 3

택시는 자유로를 벗어나 일산으로 들어섰다.

"일산 어디예요?"

택시 기사가 자세한 목적지를 물었다.

"글쎄요, 어디로 가면 좋을까요?"

택시 기사가 뭔 소리냐는 듯 뜨악한 표정으로 주희를 보았다. 주희는 룸미러로 자신을 보는 남자에게 미소를 지었다. 예상치 못한 상황인지 그의 눈동자가 흔들리는 게 느껴졌다. 주희는 이대로 그를 돌려보내고 싶지 않았다. 택시를 탔을 때는 미처 깨닫지 못했다.

"아, 아니 그게 무슨 소리…."

남자는 말을 제대로 잇지 못했다. 괜히 헛기침을 했다. 그가 해주던 이야기가 생각났다. '손님 중에는 그런 사람 많아요.' 과연 그게 진짜였을까? 하필이면 왜 그런 이야기를 꺼낸 걸까?

주희는 자연스럽게 기사의 한쪽 어깨에 살포시 손을 얹고 물었다.

"비도 오고… 이대로 집에 들어가기가 싫네요. 어디 조용한 곳 알아요?"

"아니 지금 12시도 넘었고…."

"차에서 빗소리 들으며… 해봤어요?"

계속 말이 많던 남자는 주희의 물음에 입을 닫았다. 지금 그의 머릿속이 얼마나 바쁘게 돌아갈지 생각하니 웃음이 나왔다. 잠시 머뭇거리던 남자는 곧 어딘가 생각이 났는지 주희를 힐끗 보더니 조심스럽게 물었다.

"이 근방에서 조용한 곳이라면 한 군데 있기는 한데…."

"어디든 좋아요. 가요."

주희의 말에 남자는 자동차의 속도를 줄였다. 자동차는 킨텍스 뒤편의 수변공원으로 향했다. 주희도 그가 어디를 가는지 대충 감을 잡았다. 그곳이라면 가본 적이 있었다.

주변은 허허벌판이고 간간이 농장의 비닐하우스들이 늘어서 있을 뿐이다. 당연히 가로등 같은 것도 없다. 더구나 이렇게 비가 오는 밤이라면 누구의 눈에도 띄지 않을 것이다. 잠시 차를 대고 은밀한 시간을 보낼 곳은 얼마든지 있다.

남자는 룸미러로 주희의 표정을 살폈다. 주희는 짐짓 모른 척 창밖으로 시선을 돌렸다.

자동차는 고요하기만 한 시골길에 멈춰섰다. 남자는 잠깐 꼼짝도 하지 않다가 결심한 듯 뒤를 돌아보았다. 주희는 느긋하게 뒷좌석에 등을 기대며 그에게 미소를 지어 보였다. 남자는 침을 꼴깍 삼키더니 서둘러 안전벨트를 풀고 차에서 내린 뒤 뒷좌석 문을 열고 서둘러 주희의 곁으로 다가앉았다. 그는 크게 숨을 들이마시더니 주희의 다리에 손을 올렸다. 이미 상체는 주희의 몸을 짓누르고 있었다. 그의 거친 숨결이 주희의 목에 닿았다.

"레깅스를 봤을 때부터 찢고 싶었…."

남자는 채 말이 끝나기도 전에 부르르 몸을 떨었다. 주희는 그의 몸을 밀어내고 다시 한번 남자의 목에 전기충격기를 들이댔다. 저항 한번 못하고 남자의 몸이 다시 출렁거렸다. 주희는 가방에서 운동화 끈을 꺼내 남자의 손목을 뒤로 묶었다. 의식을 잃었는지 아무런 반응이 없었다.

주희는 차에서 내려 운전석 쪽으로 걸어갔다. 차가운 빗방울이 거칠게 몸을 때렸다. 잠깐 동안 온몸이 젖어버렸다. 주희는 잠시 고개를 들어 하늘을 쳐다보았다. 얼굴과 몸이 빗물에 흠뻑 젖어가자 언젠가 숲에서 이렇게 비를 맞던 날이 생각났다.

그래, 비가 내리는 순간 참을 수가 없었던 거지. 주희는 곧 자신이 어디로 가야 할지 깨달았다. 운전석에 올라탄 주희는 조용히 차를 몰아 자신만의 숲으로 향했다.

주희는 숲으로 가는 동안 할머니를 떠올렸다. 누구에게나 세상을 살아가는 자기만의 방식이 있다고 했던가?

주희의 짐작대로 할머니의 독초는 꽤 유용하게 쓰였다.

주희는 할머니와 살면서 어른들 역시 아이들과 다르지 않다는 것을 알았다. 싸우기도 하고 삐지기도 하고 편먹고 누구를 따돌리기도 했다. 농사일이 끝나는 겨울이면 동네 할머니들은 마을회관에 모여 심심풀이 화투를 치기도 하고 가마솥을 걸어놓고 동네 잔치를 하듯 푸짐하게 음식을 해서 나눠 먹기도 했다.

동짓날이라고 팥죽을 쑤어 나눠 먹던 날이었다. 주희는 마을회관에 있는 할머니의 연락을 받고 남은 팥죽을 받으러 회관에 들렀다. 할머니는 더 놀다가 가겠다며 주희를 먼저 올려 보냈다. 마을회관에서 노는 날이면 할머니는 저녁때나 되어야 집에 돌아왔다. 하지만 그날은 어쩐 일인지 30분도 안 되어 돌아왔다.

할머니 표정이 안 좋았다.

"할머니 무슨 일 있었어?"

"응? 아니다. 그냥 머리가 아파서 왔어."

정말 머리가 아팠는지 할머니는 베개를 가져다 자리를 잡고 누웠다. 주방에서 얻어온 팥죽을 먹던 주희는 방 안에 누워 있는 할머니의 혼잣말을 들었다.

"망할 년, 누구한테 막말이야? 할 말이 있고, 못할 말이 있지. 그것도 구분 못해?"

그제야 할머니가 누군가와 싸우고 왔다는 것을 눈치챘다. 화투를 치다가 셈을 자꾸 속이거나 줘야 할 돈을 안 주고 억지를 부리는 할머니들이 있다는 얘기를 들은 적이 있어서 또 그런 일이 있었나 보다 생각했다. 그럴 때면 할머니는 며칠 동안 마을회관으로 가는 발길을 끊었다가 누군가 와서 몇 마디 말을 붙이고서야 기분을 풀고 마실을 가곤 했다.

며칠이 지나 동네 친구들과 놀고 있는데 마을 입구로 들어오는 구급차가 보였다. 할머니, 할아버지가 많다 보니 이따금 마을로 구급차가 들어오는 일이 있다. 누구의 집에 차가 멈추면 며칠 뒤 그 집 어른이 돌아가셨다는 얘기를 들었다. 주희는 할머니 생각이 나서 아이들과 함께 구급차의 뒤를 따라 뛰었다. 다행히 구급차는 마을회관 옆 파란 지붕 집 앞에 멈췄다.

파란 지붕 집을 기웃거리던 주희는 그 집 할머니가 들것에 실려 나오는 것을 보고 집으로 뛰었다. 집에 들어가자마자 할머니를 찾았다. 할머니는 칡뿌리를 잘게 자르고 있었다.

"할머니도 저 소리 들었지? 구급차가 왔어요."

"누가 갈 때가 된 모양이지."

할머니는 별일 아니라는 듯 태연히 잘게 자른 칡뿌리를 신문지 위에 널었다. 이미 누가 병원에 실려 갔는지 다 아는 것 같았다. 주희는 동짓날 할머니가 누구와 싸웠는지 알고 있었다. 할머니를 달래려고 왔던 진주네 할머니와 나누던 이야기를 우연히 들었다.

"알잖어, 그 여편네 생각 없이 아무 얘기나 지껄이는 거. 임자가 그러려니 하고 넘어가."

"지금 나랑 싸우자고 왔어? 뭘 그러려니 하고 넘어가? 그렇게 넘어가면 자기가 뭘 잘못했는지도 모르고 또 속을 뒤집어놓지. 이런 일이 한두 번이야?"

"그럼 뭐, 경찰에 신고라도 할까? 살다 보면 이웃끼리 싸우기도 하고 다시 화해도 하고 그러는 거지."

진주네 할머니의 말 때문이었는지 다시 안 볼 것처럼 차갑게 말하던 할머니가 어제는 나물 반찬을 만들어서 주희를 앞세워 마을회관으로 향했다. 회관에 있는 사람들에게도 먹으라고 건네주고 파란 지붕 집 할머니에게도 한 그릇 나눠주었다.

"살아 있을 때 잘해야지. 목숨도 다 자기 하기 나름이야."

집에 돌아오는 길에 할머니는 알 듯 모를 듯한 소리를 했다. 무슨 말인지 물어보고 싶었지만 왠지 물어볼 수가 없었다.

파란 지붕 집 할머니는 급성신부전으로 병원에 며칠 입원해 있다가 돌아가셨다. 할머니들끼리 모여 평소 지병이 있었다는 얘기를 했지만 주희는 왠지 그 때문만은 아니라는 생각이 들었다.

주희는 알고 있었다. 나물 반찬을 만들어 여러 통에 담았지만 파란 지붕 집 할머니에게 건네준 나물 반찬은 할머니가 따로 만든 것이었다.

주희는 며칠 동안 경찰이 찾아올까 봐 조마조마했다.

엄마와 아버지를 따라 다시 서울로 오기 전까지 그런 일이 몇 번 더 있었다. 그때마다 주희는 집 뒤 창고에서 나물을 들고 오는 할머니를 유심히 지켜봤다.

뭐든 알뜰히 모아두면 다 쓸모가 있는 법이다.

4

정신이 든 남자는 자신이 좁은 공간에 갇혀 있다는 것을 깨달았다. 갇힌 곳은 자동차 트렁크였다.

달리는 자동차의 트렁크 안은 좁고 어두웠다. 손은 뒤로 묶여 있고 구겨진 몸을 제대로 움직일 수도 없었다. 자신이 흔들리는 자동차 트렁크에 누워 있으리라고는 짐작도 하지 못했다.

도대체 무슨 일이 벌어진 거지? 얼마나 시간이 지난 거지? 누가 운전을 하고 있는지, 어디로 가고 있는지 궁금한 것투성이였다.

남자는 어떻게든 이 상황을 납득해보려고 머리를 굴렸다.

뒷좌석으로 간 것까지는 기억이 난다. 여자에게 몸을 밀착하는 순간 온몸에 경련이 일었다. 몸을 가눌 사이도 없이 그대로 의식을 잃었다. 그런데 다음 전개가 트렁크 안이라니, 지금 상태로 보아 이 모든 건 그 여자의 짓이 틀림없다. 여자의 정체가 뭔지 궁금해졌다.

비포장도로를 달리는지 한참을 덜컹거리던 자동차의 속도가 줄어들더니 어딘가에 정차하는 게 느껴졌다. 차체를 두드리는 빗소리가 들리지 않는 걸 보면 비는 멈춘 듯했다. 신경을 곤두세우고 들어보니 누군가 운전석에서 내려 뒤로 걸어오는 소리가 들렸다.

트렁크가 열리고 여자의 얼굴이 보였다. 여전히 어두운 걸 보면 시간이 많이 지난 것 같지는 않았다. 남자는 자신을 향해 씨익 웃는 여자를 보고 소름이 돋았다. 여자의 눈은 아까와 달리 차갑게 변해 있었다. 순간 깨달았다. 이년, 미친년이다. 잘못 걸렸다.

여자는 익숙한 듯 거침없이 남자를 트렁크에서 끌어내렸다. 비에 젖은 풀이 가득한 곳에 떨어져 그렇게 아프지는 않았다. 남자는 바닥에 누운 채 이곳이 어딘가 하고 주위를 두리번거렸다. 비를 뿌린 구름이 지나고 환하게 뜬 달 덕분에 주변 풍경이 차츰 눈에 들어왔다. 나무가 빽빽한 곳이었다. 어느 숲속에 들어온 것 같았다.

"어디야, 여기?"

"지금 그게 궁금해?"

여자는 한편에 쌓아둔 나뭇더미 뒤로 가더니 안에서 뭔가를 찾아 꺼냈다. 툭툭 하나둘 밖으로 떨어지는 연장들이 서로 부딪치며 소리를 냈다. 저게 뭐지? 하는데 삽을 든 여자가 주위를 두리번거리더니 걸음을 옮겼다.

"야, 너 당장 이거 안 풀어? 뭐 하는 거야, 지금?"

남자는 누군가 들을지도 모른다는 생각에 있는 힘껏 소리를 질렀지만 태연한 여자의 태도를 보자 절망감이 밀려들었다. 남자는 손목에 힘을 주며 어떻게든 끈을 풀어보려 했지만 소용이 없었다. 자기를 내버려두고 익숙하게 땅을 파고 있는 여자를 보자 등골이 서늘해졌다.

남자는 여자의 관심을 끌기 위해 다시 소리를 질렀다. 어떻게 해서든 말을 시키면서 이곳을 빠져나갈 방법을 찾아야 한다.

그러자면 여자가 왜 이러는지 알아야 한다.

"이러지 말고, 말로 해 말로. 진짜 왜 이러는 거야?"

여자가 삽을 집어던지더니 주변에서 다른 연장을 집어들고 남자에게 걸어왔다. 여자가 손에 든 연장은 도끼였다. 뭐, 뭐야? 거침없이 다가오는 여자의 모습에 바짝 겁먹은 남자가 목소리를 줄였다.

"내가 지금 뭐 하는 것 같아?"

"따, 땅을 파고 있잖아?"

"땅을 왜 파고 있을까?"

남자도 궁금했다. 여자의 무표정한 얼굴에서는 아무 감정도 읽을 수가 없었다.

"내가 물었지? 오늘이 마지막 날이라면 뭘 하고 싶냐고. 떠오르는 게 아무것도 없다고 했지?"

남자는 여자가 무슨 말을 하는지 갈피를 못 잡았다. 잠시 생각을 더듬다 택시 안에서 여자가 했던 말을 떠올렸다. 그게 이런 의미로 한 말이라고? 남자는 어이가 없었다. 꿈을 꾸는 듯 모든 게 비현실적으로 느껴졌다.

남자의 앞에 다가온 여자는 그대로 도끼를 내려쳤다. 남자는 간신히 몸을 돌려 도끼날을 피했다. 여자는 다시 머리 위로 도끼를 들어올렸다.

"자, 잠깐만 잠깐만!"

남자는 다급하게 여자를 불렀다.

"하고 싶은 게 있으면 살려줄 거야?"

남자의 물음에 흥미를 느꼈는지 여자의 팔이 스르르 내려갔다. 남자는 여자의 손에 들린 도끼를 노려보며 어떻게 해서든 시간을 벌어보려고 했다.

"이제 생각났어? 하고 싶은 게 뭔데?"

여자의 눈이 반짝거렸다. 남자는 어쩌면, 기회가 있을지도 모른다고 생각했다.

"얘기하면 살려주는 거야? 보내주는 거지?"

"뭐, 대답이 마음에 들면. 어서 얘기해봐. 뭘 하고 싶은데?"

"…집에 돌아가서 뜨거운 물로 샤워를 하고 침대에 누워 자고 싶어."

머릿속에 떠오르는 대로 말했지만 지금 정말 간절하게 원하는 일이었다. 이 미친년의 손아귀에서 벗어나기만 하면 얼른 집으로 돌아가 침대에 누워 이 악몽을 지워내고 싶었다.

여자는 남자의 답을 생각하는 듯 고개를 끄덕이며 몸을 돌려 주변을 걸었다. 남자는 여자가 한눈을 파는 사이 어떻게든 끈을 풀어보려고 손목에 힘을 주었다. 갑자기 툭 끈이 끊어졌다. 남자는 재빨리 여자의 표정을 살폈다. 아직은 아무 눈치도 채지 못한 듯했다. 여자가 다가올 때를 노려 남자가 반격을 하려는 순간 어느새 다가온 여자가 있는 힘껏 도끼를 휘둘렀다.

"으아악!"

여자가 내려친 도끼가 남자의 발목을 찍었다. 아까와는 또 다른 고통이 밀려들었다. 아니 몸이 느끼는 고통은 아무것도 아니었다. 여자의 거침없는 행동은 그야말로 공포였다. 여자의 동작은 간결하고 능숙했다. 한두 번 해본 솜씨가 아닌 것 같았다.

남자는 자신이 꿈을 꾸고 있는 건가 싶었다. 아니다. 이렇게 끔찍한 아픔을 느끼는데 이게 꿈일 수는 없지. 이넌 뭐야? 나한테 왜 이러는 거야?

남자는 비명을 지르며 울먹이는 목소리로 애원했다.

"제발, 제발 살려주세요. 나한테 왜 이래요?"

여자는 남자에게 조금도 신경 쓰지 않는다는 듯 주위를 두리번거리며 중얼거렸다.

"…죽이기 전에 땅을 팔까? 아니면 널 죽인 다음에 땅을 팔까?"

"나, 날 죽일 생각이야?"

"그러게, 택시에 탈 때만 해도 죽일 생각은 없었는데 말이지."

죽일 생각은 없었다고? 그러면 지금 죽일 생각이라는 건 진심이라는 얘긴데. 아니야, 이렇게 아무도 없는 곳에서 미친년에게 개죽음을 당할 수는 없다.

"도대체 왜 날 죽이려는 건데?"

"그러니까 죽일 생각은 없었다니까. 그냥… 그래, 자동차 사고처럼, 하필이면 그때 내 눈에 네 택시가 보였던 거고, 넌 계속 내 신경을 건드렸고, 좀 조용히 하라고 할 때 말을 듣지 그랬어?"

여자는 가방에서 휴대폰을 꺼내더니 손전등을 켜서 주위를 살핀다. 전보다 주변이 훨씬 잘 보였다. 휴대폰 불빛 너머로 돌을 쌓아둔 곳이 몇 군데 보인다. 자연적으로 쌓인 것 같지는 않고 무언가를 표시해놓은 것 같다.

주위를 살피던 여자가 갑자기 웃음을 터뜨렸다. 이 상황에서 웃는다고? 남자는 고통도 잊은 채 여자를 쳐다보았다.

"그래, 내가 전에 파둔 곳이 있었다니까."

여자는 즐거운 듯 혼잣말을 하더니 걸음을 옮겨 미리 파둔 구덩이 안으로 들어갔다. 몇 번 더 삽질을 하더니 만족스러운 듯 구덩이에서 나왔다.

남자는 그제야 눈치챘다. 나를 묻으려고 하는 거구나. 달아나야 돼. 한쪽 다리를 질질 끌면서 이곳을 벗어날 수 있을까? 미친년이 아니라 살인마에게 걸렸어. 저 작은 돌탑들은 말 그대로 돌무덤이야. 자기가 죽인 사람을 묻어둔 곳을 표시한 거라고. 하나, 둘, 셋, 도대체 몇 명이나 죽인 거야?

남자는 정신을 바짝 차리려고 애썼다. 어떻게 해서든 여자의 손에서 벗어날 기회를 찾아야 한다. 정신 바짝 차려! 발목에서 흘러나온 피가 신발을 흥건하게 적셨다. 정신이 몽롱해졌다. 겨우 몸을 일으켜 한쪽 다리를 끌면서 걸음을 떼었다. 뼈가 보일 정도로 발목이 찍혔지만 걸을 수는 있었다. 위기 상황이 닥치면 인간은 초인적인 힘을 발휘하게 되어 있다. 택시에 올라타기만 하면 이곳에서 벗어날 수 있다. 다시 걸음을 옮기는데 등 뒤에서 휙 공기를 가르는 소리가 들렸다. 고개를 돌려 보니 언제 왔는지 눈앞에서 여자가 도끼를 휘두르고 있었다.

본능적으로 손을 내밀어 얼굴을 막아보았지만 도끼는 그대로 남자의 오른팔을 찍었다. 너무 고통스러우면 비명도 나오지 않는가 보다. 남자는 헉 하고 숨을 토하며 그대로 주저앉았다. 눈물이 찔끔 나왔다. 도끼에 찍힌 팔뚝에서 피가 쏟아졌다. 남자는 왼손으로 팔을 붙잡았다. 흘러내리는 피를 막아보려 했지만 고통으로 정신이 아득해졌다. 이런 몸으로는 아무것도 할 수 없다. 인정하고 싶지 않지만 도망칠 수 없다는 것을 받아들여야 한다. 하지만 이유는 알고 싶었다.

"…도대체 왜 이러는 거야?"

"그러게, 나도 알고 싶네. 내가 왜 이러는지."

도끼를 휘두르던 여자의 손에 어느새 잭나이프가 들려 있었다. 남자는 도망칠 의지를 상실한 채 숨을 헐떡이며 여자를 쳐다보았다.

"…자, 잘못했어요, 살려주세요."

남자의 말을 들은 여자가 키득거렸다.

"아까까지 반말하던 새끼가 왜 갑자기 존댓말이야?"

"잘못했어요. 진짜 잘못했어요. 한 번만 살려주세요."

"내가 땅까지 팠는데 널 살려줄까?"

남자는 다시 한번 돌무덤들을 바라보았다. 여자가 뿌듯한 표정으로 돌무덤들을 가리키며 말했다.

"다들 잘못했다고, 살려달라고 하더라. 그러게, 하지 말라고 할 때 말을 듣지 그랬어?"

남자는 여자의 말이 잘 이해되지 않았다. 여자가 무슨 말을 했지? 내가 무슨 말을 안 들었다는 거지? 죽일 생각은 없었다면서 구덩이는 왜 파놓은 거냐고.

여자는 남자의 몸을 잡아끌고 거침없이 구덩이로 향했다. 여자는 70킬로그램이 넘는 남자의 무게를 전혀 힘들어하지 않았다.

구덩이 옆으로 남자를 끌고 간 여자는 이내 남자를 구덩이 안으로 차 넣었다. 물이 고여 있던 구덩이에 얼굴이 박히자 남자는 숨이 막혔다. 다급해진 남자가 몸부림치며 간신히 얼굴을 들어 소리쳤다.

"이유나 좀 알자. 나한테 왜 이러는 건지."

여자가 가만히 남자를 쳐다보더니 고개를 갸웃거렸다.

"그냥 재수가 더럽게 없는 날이구나 생각해."

여자가 삽으로 흙을 퍼서 남자의 머리 위로 뿌렸다.

"자 잠깐, 잠깐만요."

남자는 몸 위로 떨어지는 흙의 무게를 느끼자 이제는 거의 흐느끼기 시작했다. 이대로 죽을 수는 없다는 생각이 들었다. 남자는 아직 실낱같은 희망이 있다고 믿고 싶었다. 생각나는 대로 아무 말이나 하기 시작했다.

"죽일 생각은 없었다고 했지? 그런데 지금은 왜 나를 죽이려는 건데…?"

여자는 고개를 숙여 남자를 쳐다보았다.

"나도 오늘은 참아보려고 했거든. 근데 도저히 안 되네. 그냥 이게 나야."

말을 마친 여자는 흙을 퍼서 웅덩이에  던져넣었다.

"제발, 제발… 이렇게 죽기 싫어."

남자는 자신의 얼굴을 덮는 흙덩이에 몸을 떨었다. 정말 이렇게 죽는다고? 남자는 자신이 왜 이런 일을 겪어야 하는지 억울했다. 조용한 곳으로 가자고 할 때 못 들은 척할걸, 이상한 낌새가 보일 때 바로 내려주고 집에 가서 라면에 소주나 한잔할걸.

남자는 구덩이를 벗어나기 위해 발버둥을 쳐보았지만 도끼에 찢긴 다리와 반쯤 절단된 팔의 고통만 커질 뿐이었다. 여자가 던지는 흙덩이가 얼굴을 때리고 가슴을 덮쳤다. 입안으로 흙이 들어왔다. 이대로 죽는다는 게 실감이 나지 않았다. 남자는 입으로 들어온 흙의 맛을 느끼며 흐느껴 울기 시작했다.

*

주희는 구덩이에 흙을 다 채워 넣고 발로 꾹꾹 밟은 뒤 다시 흙을 덮었다. 몇 번이고 땅을 고르는 작업을 하고 나자 서서히 주변이 밝아지는 게 느껴졌다. 주희는 근처에 있는 돌을 주워서 새로 다진 땅 위에 하나씩 쌓았다. 이렇게 수고로운 일을 하는 이유는 하나였다. 그래야 같은 곳을 다시 파는 일은 없을 테니까. 적당히 돌을 쌓은 주희는 신발에 묻은 흙을 털어내며 택시가 있는 곳으로 걸어갔다.

문득 남자가 끊임없이 외치던 말이 생각났다.

나한테 왜 이러는데, 왜?

주희가 했던 말은 모두 진심이었다. 굳이 그가 아니라도 상관없었다. 이유가 있다면 하필 그가 그 거리에 차를 정차하고 있었고, 주희가 건네는 유혹에 넘어갔던 것뿐이다. 아니다. 만약 주희가 서준이라는 놈을 죽였다면 그는 살았을지도 모른다. 미처 풀어내지 못한 욕구가 주희를 택시로 이끈 것이다.

주희는 돌무덤 주변에 있던 도끼를 집어들었다. 도끼를 휘두르던 순간의 짜릿한 전율이 다시 손으로 전해졌다. 언제부터 이런 순간을 즐기게 되었지? 그런 생각을 하자 바로 강 선생의 얼굴이 떠올랐다.

그래, 강 선생이 처음이었지. 기억 저 깊은 곳에 가라앉아 있던 첫 살인의 순간이 하나씩 눈앞에 펼쳐졌다. 아직도 그를 생각하면 그날의 흥분이 생생하게 피어오른다.

강 선생은 아이들에게 인기가 많은 영어 선생이었다. 고3이 되면서 주희는 스트레스로 머리가 지끈거렸다. 강 선생이 아무 학생에게나 친한 척 다가가 긴장을 풀어준다며 어깨를 주무르고, 힘내라고 하면서 친구들의 등을 슬쩍슬쩍 만지는 것도 신경에 거슬렸다. 보고만 있어도 짜증이 올라왔다.

수능 시험을 준비하면서 극도로 신경이 날카로워진 주희는 무언가 돌파구가 필요했다. 어느 날 늦게까지 학교에 남은 주희의 눈에 강 선생이 보였다. 무슨 일 때문인지 그도 학교에 남아 일을 하고 있었다. 주희는 화단에 있던 돌을 집어들고 조용히 그의 뒤를 따랐다.

교정에는 아무도 없었다. 가까이 다가가서야 인기척을 느꼈는지 강 선생이 뒤를 돌아보았다. 그때 이미 주희의 손에 들린 돌멩이는 강 선생의 머리를 향해 날아가고 있었다. 강 선생은 그대로 주저앉았다. 주희는 강 선생의 머리에서 나는 소리에 귀를 기울였다. 뼈가 부서지는 소리. 손에 느껴지는 끈적한 피의 감촉, 죽어가는 인간의 몸에서 풍겨 나오는 체취. 주희의 머릿속에서 무언가 툭 끊어졌다. 머릿속이 하얗게 변했다. 몇 번이나 팔을 휘두르고 겨우 정신을 차렸을 때는 이미 강 선생의 얼굴이 끔찍하게 망가져 있었다. 참았던 숨을 내쉬자 온몸을 휘감던 전율이 차츰 가라앉는 것이 느껴졌다.

주희는 서둘러 교실로 돌아가 체육복으로 갈아입었다. 교복을 가방에 넣고 나오려는 순간 경비의 고함 소리가 들렸다. 주희는 그대로 뒷산을 향해 내달렸다. 심장은 거칠게 뛰고 턱까지 숨이 차올랐지만 이상하게 피식피식 웃음이 새어나왔다. 머릿속에서 붉고 푸른 불꽃들이 터지는 기분이었다. 주희는 학교를 벗어나며 이제는 완전히 다른 날들이 자신을 기다리고 있다는 걸 느꼈다. 다음 날 경찰이 학교에 찾아왔지만 주희는 다른 학생들과 함께 수업을 듣고 있었다.

죽일 생각은 아니었다. 그저 그의 뒷모습을 보는 순간 본능적으로 돌멩이를 집어들었을 뿐이다. 며칠 동안 그날 밤의 일이 전혀 실감이 나지 않았다. 뒤늦게 자신이 사람을 죽였다는 것을 받아들인 주희는 가장 먼저 할머니를 떠올렸다.

할머니는 산에 올라 나물을 캐고 버섯을 따고, 독이 든 뿌리를 캤다. 주희는 할머니처럼 조용하고 차분하게 준비하는 건 자기 취향이 아니라는 것을 알았다. 온몸에 피가 돌고 아드레날린이 머릿속에서 폭발하고 손에 땀이 맺히는 짜릿함이 더 좋았다. 가끔 필요할 때는 할머니의 방식을 사용하기도 했지만 그럴 때면 늘 미진한 아쉬움이 남았다. 전에 다니던 헬스클럽에서 그 스토커를 죽였을 때가 그랬다.

마지막 출근 날 주희는 할머니의 창고에서 가져온 독초 가루를 놈의 단백질 파우더 통에 넣고 잘 섞었다. 그는 헬스클럽에 와서 열심히 운동을 하고 단백질 파우더를 챙겨 먹다가 심장마비로 죽을 것이다. 지난주에 그곳 관장에게 놈이 죽었다는 얘기를 전해 들었지만 아무런 감흥이 없었다. 통쾌함도 짜릿함도 없었다. 주희는 누가 뭐래도 거친 숨소리를 느끼며 팽팽해지는 근육의 긴장감을 즐겼다. 땀 냄새를 뿜어내고 피가 튀는 모습을 직접 보는 게 너무 좋았다.

택시에 올라탄 주희는 잠시 이 차의 주인이 묻혀 있는 곳을 바라보았다.

'죽일 생각은 없었어.'

진심이었다. 택시에 탔을 때만 해도 그와 이렇게 엮이게 될 거라고는 생각하지 않았다. 조용히 가자고 할 때 말을 들었더라면 이런 일은 없었을 텐데. 그는 너무 말이 많았다.

주희는 차를 어떻게 처분할지 생각했다.

그래. 멀지 않은 곳에 큰 저수지가 있지. 이런 자동차 하나쯤은 아무렇지 않게 집어삼킬 수 있는 깊고 넓은 저수지.

주희는 얼마 전 읽었던 인터넷 뉴스가 생각났다. 미국이었던가? 50년 만에 극심한 가뭄이 들어서 처음으로 바닥을 드러낸 호수에서 몇 대의 자동차와 시체가 발견되었다는 기사였다.

사람 사는 곳은 어디나 비슷한 모양이다. 거기도 묻힐 만한 이유가 있었겠지.

한국에는 여름마다 엄청난 비가 오니 저수지가 마를 걱정은 없다. 뭐 50년쯤 뒤에 큰 가뭄이 들면 뉴스에 나올 수도 있겠지. 그때 나는 세상에 있지도 않겠지만.

주희는 시동을 걸고 천천히 택시를 몰았다.

숲에서는 이른 잠에서 깨어난 새들이 지저귀기 시작했다.

〈죽일 생각은 없었어〉를 구상하게 된 건 미스마플클럽을 만들고 난 뒤 첫 단편집으로 여성 빌런을 주제로 하자는 의견을 모은 뒤였다('미스마플클럽'은 미스터리, 스릴러를 쓰는 여성 작가들이 각종 정보 교환 및 친목 도모(?)를 목적으로 만든 모임이다).

추리소설 속에서 숱하게 다뤄진 남성 빌런에 비해 여성 빌런은 상대적으로 적을 뿐 아니라 제대로 그려진 적도 많지 않다. 팜파탈의 이미지를 씌운 악녀로서의 여성 빌런 정도가 있을 뿐이고 왜 그 여성이 악당이 되는지도 잘 설명되지 않는다. 여성 작가들의 시선으로 바라본 여성 빌런의 이야기는 그래서 우리의 흥미를 끌었다.

〈죽일 생각은 없었어〉의 주인공 주희는 타고난 기질과 환경이 그녀를 '본투킬 살인마'로 살아가게 한다. 주희, 붉은 기쁨이라는 이름도 다분히 그런 그녀의 기질을 표현하기 위한 작명이었다.

뉴스를 통해 듣는 숱하게 많은 살인과 거기에 달린 살인의 이유. 그것을 듣다 보면 얼마나 사소한 것들이 죽음의 이유가 되는지. 여성 빌런이라고 다를까, 다만 한 가지 이 작품을 통해 보여주고 싶은 것은 주희라는 인물을 둘러싸고 있는 세상이 얼마나 폭력적인가 하는 것이다. 그곳은 평범한 여성들이 늘 마주하는 현실이다.

여성을 바라보는 무례한 시선, 애정을 가장한 일방적인 집착, 상습적이고 일상화된 성희롱, 하다못해 택시를 타서도 긴장을 늦출 수 없는 현실. 이런 현실 속에서 주희는 자신이 살아가는 방식을 보여준다. 독을 가득 품은 그녀의 독백은 이렇다.

'위험, 방심은 금물.'

황금펜상 후보에 올라 독자들을 만날 기회를 또 한 번 얻게 된 것에 감사드린다.

# 40피트 건물 괴사건

김영민

김영민

중앙대학교 물리학과 졸업. 〈회색 장막 속의 용의〉로 2019년《계간 미스터리》신인상을 수상했다. 본격 미스터리와 일상 미스터리를 좋아한다. 즐거운 추리소설을 쓰고 싶다.

폐허가 된 마을은 시선이 닿는 곳마다 으스스했다.

허물어진 낡은 건물들 사이로 녹슨 자동차와 집기들이 널려 있었다. 마을은 온통 무채색으로 가득했다. 마을 사람들이 발길을 끊으며 색이 빠진 것처럼 보였다. 비가 추적추적 내려 한층 을씨년스러웠다. 그들이 왜 이곳을 떠나게 되었는지는 알 수가 없었다. 의도치 않게 방문하게 된 모르는 곳이었기 때문이다.

"건물이 보여서 기쁜 마음에 내려왔더니."

옆에 서 있던 동아리 선배 정아 누나가 마을을 둘러보다 허탈하다는 듯한 말투로 말했다.

"망한 마을이었어. 에잇."

정아 누나가 발치에 떨어져 있던 돌멩이를 걷어찼다. 돌멩이는 완만한 경사로를 굴러 내려갈 거란 내 예상과 달리 꿈쩍도 하지 않았다. 한 시간 동안 산속을 헤매다 겨우 찾은 마을이 이 모양인 거에 비하면 정아 누나의 반응은 평소보단 얌전한 편이었다. 너무 지쳐서 화낼 기력도 없는 듯했다.

"이건 뭐지?"

동아리 부장 은서가 정아 누나가 발로 찬 것과 똑같이 생긴 무언가를 집어들었다. 가까이서 보니 돌멩이가 아니었다. 거무튀튀하고 제법 딱딱한데, 박쥐나 가오리처럼 생긴 마름모꼴 모양으로 양 끝이 뾰족했다. 불길한 악마를 형상화한 조각 같은데 어디서 본 것 같기도 했다. 연못에 출사를 나갔을 때였나. 물이 메말라 텅 빈 연못에서 봤던 것 같은데. 아, 생각났다.

"이건 마름이라는 식물의 열매야."

"마름?"

은서가 마름 열매를 눈 가까이에 가져가며 말했다.

"말밥이라고도 부르는데, 부엽성 수생식물이야. 호수나 연못에서 자라. 이게 왜 여기에 있는 거지?"

"특이하게 생겼다."

은서가 마름 열매를 바지 주머니에 집어 넣었다.

"그런데 여기 꽤 멋진 거 같아. 폼페이 같은데?"

"그러게. 우린 참 운이 좋은 거 같아."

은서의 말에 맞장구를 쳐주자 정아 누나가 불만이 가득한 얼굴로 나를 흘겨봤다.

"네 말대로 참 운이 좋다. 이 놀라운 발견을 외부에 알릴 수 있다면 더 좋을 텐데 아쉽게도 휴대폰이 터지지 않아."

"그래도 마을이 있다면 근처에 도로도 있다는 거잖아요. 그 길을 따라가다 보면 히치하이킹이라도 할 수 있겠죠. 지도 앱이 안 되니 확신은 못하지만요."

내 말에 은서가 고개를 끄덕였다.

"해빈이 말이 맞아요, 언니. 일단 마을을 한번 둘러봐요. 절벽은 길을 잃는 바람에 못 찾았지만 여기도 나름 괜찮은 것 같은데요? 드론으로 항공 촬영을 해보면 정말 폼페이 느낌이 날 거 같거든요."

"부장의 말이라면 믿고 따라야지."

정아 누나는 다행히 툴툴대지 않고 경사로를 내려갔다.

대학교 사진 동아리 '난사'의 핵심 부원인 우리 셋은 지역 사진전에 낼 작품을 찍기 위해 먼 길을 달려 여기까지 왔다. 비공개 출사 카페에서 누군가 직접 찍어 올린 아름다운 기암절벽 사진을 보고 회의를 통해 같은 곳을 찍어보기로 결정한 후, 네 시간 넘게 버스를 타고 걸어서 한 시간이나 걸려 호기롭게 왔으나 길을 잃어버렸다. 100만 원짜리 쿼드콥터 드론까지 구매했는데 빈손으로 돌아갈 순 없었다. 현재 난사는 우리 세 명을 제외하곤 거의 다 유령회원으로 채워진 상태라 이대로 있다간 동아리가 이 마을처럼 폐허가 될지 몰랐다. 반드시 성과를 내야 했다.

우리는 비를 맞으며 마을을 가로지르는 길을 걷기 시작했다.

길 양옆으로 회색 건물이 늘어서 있었다. 사람이 살았던 걸로 추정되는 가옥은 대부분 여기저기가 깨져 있거나 완파되었다.

정말 여기에 사람이 살았구나 하는 생각과 함께 왠지 모르게 오싹해졌다.

그때 길바닥에 우리 앞을 가로막는 게 나타났다. 구덩이였다.

실로 엄청난 크기의 구덩이가 땅에 나 있었다. 직경이 5미터는 되어 보였다.

"어머, 이게 뭐야?"

호기심이 동했는지 은서는 겁도 없이 구덩이로 다가갔다. 얘가 진짜. 나는 재빨리 은서의 어깨를 붙잡았다.

"위험해. 구멍이 더 커질지도 몰라."

내 말은 들리지도 않는지 정아 누나도 구덩이 바로 앞에 서서 안을 내려다보고 있었다.

"위험하다고. 둘 다 제발 물러서."

"싱크홀이네. 깊이가 어마어마해."

정말 못 말린다고 생각하며 나도 구덩이에 가까이 가보았다.

과연 엄청난 규모였다. 측정할 수 없을 정도의 깊이였다. 바닥이 보이지 않았다.

"두 사람 이제 제발 물러서면 안 될까? 목숨 아까운 줄 알아."

"엄청나."

은서는 진심으로 감탄한 모습이었다.

"마치 운석이 떨어진 것 같아."

"저기 봐!"

정아 누나가 반대편 어딘가를 가리켰다. 그곳에도 커다란 구덩이가 있었다. 혹시나 해서 둘러보니 다른 곳에도 구덩이가 보였다.

정아 누나가 카메라를 들고 구덩이를 찍으며 말했다.

"아무래도 이 마을은 싱크홀 때문에 폐허가 된 거 같아. 이렇게 거대한 싱크홀이 여러 개 생기면 마을을 떠날 수밖에 없겠어."

상상해보니 섬뜩했다. 누군가는 저 구덩이에 빠져 유명을 달리했을까.

"이렇게 커다란 싱크홀이면 뉴스나 신문 기사로 나올 만도 한데 조용하네."

은서가 구멍 안을 들여다보며 말했다.

"빨리 가자. 언제 또 싱크홀이 생길지 몰라."

나는 싱크홀 구경에 빠져 있는 두 사람을 재촉해 다시 발걸음을 옮겼다.

눈에 보이는 건물은 대부분 1층짜리 작고 허름한 가옥이었다.

2층이나 3층짜리 건물도 간간이 보였다. 비가 온 탓인지 길바닥이 진흙투성이였다. 녹슨 리어카에 타이어와 폐그물 그리고 농기구 등 잡다한 물건이 널려 있었다.

그때 우리의 시선을 끄는 건물 하나가 나타났다. 콘크리트로 지은 듯한 원기둥 모양의 건물인데 높이는 대략 아파트 4층에서 5층 정도였다. 참으로 삭막하고 건조한 건물이었다. 외벽 한쪽에는 예전에 붉은색 고정식 수직 철 사다리가 달려 있던 흔적이 보였다. 사다리 대부분은 잘려 나가고 없었다. 절단면은 비교적 반듯했고 벽에 붙어 있던 부분은 심하게 녹슬어 있었다. 시선을 건물 꼭대기로 올리니 가정집 현관문의 두 배 정도 크기의 구멍이 보였다. 저곳을 통해 건물 안으로 들어가는 걸까. 문이 달려 있었을 것 같기도 했다.

"이 건물은 무슨 용도로 썼던 걸까?"

정아 누나의 말에 다 함께 건물 주변을 한 바퀴 돌며 살펴보기 시작했다. 건물의 폭은 원기둥 밑면의 지름으로 말하면 10미터 정도 될 것 같았다. 물론 내 직감이었다. 천천히 걷다가 외벽의 상당히 넓은 면적에 시멘트가 발라진 것을 보고 걸음을 멈추었다. 반듯하게 바른 게 아니라 덕지덕지 처발랐는데 이 부분만 불룩 튀어나왔다. 바로 옆 외벽에 검은색으로 무언가가 희미하게 쓰여 있었다. 자세히 보니 '40ft'라고 적혀 있었다.

터. 이 정체 모를 건물의 높이인 듯했다. 한 바퀴를 다 돌아봤으나 다른 정보는 적혀 있지 않았다. 건물 위쪽 외에는 달리 출입문이 없었다.

"해빈아, 잠시 드론 좀 줘봐."

내가 순순히 드론을 은서에게 건네자 정아 누나가 소리쳤다.

"주해빈. 너는 은서가 해달라는 건 생각도 안 하고 다 하는구나?"

"부장이잖아요. 부장 말은 따라야죠."

"언니, 제게 생각이 있어요."

은서가 드론을 호버링 상태로 두었다.

"우선 처음 찍기로 했던 기암절벽은 포기해요. 누가 찍은 걸 따라 해봤자 무슨 의미가 있겠어요. 대신 여기를 찍자고요. 아무리 봐도 폼페이 같은 게 정말 느낌이 있어요. 어차피 우리에겐 이제 시간이 얼마 없잖아요. 오늘 길을 잃은 것도 이 마을을 찍으라는 신의 계시일지도 몰라요."

정아 누나가 한숨을 쉬었다.

"비 오는데 무슨 드론을 날려."

"이거 방수 드론이에요, 언니. 이 정도 약한 비는 괜찮아요. 일단 이 건물이 무슨 용도로 쓰였는지 한번 알아봐요."

"어떻게?"

내 말에 은서는 손으로 건물 꼭대기의 구멍을 가리켰다.

"저기로 드론을 넣어보는 거죠."

"그건 너무 위험해. 구멍이 너무 좁아."

"언니, 드론은 충분히 들어가고도 남아요. 제 조종 실력이면 쉽죠. 해빈아, 어때?"

"좋아."

"그럼 시작할게요."

은서가 조종기의 컨트롤러를 움직여 드론을 건물 꼭대기의 구멍 바로 앞까지 옮겼다.

"들어갈게요."

드론이 천천히 구멍 안으로 들어갔다. 드론에 부착된 카메라는 연직 아래 방향을 향해 있었다. 나와 정아는 조종기 위에 끼워놓은 휴대폰으로 드론이 송출하는 화면을 보기 시작했다. 입구 주변의 외벽에는 이끼가 끼어 있었다. 곧 건물 내부의 모습이 보였다. 내부는 텅 비어 있었고 외벽과 마찬가지로 아래로 내려갈 수 있는 사다리가 달려 있었다. 내벽의 사다리는 나름 멀쩡해 보였다. 내부 바닥에는 통조림과 녹슨 깡통, 수갑, 요강처럼 생긴 철제 항아리, 누렇게 변색된 이불이 보였다. 그리고….

그 옆에 상의가 찢겨 배가 훤히 드러난 중년 여자 한 명이 팔과 목이 기괴하게 꺾인 모습으로 바닥에 누워 있었다.

"꺄악!"

은서가 비명을 지르는데 화면이 어지럽게 흔들리기 시작했다.

"드론!"

정아 누나가 급히 외쳤지만 이미 늦었다. 드론이 벽에 부딪혔다. 화면 속 광경은 빙글빙글 돌다가 멈추었다. 드론이 바닥에 떨어진 것이었다. 하필 카메라는 바닥에 쓰러진 여자의 얼굴을 옆에서 제대로 비추었다. 살아 있는 인간이라면 절대 불가능한 각도로 목이 꺾여 있었다.

"아악!"

은서가 다시 비명을 지르며 조종기를 바닥에 떨어트렸다.

정적이 흘렀다. 우리는 몇 초간 아무런 말을 하지 않았다. 생각지도 못한 광경에 다들 놀란 것이었다. 우리가 본, 화면에 나오고 있는 이 여자는 분명.

"죽었어."

정아 누나의 말에 은서가 몇 발짝 뒤로 물러섰다.

"어떡해요? 경찰에 신고를…."

나는 휴대폰을 들여다보았다. 여전히 통화 불가 상태였다. 은서에게서 조종기를 건네받아 컨트롤러를 움직여봤지만 드론은 꿈쩍도 하지 않았다.

"여전히 통화 불가라 경찰에 신고는 못해. 드론은 박살 난 것 같아."

"그러니까 내가 위험하다고 했지!"

정아 누나의 다그침에 은서의 표정이 완전히 울상이 되었다.

"죄송해요, 언니. 사람을 보고 너무 놀라서 컨트롤러를 세게 누르는 바람에…."

"은서 탓이 아니에요, 누나. 설마 안에 사람이 있을 거라고 누가 생각했겠어요?"

"그 사람이 시체가 되어 있으리라고는 더욱 생각 못했지."

정아의 말에 은서가 손으로 얼굴을 감쌌다.

"하여튼 빨리 통화 가능한 지역으로 가죠. 지금 우리가 걷고 있는 길이 주도로 같으니 여길 계속 걷다 보면 뭔가 나올 거예요. 경찰에 신고도 하고 드론도 건져야 해요."

"그런데 저 여자는 저기에 어떻게 들어간 걸까?"

정아 누나가 사다리가 끊어진 부분을 가리키며 말했다.

"외벽의 사다리가 끊어진 건 꽤 오래된 것 같은데 여자가 죽은 건 얼마 안 됐어. 전문가가 아니라 확언은 못하지만 말이야."

"죽은 지 얼마 안 됐다는 건 동의해요. 여자의 복부 부위가 아직 변색되지 않았거든요."

나의 말에 정아 누나의 눈썹이 꿈틀거렸다.

"변색?"

"보통 시체는 죽은 지 하루나 이틀이 지나면 부패가 진행되기 때문에 복부가 녹색을 띠어요. 아까 드론으로 봤을 때 여자의 복부에 녹색이 진하게 보이진 않았거든요."

"그래?"

"확실히 무언가가 안 맞네요. 절단면이 묘하게 반듯하다는 점도 마음에 걸리고요. 누군가 사다리를 자른 것 같잖아요."

"정리하면 누군가가 오래전에 사다리를 잘랐는데 여자가 죽은 지는 얼마 안 됐다는 거네."

"사다리는 어디로 간 걸까요?"

은서가 말했다. 다행히 시체를 보고 패닉에 빠지진 않은 듯 상태가 괜찮았다.

"사다리를 자른 사람이 치웠겠지."
"왜 자른 걸까요?"
내 물음에 정아가 어깨를 으쓱했다.
"글쎄, 사다리가 낡았기 때문이 아닐까? 올라가지 말라고."
"그런데 저 여자는 올라갔잖아요. 사다리가 잘린 다음에요."
"내가 말했잖아. 이상하다고."
"어쩌면 저와 누나의 생각이 틀렸을 수도 있어요. 여자가 올라간 후에 누군가가 사다리를 자른 거겠죠. 이미 녹이 슨 사다리를요."
"그게 과연 자연스러울까? 사다리를 자르면 여자가 못 내려오잖아."
"그건… 여자가 올라갔다는 사실을 그 사람이 몰랐겠죠."
"왜 몰랐던 거지?"
"사다리가 낡았기 때문에 설마 누가 올라갈까 하고 생각한 거예요."
"그런데 그 여자는 낡은 사다리를 타고 올라갔어. 나름 위험을 무릅썼겠는데?"
"그 이유가 뭐냐는 거죠."
"아, 뭔가 가지러 간 거 아닐까요?"
은서의 말에 정아 누나가 고개를 흔들었다.
"건물 내부에는 별거 없었어. 그건 아닌 거 같은데."
"그럼 여자가 그 안에 들어간 뒤에 누가 그것을 가져갔다면요?"
"그건 말이 안 돼. 우선 그 사람도 외부의 낡은 사다리를 타고 올라가야 한다는 리스크가 있어. 중요한 건 그는 건물 안에 쓰러져 있는 여자를 놓아둔 채 그 물건을 가지고 다시 건물 밖으로 빠져나갔다는 뜻이 되는 거야. 왜 그런 거지?"

"음, 언니 말이 맞네요."

문득 무서운 생각이 뇌리를 스쳤다.

"일부러 여자를 놔뒀을지도 모르지."

내 말에 두 사람이 나를 쳐다보았다.

"왜?"

은서의 질문에 나는 고민하다가 대답했다.

"그 사람은 여자가 죽기를 원했던 거야."

내 말에 은서가 숨을 삼켰다.

"살인인 거야?"

"그건 모르겠지만 그는 여자처럼 외벽의 낡은 사다리를 위험을 무릅쓰면서까지 올라간 뒤 여자가 찾으려 했던 무언가를 가지고 다시 빠져나왔을 수도 있어. 쓰러진 여자를 그냥 놔두고."

"잠깐만, 좀 정리해보자."

정아 누나가 휴대폰의 메모 앱을 실행했다. 지금까지의 생각을 적어볼 모양이었다.

"먼저 여자가 죽은 지 얼마 안 됐다는 명제는 일단 참이라고 생각하자고. 몸이 기괴한 모양으로 꺾여 있긴 하지만 부패가 심하게 진행되진 않았어. 또 하나, 사다리의 절단면이 꽤 반듯한 걸로 보아 누군가가 일부러 사다리를 절단했다고 봐도 될 것 같아. 이 두 명제는 대전제로 깔고 가자. 동의하지?"

"네, 언니."

"첫 번째 가설은 사다리가 잘린 지 오래됐다는 거야. 그런데 이러면 여자가 건물 안으로 들어간 방법을 설명할 수가 없어."

"그렇죠."

"그럼 두 번째 가설. 사다리는 잘린 지 얼마 안 됐어. 즉, 여자가 건물 안에 들어간 시점과 누군가, 편의상 '그'라고 말하자. 그가 사다리를 자른 시점이 시간 차이가 별로 안 난다는 거야. 아까 네가 말한 것처럼 여자가 올라간 후에 누군가가 사다리를 자른 거지. 이미 녹이 슨 사다리를. 먼저 여자가 올라갔고 그도 따라 올라갔다고 해보자."

"그렇다면 좀 위험했겠는데요."

"아무래도 녹슨 사다리는 좀 불안하니까. 그러면 리스크를 안으면서까지 건물 안으로 들어가려 한 이유를 생각해봐야겠네."

"두 사람 각각의 입장에서요."

"먼저 여자가 무언가를 꺼내러 들어갔을 경우야. 그렇다면 그 무언가는 여자에게 꽤나 중요했을 수 있어. 하지만 우리가 드론으로 봤을 때는 별거 없었어."

"그러고 보니 통조림이랑 이불이 있었는데 그건 뭘까요? 죽은 여자가 쓰진 않았을 테고. 누군가 거기서 살았던 흔적인지…."

"수갑이랑 항아리도 있었어."

은서의 말에 기억을 더듬어보니 분명 그랬다.

"그런 곳에서 누가 살겠어? 예전에 누군가가 버린 거겠지."

"누나의 말을 잇자면 그가 여자를 죽이고 무언가를 꺼내 갔을 경우가 있겠네요."

"그렇다면 그에게도 그 무언가가 중요했던 걸까?"

"그럴 수도 있지만 아닐 수도 있어요. 그가 리스크를 안으면서까지 이루려던 목적이 그냥 여자를 죽이는 걸 수도 있죠. 그러고 나서 그 물건을 가져간 거예요."

"왜지?"

"그게 자신의 범행에 도움이 되기 때문이겠죠. 그 물건을 놔둔다면 자신이 범인으로 몰릴 가능성이 있던 건 아닐까요?"

"그건 좀 이상해."

"왜죠?"

"그는 여자와 함께 올라간 뒤 사다리를 잘랐어. 아무도 그 안을 들여다보지 못하게 하기 위해서였을 거야. 그 안에 뭐가 있든 상관없었다면 그랬을까?"

"그렇네요."

"그렇다면 그건 그에게도 중요했던 거야."

"그런데 왜 사다리가 녹슬 때까지 그 중요한 걸 그 안에 놔두었을까요?"

"으음. 처음엔 중요하지 않았어. 하지만 그가 살인을 저지른 후 그게 중요해진 거야. 다만 그 이유가 자신의 범행을 감추기 위함이 아니라, 자신이 저지른 '살인'이라는 행위 때문이었다면."

"그가 사다리를 잘랐다면 아무도 그 안을 볼 수가 없잖아요. 그가 살인을 저질렀다는 사실을 그 외에는 알 수가 없어요. 그렇다면 살인이라는 행위가 그에게 생각을 바꿔야 할 만한 이유를 제공하기는 힘들 것 같은데요."

"살인은 매우 중대한 행위야. 그가 심리적으로 동요하다가 충동적으로 어떤 물건을 가져가버린 건 아닐까?"

"그게 뭘까요?"

"글쎄. 부적이라도 되려나."

"그곳에 과연 부적이 있었을까 하는 문제는 둘째치고, 그렇다면 여자 또한 리스크를 안으면서까지 그 부적을 가져가려 했다는 말이 되잖아요. 지금 우리가 세운 가설은 '여자가 가져가려 했던 것을 그가 가져갔다'이니까요. 만약 그 부적이 효험이 있다면 그런 곳에 방치되었을 리 없지 않을까요? 부적이 쓸모없다면 여자가 그걸 가져갈 이유가 없고요."

"으흠, 그런가. 정리해보자. 그가 여자를 죽인 후 무언가를 꺼내갔다고 했을 때 그에게도 그것이 중요했다는 가설은 설득력이 떨어진다고 봐도 될까? 그가 여자를 죽인 뒤에 그 물건이 필요해졌다는 가설은 방금 진행한 논의에 의하면 탈락. 정확한 목적은 모르지만 여자가 그 물건을 필요로 했던 이유와 남자가 그것을 필요로 한 이유가 만약에 같다면, 녹슨 사다리를 굳이 둘 다 올라갈 필요는 없을 것 같아. 한 명만 올라가면 되니까. 두 사람이 함께 들어야 할 물건일 수도 있겠지만 그런 물건을 녹슨 사다리를 타면서 꺼내기엔 너무 위험하다는 걸 둘 다 알았을 거야. 그렇다면 그에게는 그 물건이 중요하지 않았다는 건데, 만약 그랬다면 그냥 놔두고 갔겠지? 하지만 건물 내부엔 아무것도 없었어. 중요하지 않았는데 가져갔다는 가능성은 생각하지 말자."

"그러면 이제 어느 단계로 되돌아가서 생각해야죠?"

"그가 무언가를 꺼내갔다는 가설이 부정되었으니 여기서 다른 방향으로 생각해야겠지. 예를 들면 '그 무언가가 자연스럽게 사라졌다'."

"얼음처럼요?"

"그건 좀 웃긴데."

"아니면 음식일까요? 그 여자가 먹어서 사라진 거죠."

"여자는 죽었잖아. 먹었다면 그가 먹었겠지. 배가 고팠던 걸까? 아니, 부자연스러워."

"아."

은서가 외마디 소리를 내뱉었다.

"약은 어떨까요? 그 사람이 어딘가를 다친 거예요. 그래서 약을 꺼내러 가서…."

몇 초간 정적이 흐르다 정아 누나가 말했다.

"그럼 그 무언가가 자연스럽게 사라졌을 가능성도 배제되는 거네."

의견이 묵살되어 슬펐는지 은서가 입술을 비쭉 내밀었다.

"즉, 무언가가 있었다는 가설이 부정되는 거야. 그렇다면 여자는 왜 그런 리스크를 안으면서까지 건물 안에 올라가려 한 걸까?"

"누군가한테서 도망쳤다고 보긴 힘들겠죠? 나오기도 쉽지 않고요."

정아 누나가 갑자기 길바닥을 발로 걷어찼다.

"에잇, 몰라. 포기하자. 머리를 너무 써서 그런지 포도당이 부족한 거 같아. 이러다가 우리 다 죽겠어. 빨리 탈출부터 해야 돼."

"그러게요, 언니. 시험공부를 할 때도 이렇게까진 머리를 쓰지 않으셨잖아요."

"욕이지?"

"언니는 머리를 안 써도 시험을 잘 치니까 칭찬이죠. 헤헤."

머리를 안 써도 시험을 잘 친다니 그것 참 편하겠다.

잠깐.

"네 표정이 왜 그래?"

"누나. 사다리를 안 쓰고 건물 안으로 들어가면 참 편하겠어요. 그렇죠?"

"그런데 입구가 없었잖아."

"아까 누나도 봤을걸요. 외벽에 시멘트가 발라져 있던 거요."

"봤지."

"혹시 그 자리에 출입문이 달려 있었던 건 아닐까요?"

"출입문?"

"누군가가 거길 시멘트로 메워버린 거죠. 사다리도 자르고요. 아무도 거기에 접근하지 못하게요. 여자가 사망한 시점보다 훨씬 전에 메운 듯했어요."

"예전이라면 아무런 상관이 없잖아."

"우선 대전제를 하나 더 추가해야 할 것 같아요. 여자는 추락한 거예요. 목과 팔이 그 정도로 기괴하게 꺾였다면 추락밖에 설명할 방법이 없어요."

"으음. 그런가."

"그리고 이 건물은 아마 저장고 용도로 쓰이지 않았을까 해요."

"저장고?"

"저장고는 1층에도 문이 있고 외벽에 사다리가 있으며 꼭대기에도 출입구가 있으니까요."

"저장고라 하면 역시 그 여성분이 무언가를 가지러 간 걸까?"

은서의 말에 정아 누나가 고개를 저었다.

"무언가를 가지러 갔다는 가설은 아까 전부 부정됐어."

"그럼 무슨 이유일까요?"

"아, 그렇구나. 우리가 잊은 게 하나 더 있어요. 멍청했네. 정말 멍청했어."

"뭐야?"

"범인이 피해자와 어떤 식으로든 엮여 있다면 그건 오래되지 않았어요. 대전제에 의해서죠. 그런데 이 마을은 오래전에 황폐화가 된 걸로 보이잖아요? 늦었지만 이 또한 대전제에 추가하죠."

"그렇구나. 왜 굳이 여기까지 왔을까? 우리처럼 길을 잃진 않았을 테고."

잠깐. 이렇게도 생각할 수 있지 않을까?

"누나, 우리가 하나 놓친 게 있는 거 같아요. 어쩌면 여자는 떨어져서 죽은 게 아닐지도 몰라요."

"무슨 소리야?"

"죽은 채 떨어진 거죠."

"그렇다면 범인은 여자의 시체를 어깨에 둘러멘 채 녹이 슨 낡은 사다리를 타고 올라가 시체를 그 안에 던졌다는 거야?"

"그렇게 되겠죠."

"진심으로 하는 소리야?"

"그럼요."

"만약 그랬다고 쳐보자. 그는 왜 그렇게 귀찮은 짓을 했을까? 시체야 그냥 산속에 묻거나 바닷속에 던지면 되잖아."

"언니, 해보셨어요?"

은서의 물음에 웃음이 터졌다.

"그건 왜 물어?"

"너무 별거 아닌 것처럼 말씀하셔서요."

"해봤겠니?"

"그래도 한번 생각해볼 만한 것 같아요. 방금 누나가 제시한 의문의 해답이요. 그는, 범인은 왜 그런 번거로운 짓을 했을까? 게다가 여긴 버려진 마을이에요. 왜 굳이 여기까지 와서, 또 굳이 저 건물 안에다 시체를 유기해야 했을까요? 목적이 뭐였을까요?"

"우선 범인이 어떻게 여기까지 올 수 있었을까를 따져봐야겠어. 마을의 존재를 알고 있었다고 보는 게 자연스럽지."

"그렇구나! 범인은 마을 사람이에요!"

은서가 격양된 목소리로 말했다. 정아 누나가 말을 이었다.

"내가 하려고 했던 말이지만, 맞아. 계속 말하면, 범인에게 이 건물은 특별한 의미를 가지고 있어. 범인뿐만 아니라 이전에 여기 살던 마을 사람들에게."

"어떤 의미요? 일단 외관은 전혀 특별해 보이지 않는데요."

내 말에 정아 누나는 생각에 잠기는 듯 잠시 말이 없었다.

"글쎄. 저 건물이 마을의 시체 안치소였나? 그건 아니겠지."

"누나, 이렇게 생각해보는 건 어때요? 범인은 반드시 시체를 저 건물 안에 넣어야 했어요. 그렇지 않는다면 곤란한 상황에 부닥쳤던 거예요."

"그런 상황이 뭐지?"

"범인은 여자와 함께 이 마을에 도착했어요. 그런데 갑자기 의견 다툼이 생겼고, 어쩌다 보니 범인은 여자를 죽였어요. 범인에겐 시체를 처리할 여유가 없었어요. 왜냐면 곧 다른 누군가도 마을에 도착할 예정이었기 때문이죠."

"누군가는 누구야? 그 사람도 이 마을 출신인가?"

"마을 출신인지는 모르겠지만 범인과 여자가 마을을 방문한 목적과 같은 이유로 이곳을 찾아온 거예요. 도중에 사정이 생겨 살짝 늦어졌거나 했겠죠. 범인은 당황했어요. 빨리 시체를 처리해야 하는데 사람이 한 명 더 오니까요. 땅에 시체를 파묻을 시간적 여유는 없었어요. 당황하던 범인의 눈에 이 건물이 들어온 거예요. 사다리가 녹슨 것 따윈 신경 쓸 겨를이 없었죠. 재빨리 시체를 건물 안에 집어넣은 뒤 사다리를 절단."

"그럼 그 절단한 사다리는 어디 있지?"

나는 어깨를 으쓱했다.

"그러게요."

"이 자리에 서서 우리끼리 열심히 생각해봤자 알아낼 수 있는 건 아무것도 없어 보이는데."

"언니, 그럼 우리 마을을 한번 둘러봐요. 마을에 대한 정보를 바탕으로 더 좋은 생각을 해낼지도 모르잖아요."

"과연 그럴까?"

"한번 둘러봐요, 누나."

은서의 제안대로 우리는 마을을 천천히 둘러보기로 했다. 다행히 비는 그쳤다. 조금 걷자 집이 한 채 보였다. 철로 된 대문은 잔뜩 녹이 슨 채 뜯겨 바닥에 쓰러져 있었다.

"여기도 시체가 있는 건 아니겠지?"

정아 누나의 말과 함께 우리는 조심스럽게 마당으로 들어섰다. 마당에는 부서진 나뭇가지와 녹슨 깡통이 나뒹굴고 있었다.

현관문이 있었을 자리는 텅 비어 있었다. 안으로 들어가니 썩은

내와 함께 꿉꿉한 공기가 온몸을 덮쳤다.

"어우, 습해."

정아 누나의 말처럼 집 안 공기는 매우 습했다. 거실로 추정되는 공간에는 부서진 창의 유리 조각과 소파, 텔레비전 그리고 탁자가 쓰러져 있었다. 소파를 살짝 만져보니 축축했다. 하나뿐인 방 안에는 마찬가지로 깨진 유리 조각과 쓰러진 옷장 그리고 이불이 있었다. 이불 또한 축축하게 젖어 있었다.

집 안을 더 둘러본 우리는 밖으로 나왔다.

"얻은 건 아무것도 없네."

정아 누나가 허탈하다는 듯한 말투로 말했다.

"아니요. 얻은 건 있어요."

"뭘 얻었는데?"

그때 은서가 전방의 어딘가를 손으로 가리키며 소리를 질렀다.

"저기 집이 있어요!"

집이야 지금까지 많이 봐왔다. 사람이 없을 뿐이지.

"사람이 있다가 사라졌어요! 우리를 보고 있었는데."

은서가 가리킨 곳은 산의 중턱이었다. 확실히 집이 있었다. 우리는 마지막 힘을 쥐어짜내 산을 올라가 집 앞에 도착했다. 안타깝게도 집은 매우 초라했다. 낡은 목재판을 얼기설기 붙여놓은 조잡한 집이었다. 손을 대면 무너질 것 같았다. 하지만 사람이 있다는 건 살길이 있다는 뜻 아니겠나.

"계세요?"

현관문 앞에서 정아 누나가 소리쳤지만 집 안에선 아무런 반응이 없었다.

"아까 그 사람은 어디로 사라졌어?"

"집 뒤쪽으로 가는 것 같던데."

은서의 말에 우리는 집을 한번 둘러보기로 했다. 집 뒤편에는 나무판자와 장작과 나뭇가지가 쌓여 있었다. 나룻배와 노도 보였다. 한 바퀴를 돌았지만 집 주변에는 아무도 없었다. 산 중턱이라 마을이 훤히 내려다보였다. 저 멀리 문제의 건물도 보였다. 그때 문이 열리며 인상이 푸근해 보이는 할아버지가 모습을 드러냈다.

"살았다!"

은서가 환호성을 질렀다.

우리는 사정을 설명하고 집 안에 들어가 꿀맛 같은 휴식을 취했다. 할아버지가 주는 물과 감자를 먹으니 이제야 좀 살 것 같았다. 20분쯤 지났을까. 은서가 다급하게 말했다.

"아, 할아버지. 큰일 났어요. 저기 있는 건물에…."

나는 재빨리 은서의 말을 가로막았다. 정아 누나가 놀라는 표정으로 나를 바라보았다.

"왜 그래?"

"할아버지, 이 마을에 언제부터 계셨어요?"

나는 정아 누나에게 대답하는 대신 할아버지에게 물었다. 할아버지는 잠시 대답을 망설이는 것처럼 보였다.

"평생을 살았지."

"그럼 이 마을에 대해 아주 잘 아시겠네요?"

"그런 셈이지."

"혹시 이 마을이 며칠 전까지 물에 잠겨 있었나요?"

내 말에 은서와 정아 누나가 괴성 같은 소리를 질렀다.

"무슨 소리야?"

"누나, 기억나요? 우리가 처음 이 마을에 들어섰을 때 누나가 발로 찬 거요. 마름 열매 말이에요. 그때도 말했지만 마름은 부엽성 수생식물이에요. 열매 껍질은 잘 썩지 않아서 민물이었던 곳의 땅에서 자주 나오고는 해요. 그때는 그게 왜 여기 있는지 크게 생각하지 않았는데 다 이유가 있었어요. 이곳은 예전에 물에 담겨 있었던 거죠. 그리고 아까 마을에 있던 어느 집 안에 들어갔을 때 내부가 굉장히 습했잖아요. 소파도 젖어 있었고요. 그건 비가 왔기 때문이 아니라 마을 전체가 수몰되며 집 전체가 물에 잠겼기 때문이에요. 그리고 물은 어떤 이유로 순식간에 다 빠져나가버렸어요. 하루도 채 안 됐을걸요? 그래서 땅이 진흙투성이였던 거예요. 비가 왔기 때문이 아니라요."

"마을 전체가 수몰됐다면 물의 양이 엄청 많을 텐데 그 많은 양의 물이 어떻게 하루 만에 빠져나가?"

정아 누나가 물었다.

"싱크홀 때문이죠."

"싱크홀?"

"우리는 싱크홀이 생기는 바람에 마을 사람들이 떠났다고 생각했어요. 하지만 그게 아닌 거예요. 사람들은 마을이 물에 잠기는 바람에 이곳을 떠난 거예요. 근처에 댐이 생겼겠죠. 그렇게 마을이 수몰된 후에 갑자기 엄청난 규모의 싱크홀이 여러 개 생겼고, 그곳으로 마을을 채웠던 물이 다 빠져나간 거예요."

"그게 하루 만에 가능하다고?"

"실제로 중국의 한 저수지에 거대한 싱크홀이 생겨 다섯 시간

만에 저수지 물이 모두 사라진 일이 벌어졌어요. 무려 25톤의 물고기와 함께요. 할아버지, 제 말이 맞나요?"

할아버지는 잠시 생각에 잠기는 듯했다. 말을 망설이는 것처럼 보였다.

"맞아. 두 눈으로 보고도 믿기지 않았지. 깜짝 놀랐어."

"이렇게 큰 규모의 싱크홀은 광산이나 터널 공사 같은 무리한 지하 개발 때문에 생겨요. 할아버지는 수몰된 마을을 두고 떠날 수 없어 여기에 집을 짓고 살고 계셨나요?"

"내 평생을 보낸 곳이야. 나는 여기가 아니면 살 데가 없어. 여기라면 마을이 훤히 내려다보여. 여기서 살다가 죽으려고 했지."

"그렇다면 할아버지는 보셨겠네요. 누군가가 배에 시체를 실어서 수면 위로 튀어나온 건물 안에다 집어넣지 않았나요?"

내 말에 정아가 비명을 질렀다.

"그게 무슨 뜻이야?"

"우리가 봤던 건물 꼭대기의 구멍 있잖아요. 바로 그 아래까지 물이 차 있었던 거죠. 드론을 집어넣을 때 봤잖아요. 입구 주변의 외벽에 이끼가 낀 것을요. 범인은 배로 건물 꼭대기의 입구까지 가서 그 안에다 시체를 던진 거예요. 사다리는 마을이 수몰되기 전에 잘렸겠죠. 건물 1층의 출입문은 시멘트로 완전히 메워져 있어서 건물 내부에는 물이 차지 않았어요."

할아버지는 잠시 아무 말을 하지 않다가 입을 열었다.

"나는 아무것도 못 봤어."

"정말요?"

"그래."

"여기라면 수면 위로 튀어나온 건물이 훤히 보일 텐데요. 못 보기가 더 힘들지 않을까요?"

"정말 못 봤어."

"그렇군요. 그나저나 저희가 그 건물 안에서 시체를 발견했어요. 빨리 경찰에 신고해야 하는데 좀 도와주세요."

"큰일이구나."

"경찰을 불러주세요. 그리고 집 밖에 있는 배 말인데요. 경찰이 조사해야 할 거 같아요."

할아버지의 눈빛이 매서워졌다.

"왜지?"

"할아버지의 나룻배를 범인이 썼을 수도 있어요."

"왜 그렇게 생각하지?"

"나룻배에 남자의 머리카락이 있었거든요. 범인이 할아버지 몰래 그 배로 시체를 옮겼을 수도 있어요."

할아버지가 잠시 침묵하다 껄껄 웃었다.

"허허. 그건 내 머리카락이야."

"시체에서 빠져나온 것일 수도 있죠."

"그럴 리는 없어."

"어떻게 확신하시죠?"

"그야 방금 네가 남자 머리카락이라고 했잖니."

"할아버지는 시체가 여자라는 사실을 알고 계셨군요."

내 말에 할아버지의 광대가 굳으며 인상이 험악해졌다.

"그 여자는 할아버지가 죽인 건가요?"

"설마."

은서가 눈동자를 커다랗게 뜨고 할아버지를 쳐다보았다.

할아버지는 아무 말 없이 나를 노려보기만 했다. 방 안의 공기가 팽팽해지는 게 온몸으로 느껴졌다. 그가 우리를 입막음하기 위해 무슨 짓을 벌일지도 모르겠다고 생각한 순간, 할아버지의 얼굴에서 긴장이 풀어졌다.

"알았다니 어쩔 수 없구나."

"죽은 여자도 마을 사람이었나요? 왜 그런 짓을 벌이신 거죠?"

"그 건물은 예전에 곡식 창고로 쓰였는데 마을 남자들이 거기에 어린 여자애를 가두었어. 정신이 오락가락했거든. 1년 전쯤."

"지체장애인이요?"

"남자들은 그 애에게 이불이랑 통조림을 던져주며 거기서 살게 하고 밖으로는 나오지 못하게 했어. 그러고는 그 애에게 몹쓸 짓을 했지."

드론으로 건물 내부를 봤을 때 분명 통조림과 이불이 보였다.

수갑과 요강처럼 생긴 항아리도 있었다.

"그러다 그 애가 죽었어. 사람들은 시체를 치운 뒤 사다리를 자르고 시멘트로 입구를 막아버렸어. 비밀로 하려고 한 거야. 그런데 그 여자가 이제 와 그걸 알아버렸어."

"어떻게요?"

"그 여자가 따라주는 술을 마시고 그만 술기운에 말해버렸거든."

"설마 할아버지도 그 남자 중 한 명…."

은서와 정아가 슬금슬금 뒤로 물러섰다.

"죽일 생각은 없었다. 그 여자는 자기 혼자 도망치다 산비탈에서 굴러떨어졌어. 내가 술기운에 말한 건, 가담한 것을 후회했기 때문이었어."

"시체를 왜 하필 건물 안에 넣으신 거죠?"

"처음엔 물에 빠트리려 했지만 시체가 떠오를 것 같았어. 물속이라면 천천히 썩기도 하니까. 빨리 썩어서 사라졌으면 했어. 어쩌면 나에게 악귀가 씌었기 때문인지도 모르지. 예전에 그런 끔찍한 짓에 가담했다는 사실을 나는 정말로 후회하지만, 실은 그 건물에서 또 한 번 여자가 갇혀 죽는 걸 나도 모르게 바랐는지도 몰라."

할아버지는 집 뒤편을 가리켰다.

"잘 보면 저쪽에 나무랑 풀숲 사이로 길이 있는데 거기로 가면 옆 마을이 나오니 그리로 가. 너희에게는 아무 짓도 안 할 테니 걱정 말고. 그래도 되도록 빨리 가는 게 좋을 거야. 내가 마음을 바꾸고 너희를 쫓기 전에."

*

그 후 우리는 할아버지가 말한 길로 빠져나와 통화가 가능한 지역으로 나왔고 곧바로 경찰에 신고한 뒤 무사히 살아서 집으로 돌아올 수 있었다. 마을에 생긴 거대한 싱크홀은 신문에 실렸다. 건물 안에서 발견된 여성의 시신, 그리고 한 할아버지가 스스로 목을 매달아 숨졌다는 소식과 그가 남긴 유서에 적혀 있는 마을의 추악했던 비밀까지 말이다.

〈40피트 건물 괴사건〉은 한국추리작가협회 창립 40주년 기념 앤솔러지《드라이버에 40번 찔린 시체에 관하여》에 실린 단편입니다.

과거《계간 미스터리》신인상을 받기 전 습작 시절, 일본의 추리작가들이 모여 숫자 50을 키워드로 삼은 단편들을 엮은 작품집《혈안》을 읽었습니다. 그때 '나도 신인상을 받으면 나중에 한국의 추리작가들과 함께 공통된 키워드로 엮은 작품집에 참여하고 싶다'고 생각했습니다. 하지만 먼저 신인상부터 받아야 했습니다. 그리고 오랜 시간이 지나 제 생각이 현실로 이루어져 영광이고, 황금펜상 수상 작품집에 실리게 되어 더 큰 영광입니다.

〈40피트 건물 괴사건〉은 트릭을 먼저 떠올리며 구상을 시작한 단편입니다. 보통 제 소설의 평을 찾아보지 않는데 우연히 본 평에 제 단편의 트릭이 정말 마음에 든다는 감상이 있어 기뻤습니다. 추리소설은 트릭이 다가 아니다, 트릭만 좇아서는 좋은 추리소설이 될 수 없다지만 저는 위의 감상이 추리소설가에게는 최고의 칭찬이라 생각합니다.

이 단편에서는 등장인물이 어떤 불가능한 상황을 설명하기 위해 수많은 가설을 내놓고 또 부정당합니다. 전부터 이런 종류의 단편을 쓰고 싶었는데 이렇게 세상에 나와 기쁩니다. 쓰면서 머리가 조금 아팠지만 즐거운 경험이었습니다.

작품에 등장하는 인물은 시리즈로 기획하고 있는 대학교 사진 동아리 친구들입니다. 다른 작품에 등장했으며, 앞으로도 등장할 예정인 친구들이라 애착이 갑니다. 계속해서 이들의 행보를 지켜봐주시길 바랍니다.

올해 저는 작가로서 운이 좋았다고 생각합니다. 이제는 좀 더 부지런해지려 합니다. 본격 미스터리를 좋아하는 사람으로서 더욱 매진하겠습니다.

# 꽃은 알고 있다

여실지

여실지

대학에서 사회학을 공부했다. 2022년 여름, 단편 〈호모 겔리두스〉로《계간 미스터리》 신인상을 받으며 등단했다. 발표한 작품으로 단편 〈로드킬〉, 〈40일〉, 〈꽃은 알고 있다〉가 있다.

1

두 눈이 번쩍 떠졌다. 네모난 블라인드 틈새로 하얀 빛줄기가 보였다. 시끄러운 찬송가 소리가 방 안으로 스멀스멀 들어왔다. 조금씩 감각이 돌아오자 대충 상황을 알 수 있었다. 오늘은 엄마와 친한 교회 신도들이 우리 집 거실을 차지하는 날이다. 칠순을 넘긴 여자들이 기도하고 찬송가를 부르며 새된 소리로 울부짖는 소리는 마치 초상집 곡소리 같다.

목이 말랐다. 어젯밤에는 어떻게 집으로 돌아왔는지, 이런 밤이 몇 번째인지도 알 수 없었다. 더러운 흙발에 방바닥은 온통 흙투성이였다. 창밖에서 새들이 지저귀는 소리와 매미 소리가 시끄러워 여름이 훨씬 덥게 느껴졌다. 부엌으로 가서 냉장고 문을 열었다. 자히르가 준 꽃차를 꺼내 병째로 벌컥벌컥 들이켰다. 그래도 갈증이 가시지 않았다. 땀과 오물이 섞인 퀴퀴한 냄새. 갑자기 상한 고기 냄새가 훅 풍겼다. 구토가 일어 화장실로 달려갔다. 방금 마신 차와 노란 위산을 게워내고는 희뿌연 거울에 비친 내 모습을 바라보았다.

노르끄레한 흰자위에 핏발 선 실금. 거무튀튀한 몰골이 죽기 전의 아버지 모습과 닮았다. 나는 아버지의 병까지 닮았다. 덥수룩한 앞머리를 뒤로 넘기고 세면대에 얼굴을 담갔다. 차가운 수돗물 때문에 정신이 맑아질 법도 한데, 머릿속에 뭐가 잔뜩 낀 것처럼 흐리멍덩하고 눈앞이 뿌옇게 보였다.

다시 냉장고를 열어 대충 끼니를 때울 게 있나 들여다보았다. 먹다 남은 김치를 넣은 반찬통과 낡은 페트병이 하나 보였다. 얼마 전에 박씨 할머니가 놓고 간 매실청이다. 나는 냉장고 문을 닫았다. 엄마는 이제 반찬을 만들지 않는다. 신도들과 끼니를 해결하고 남은 음식을 싸오거나 교회에서 나누어준 음식을 가져오곤 했다.

어깨가 쑤시고 등이 결린다. 몸을 비틀어 통증 부위를 주물러보지만, 영 시원치 않았다. 싱크대 상부 찬장을 열어 라면을 꺼냈다. 생라면을 우두둑 씹어 먹고는 약통을 열어 오늘 먹어야 할 약을 먹었다. 요일별로 칸막이를 한 플라스틱 통에는 아버지가 먹던 진통제와 같은 알약들이 종류별로 들어 있다. 타진, 옥시코돈, 아스피린, 모르핀. 이것도 얼마 남지 않았다. 나는 은둔형 외톨이라 병원에 가지 않는다. 엄마에게 대리처방을 부탁할 수밖에 없다. 입에 알약들을 털어 넣고 물을 벌컥벌컥 들이마셨다.

"웬일이니? 밖에 다 나와 있고."

엄마가 기대에 찬 목소리로 말을 걸었다.

흠칫 놀라 나도 모르게 뒷걸음쳤다. 엄마 몸에서 상한 고기 냄새가 났다. 속이 메스껍고 헛구역질이 나려는 걸 겨우 참았다.

"약이…, 떨어져가."

엄마는 대놓고 경멸하는 눈으로 나와 약통을 번갈아 보다 고개를 돌렸다.

"알았어."

엄마는 박씨 할머니가 준 페트병을 꺼냈다. 뭔가 싶어 찬찬히 들여다보다가 이맛살을 찌푸리더니 다시 집어넣었다. 그러고 나서는 능숙하게 밀가루를 풀어 반죽을 만들고 반찬통의 남은 김치를 넣어 전을 부쳤다. 끓는 식용유 냄새가 느글거려 나는 뒤편으로 물러났다. 엄마는 내 쪽은 아랑곳하지 않고 자히르가 준 투구꽃 술과 유리잔 몇 개를 쟁반에 담더니 서둘러 거실로 나갔다. 할머니들의 수다를 놓치지 않으려는 듯 엄마는 그들 틈에 바싹 다가앉았다. 나는 계단참에서 머뭇거리다가 다시 2층으로 올라갔다.

"이장 내외하고, 슈퍼집 김씨하고 병원 실려 가서, 거 머라카더라, 위 세탁 어쩌고 했다카던데."

"위세척이여! 거, 여편네가 미쳐도 단단히 미쳤지. 농약을 왜 거기다 처넣어?"

"근데, 그 형님이 한 게 맞대요?"

엄마가 끼어들어 묻는다.

"아니, 그럼 누가 그랬겠어? 그 추어탕 끓여온 게 그 여편넨데!"

"넨장! 부녀회장이 뭔 벼슬이라고 지랄이래?"

얼마 전 마을회관에서 있었던 농약 추어탕 사건 얘기였다. 할머니들은 부침개와 밀주를 곁들이며 박씨 할머니에 대한 울분을 토해냈다. 한바탕 악담과 욕설을 쏟아내던 할머니들은 다시 입을 모아 찬송가를 불렀다. 불쾌한 취기에 물든 노랫소리가 집 안에 울려 퍼졌다.

박씨 할머니는 동네 유일한 복덕방 주인이었다. 전년도 부녀회장도 겸해서, 엄마를 교회에 처음 데려간 사람이었다. 처음 이사 온 엄마에게 동네 사람들을 소개해주고 잘 아는 가게에 데려가주기도 했다. 노인만 있는 마을로 이사를 왜 오냐고 입을 비죽 내밀던 엄마는 열 살 이상 차이 나는 할머니들하고도 잘 지냈다. 박씨 할머니 덕분이었다. 박씨 할머니도 같은 구역 예배의 일원이었고, 모두가 형님이라고 부르며 깍듯이 모셨다.

언제부터인가 엄마는 박씨 할머니 얘기만 나오면 마뜩하지 않은 표정을 지으며 혀를 찼다. "부녀회장이 뭐라고…"라며 말끝을 흐리기 일쑤였다. 삼삼오오 모인 할머니들의 입에서는 한숨과 볼멘소리가 오갔다. 어느새 구역 모임에는 박씨 할머니가 보이지 않게 되었다. 그러고 나서 며칠 후 마을회관에서 벌어진 경로잔치에서 사람들이 구급차에 실려 가는 사건이 일어났고, 박씨 할머니가 경찰서에 불려갔다는 소문이 돌았다.

나는 다시 방으로 들어와 암막 블라인드를 걷어 올렸다. 잿빛으로 찌푸린 하늘이 드러났다. 비릿한 흙냄새를 맡으며 창틀에 걸터앉아 창밖을 내다보았다. 낮게 깔린 하늘 저편에서 먹구름이 몰려왔다. 마당 한 귀퉁이를 차지한 굵은 나무가 어울리지 않게 사락사락 경쾌한 소리를 내며 떨었다. 엄마가 흉흉하다고, 뽑아버리라고 했던 아카시아였다. 철거 견적이 제법 나왔는지, 더는 엄마 입에서 나무를 뽑자는 말이 나오지 않았다. 늘어뜨린 나뭇가지가 서로 부딪히며 짙은 나무 그림자가 마당에 드리워지자 꽃과 풀들이 더욱 무성해 보였다.

아버지가 심은 커다란 브루그만시아가 묵직한 대가리를 끄덕거렸다. 아버지는 뭐든 큼직한 걸 좋아했다. '천사의 나팔'이라고 불리는 이 꽃은 이름에 어울리지 않게 탐욕스럽게 생겼다. 큼지막한 나팔 모양의 꽃송이가 주렁주렁 매달려 흔들리는 본새가 오늘따라 유난히 징그러웠다.

아버지가 돌아가시고 나서, 엄마는 전보다 더 열심히 교회를 다녔다. 교회 모임이란 모임엔 다 나가는 듯했다. 월요일에는 성경 공부, 화요일에는 친교 모임, 수요일에는 새벽 기도와 친목 모임, 목요일에는 청소 봉사, 금요일에는 구역 예배, 토요일에는 식당 봉사, 일요일에는 주일 예배, 모이는 사람은 다 같은 사람인데, 모임의 이름만 달랐다.

금요일 구역 예배는 늘 우리 집에서 열렸다. 이렇게 큰 집에 남편은 죽고, 큰아들은 중국에 가 있고, 작은아들은 방에만 틀어박혀 지낸다는 우리 집 사정 덕택이었다. 할머니들이 남편 눈치, 자식 눈치 볼 필요 없이 마음 편히 모이기에 딱 좋은 장소였다. 나도 딱히 신경 쓰지는 않았다.

문제는 그다음이었다. 어찌 됐건 예배 모임이기에 양심상 예배는 꼭 해야 했던 모양이었다. 기도든 찬양이든, 그게 무엇이든 간에 할머니들은 시끄럽게 울부짖고 나서 꼭 내 방으로 몰려와 문을 두드렸다. 낮은 소리로 주문을 외우듯 기도문을 읊조리는 사람도 있고, “주여!” 하고 큰 소리를 토해내는 사람도 있었다. 무엇보다 괴로운 것은 노인들의 쉰 목소리 사이에서 들릴락 말락 한 작은 소리로 “경수야, 아이고, 내 새끼, 경수야” 하고 내 이름만 애타게 불러대는 엄마의 울음소리였다.

후드득, 하고 굵은 빗방울이 바닥에 터지더니 이윽고 비가 쏟아졌다. 빗소리에 찬송가 소리가 묻혔다. 고개 숙인 노란 브루그만시아가 빗방울 무게를 견디지 못하고 땅을 향해 축 늘어졌다. 나는 까무룩 잠이 들었다.

2

10년 전, 아버지는 경기도 이천에 있는 단독주택을 샀다. 마당에 커다란 아카시아 한 그루가 서 있고 그 옆에 앙상한 살구나무와 이름 모를 잡초가 무성한 낡은 이층집이었다. 아버지는 어릴 적 소원을 이룬 셈이었다. 평소 동네 유지가 살던 마당 있는 집이 무척이나 부러웠다고 입버릇처럼 얘기했으니 말이다.

당시 이천은 판교로 이어지는 지하철역이 들어선다는 호재에 투기꾼들이 몰려들어 들썩거리는 분위기였다. 아버지는 역에서 멀리 떨어진 시골 마을에 있는 단독주택을 골랐다. 구석진 시골 마을에서 보이는 건 야트막한 산과 땅의 모양대로 생긴 논밭뿐이었다.

아버지는 돈에 관심이 많았지만, 인연이 없는 사람이었다. 주식을 사면 떨어지고, 팔고 나면 올랐다. 겨우 분양받은 서울의 소형

아파트도 건설사가 부도나는 바람에 매매가가 주변 시세보다 터무니없이 낮았다.

엄마는 펄쩍 뛰며 반대했다. 돈도 안 되는 주택을 왜 사냐고, 역 근처에 새로 짓는 아파트나 상가를 분양받자고 했지만, 아무리 서울 집값이 지방보다 비싸다고 해도 스물네 평짜리 변두리 아파트를 팔아서는 어림없는 일이었다. 엄마는 그런 현실을 잘 알았고, 아버지는 유독 고집을 부렸다. 점쟁이가 빨리 집을 팔고 나가라는 성화에 집주인이 싸게 내놓은 거라고, 이렇게 큰 집을 시세보다 싼 헐값에 살 수 있겠냐며 아버지는 뜻을 굽히지 않았다. 결국 그 집은 아버지의 로망을 실현해주었다. 내가 방에 틀어박혀 지낸 지 3년째 되는 해였다.

처음 방에서 안 나오던 며칠은 부모님도 대수롭지 않게 생각했다. 군대도 갔다 온 멀쩡한 사내놈이 방구석에 처박혀 있는 짓도 하루 이틀이라고, 소형 아파트의 비좁은 문간방이 답답해서라도 금세 나오리라 생각한 모양이었다. 나는 오히려 밖이 답답했다. 식구들이 깨어 있을 때는 자고, 모두 잠든 밤에 움직였다. 젊은 놈이 뭐 하는 짓이냐고 아버지가 윽박지르고 손찌검해도 그 순간만 참으면 되었다.

나는 타고난 은둔자였다. 낮에는 최대한 기척을 숨기고 있는 듯 없는 듯 지냈다. 나에게 내 방은 철옹성이고 천국이며 은신처였다. 밖으로 나가는 일이 없으니 씻지도 않았다. 더럽고 냄새나는 몸에 머리털은 덥수룩했다. 가끔 중국으로 유학 간 형이 한국에 올 때마다 나를 데리고 목욕탕과 이발소에 가주었지만, 서너 해가 지나자 형이 한국에 오는 횟수도 뜸해졌다. 아버지와 엄마가 밤에 나눈 대화로 보아 여자가 생긴 듯했다.

이천으로 이사 오고 나서 아버지는 집에 공을 들였다. 말년에 이룬 소망 덕분인지, 아니면 외면하고 싶은 못난 자식 때문이었는지, 아버지가 온 신경을 집을 고치고 꾸미는 데 쏟아붓는 동안 나는 평화롭게 지낼 수 있었다.

아버지는 뒤틀린 창틀을 새로 끼우고 가뭄 난 논바닥처럼 잔뜩 금이 간 벽을 페인트칠했다. 앞마당 화단에는 꽃을 심고 뒷마당에는 텃밭을 가꾸었다. 거실에는 아버지가 그동안 모아둔 큼직한 수석도 전시했다. 서울에서 살 때는 쓸데없이 공간만 차지한다며 엄마가 라면 상자에 쑤셔 박아둔 돌멩이들이었다. 지역 유지들의 취미가 수석 모으기라던 아버지는 드디어 거실에 수석을 전시할 수 있었다.

아버지는 평소 키우고 싶어 했던 커다란 개도 데리고 왔다. 어디서 구했는지, 등이 시커먼 갈색 성견이었다. 생김새로 보아 저먼셰퍼드와 시베리안허스키가 섞인 듯했다. 어느 쪽이 어미이고 아비인지 모르겠지만, 털 색깔과 체구는 셰퍼드 쪽이었다. 길쭉한 다리와 다부지고 균형 잡힌 몸에 눈동자만 허스키처럼 회색빛이 도는 파란색이었다. 아버지는 잡종이어도 독일 군용견이라고, 강인하고 용맹한 개라며 좋아했지만, 어찌 된 일인지 녀석에게 이름을 지어주지 않고 '개'라고만 불렀다. 놈은 성견인데도 강아지 때부터 키운 개처럼 순순히 목줄을 한 채 마당 한구석에 매여 있었다.

엄마는 개 냄새가 난다며 '개'를 볼 때마다 투덜거렸지만, 정작 개에게 밥을 주는 사람은 아버지가 아니라 엄마였다. 코팅이 다

벗겨진 낡은 프라이팬에는 끼니때마다 새 사료가 채워졌다. 녀석은 덩치에 맞지 않게 순했다. 좀처럼 짖지 않았고, 누구에게나 꼬리를 흔들었다. 엄마는 집도 못 지키고 밥만 축낸다고 구박하면서도 프라이팬 가득 사료를 담아주었다.

바람에 날려 온 양귀비가 뒷마당 텃밭에 싹트기 시작할 무렵, 아버지는 앓기 시작했다. 한 달 사이에 체중이 10킬로그램이 빠지고 얼굴이 노르끄레해졌다. 소화가 안 된다고, 피곤하다는 말을 입버릇처럼 했다. 입맛이 없어 살이 빠졌다고 생각했지만 뒤늦게 간 병원에서는 간암 말기라며 길어야 서너 달 남았다고 했다. 아버지는 진통제만 잔뜩 처방받아왔다.

매미가 시끄럽게 우는 여름날, '개'가 유난히 짖어대던 날이었다. 아버지는 양귀비를 뽑다 말고 앞으로 고꾸라진 채 숨을 거두었다.

아버지 장례식 때도 나는 내 방에 틀어박혀 있었다. 형은 상주 역할을 끝내고는 바로 중국으로 떠나 식을 올렸다. 엄마는 처음 비행기를 타본다며 들뜬 마음으로 중국에 다녀온 뒤로는 형과 연락을 끊었다. 한동안 엄마 입에서는 '남편 복 없는 년이 자식 복이 있겠냐'는 팔자타령이 끊이지 않았다.

그 후로 엄마가 교회 사람들과 어울리는 횟수가 잦아졌다. 끼니때마다 새 사료가 채워졌던 낡은 프라이팬에는 며칠 전에 부어놓았던 사료가 말라붙어 있었다. 개는 그 자리에 엎드려 있거나 잠을 자고, 나는 방에서 잠을 자거나 게임을 했다.

## 3

"자히르! 먹이, 주지 마! 개! 똥! 냄새나!"

엄마가 손가락으로 개 밥그릇과 배설물을 차례로 가리키며 언성을 높이자 자히르는 알았다는 듯 손바닥을 보이며 고개를 끄덕였다. 자주 있는 일이었다.

자히르는 근처 공장 숙소에 있다 나온 파키스탄 사람이었다. 아버지가 돌아가시고 나서 엄마는 둘만 사는 집이 너무 크다고, 월세 몇 푼이라도 버는 게 어디냐며 박씨 할머니네 복덕방에다 골방을 세놓았고, 그로부터 몇 달이 채 지나지 않아 자히르가 들어와 살기 시작했다. 숙소보다 비용이 많이 들 텐데도 무슨 연유에서인지 자히르는 따로 나와 혼자 사는 방을 원했다. 자히르는 꾀죄죄한 청바지의 엉덩이가 헐렁하게 남아돌 정도로 비쩍 말랐지만, 가무잡잡한 팔뚝에는 단단한 근육이 붙어 몸을 쓰는 사람임을 알 수 있었다.

자히르는 '개'를 유난히 좋아했다. 이사 온 다음 날부터 매번 개에게 먹이를 주었다. 주로 돼지고기와 내장이었다. 말라붙은 사료만 먹던 개는 고기 맛을 본 뒤로 사료를 쳐다보지도 않았다. 자히르가 가끔 돼지 간을 구해와서 삶아주면, 개는 고기 누린내에 환장하며 먹어치웠다. 별식을 다 먹어치운 개는 충성스러운 눈으로 자히르를 쳐다봤고, 자히르는 검게 그을린 투박한 손으로 개의 머리를 쓰다듬었다.

생명체는 솔직했다. 잘 먹자 잘 싸기 시작했다. 먹은 영양분만큼 배설해내는 양도 늘어나 녀석의 발길이 닿는 곳마다 배설물이 가득했다. 치워야 하는 배설물의 양도 양이지만, 똥 냄새가 지독하다며 엄마는 불만이 가득했다.

참다못한 엄마가 자히르를 불러 세우고 목소리를 높이면, 자히르는 파란 눈동자로 엄마를 멀뚱히 바라보기만 했다. 다른 아시아계 노동자들과 달리 자히르는 눈동자가 파랬다. 어딘가 모르게 백인 피가 섞인 듯하니, 무슨 언어를 쓰는지 감이 잡히지 않았다. 엄마는 손짓 발짓 다 동원하여 짧은 내용을 전달했지만, 그때뿐이었다. 결국 엄마는 개를 보며 눈을 흘기거나 답답한 가슴을 팡팡 후려치거나 만나는 교회 할머니들에게 하소연만 늘어놓았다. 방구석에만 틀어박혀 있는 내가 엄마를 대신해서 해결하리라고는 기대도 하지 않았다.

그렇게 눈엣가시 같던 자히르가 엄마의 환심을 사게 되었다. 마당에 핀 양귀비 덕분이었다. 어디서 자꾸 씨가 날아와 양귀비가 핀다고, 한국에서는 양귀비 키우는 게 불법이라 뽑아야 하는데 허리가 아파 힘들다는 엄마의 불평을 알아들었는지, 자히르가 양귀비를 다 뽑아버리고, 내친김에 화초들도 정리한 것이었다. 귀신 머리칼 같던 화초들이 가지런해지고 아무렇게나 가지를 뻗던 나무들도 이발한 듯 단정해졌다. 뽑아버린 양귀비가 어디로 갔는지 모르겠지만, 엄마는 개의치 않았다. 그러고 나서 한동안은 자히르가 개에게 돼지고기를 줘도 엄마는 아무 소리도 하지 않았다.

어느새 마당과 텃밭은 자히르의 차지가 되었다. 아버지가 심은 브루그만시아 밑으로 이름 모를 꽃들이 피고 풀이 자라기 시작했다. 자히르는 엄마에게 꽃을 주기도 했다. 주책맞게 웬 꽃이냐며 핀잔을 주면서도 엄마는 오래된 꽃병을 꺼내어 꽃을 꽂아 한동안 식탁 위에 두곤 했다.

자히르는 햇볕이 드는 마당에 돗자리를 펼쳐놓아 꽃과 풀뿌리와 씨앗과 열매를 말렸다. 가끔 그것들로 엄마에게 차를 끓여주기도 했다. 엄마는 구역 모임 때마다 박씨 할머니가 준 매실차 대신 자히르가 준 꽃차를 내왔다. 정체를 알 수 없는 차를 마시면서도 할머니들은 집 안에 약초 냄새가 난다고 좋아했다. 엄마는 외국 향료 냄새가 난다며 호들갑을 떨기도 했는데, 나는 어딘가 모르게 매캐한 냄새가 상한 고기 냄새를 덮은 듯한 기분이 들었다.

나는 금방 피곤해져서 앉아 있을 기운도 없어졌다. 약을 먹으면 졸거나 헛구역질하다가 잠이 들었다. 그러다 개가 낑낑대며 안달하는 소리에 깨어 창밖을 내다보면 자히르가 마당에서 풀을 베거나 잡초를 뽑고 있었다. 나는 멀뚱히 그 모습을 지켜보았다. 내 시선을 느낀 자히르가 창문을 올려다보면 나와 눈이 마주쳤다. 우리는 서로의 눈길을 피하지 않았다. 마침내 자히르가 고개를 숙이며 인사하면 그제야 나는 묵묵히 손만 들어 보였다.

4

시골의 여름밤은 유독 덥고 어두웠다. 드문드문 켜진 가로등에는 불나방과 날벌레들이 덤벼들었다. 열대야에 방은 푹푹 찌고 끈적한 땀이 온몸을 휘감았다. 나는 방에서 나와 마당으로 갔다. 앙상했던 살구나무에 초록 열매가 달려 익어가기만을 기다리고 있었다. 나는 옆구리와 등이 결려 쭈그리고 앉아 꽃들을 살폈다. 아버지가 심은 큼직한 화초들과 달리, 자히르가 심은 꽃들은 모두 고만고만했다. 듬성듬성 매달린 브루그만시아 밑에 작은 종 모양의 보라색 꽃망울이 삼삼오오 모여 있고, 그 옆에는 노란 투구 모양의 꽃이 포도송이처럼 달려 있었다. 고개 숙인 브루그만시아와 달리 하얀 나팔꽃은 하늘을 향해 고개를 치켜들고 있었다. 모두 처음 보는 꽃이었지만, 자히르가 정성스레 키워서인지 싱싱하게 피어 있었다. 개든 꽃이든, 이 집에 사는 생명체들은 자히르의 덕을 톡톡히 보고 있는 셈이었다.

"경수, 이거 마셔."

마당을 거닐며 꽃들을 살피는 내게 자히르가 다가왔다. 한 손에는 종이컵을, 다른 한 손에는 낡은 페트병을 들고 있었다. 나는 종이컵을 받지 않고 한참 동안 자히르의 손을 바라보았다.

"뭔데?"

"저거 끓인 차야."

자히르가 턱짓으로 가리킨 곳에는 브루그만시아가 성글게 매달려 있었다. 아, 어쩐지. 그래서 뭔가 빈 듯한 느낌이 들었구나 싶었다.

"이거 마시면, 아픈 거 사라져."

자히르가 다시 한번 종이컵을 들이밀며 말했다. 나는 머뭇거리며 종이컵을 받아 냄새를 맡았다. 달큼하고 쌉싸름한 냄새가 났다. 조금씩 혀를 대며 맛을 보다가 나도 모르게 잔을 훌렁 비우고 말았다.

"더 줄까?"

자히르가 씩 웃으며 물었다. 엄마와 있을 때는 멀뚱거리며 말 한

마디 하지 않던 녀석이 나에게는 한국말을 제법 잘했다. 오히려 말이 없는 건 내 쪽이었다. 나는 고개만 끄덕이고 자히르가 준 두 번째 잔을 들이켰다.

"또 마시고 싶으면 말해."

그날 이후로 나는 밤마다 자히르를 찾아갔다. 차를 마시면 신기하게도 통증이 사라진 기분이 들었다. 때마침 병원에서 처방받은 약이 다 떨어져서 자히르의 꽃차가 절실했다.

자히르는 약초에 대해 잘 아는 듯했다. 꽃을 끓여 차로 내주었는데, 주로 아버지가 심었던 브루그만시아와 다투라라고 부르는 하얀 나팔꽃이었다. 투구꽃으로 담근 술을 주는가 하면 컴프리 뿌리와 잎을 달여주기도 했다. 덕분에 병원에서 주는 진통제를 먹지 않아도 그럭저럭 버틸 수 있었다.

## 5

엄마가 죽었다.

어제인지 오늘인지는 잘 모르겠다. 개가 밥을 달라고 칭얼대다 멈추기를 반복하고, 매미가 환장한 듯 울어댔다. 하도 시끄러워서 나가보니 엄마가 화단에 고개를 파묻고 고꾸라져 있었다. 아버지가 죽은 그 장소였다. 나는 엄마를 부둥켜안고 엉엉 울었다. 뜨거운 땡볕 아래에서 엄마는 차갑게 식어 있었다. 나보다 엄마가 먼저 죽을 줄은 몰랐다. 기운이 없어 울음소리도 잘 나오지 않았다. 메마른 눈에 눈물이 줄줄 흘렀다. 혼자서 장례를 치를 자신도 없지만, 연을 끊은 형에게 전화하고 싶지도 않았다.

나는 먼지 쌓인 창고에서 삽을 찾아 들고 땅을 팠다. 얕게 판 구덩이에 돌처럼 딱딱해진 엄마를 묻었다. 구덩이에 들어간 엄마는 요람 속에 잠든 아기 같았다. 교회 할머니들이 불쑥 들이닥치면 어떡하나 싶어 주위를 둘러보다 파란 눈의 개와 눈이 마주쳤다. 녀석은 내가 하는 짓을 멀뚱히 바라보았다.

엄마를 다 묻자 나는 등이 쑤셔 그대로 주저앉았다가 기우뚱하고 옆으로 픽 쓰러졌다. 더위와 통증에 기진맥진해진 나는 모로 누운 채로 축축하고 차가운 흙을 만지작거렸다. 땅속에 있던 흙냄새가 땀 냄새와 섞여 묘한 안정감을 주었다.

그때 누가 옆으로 다가오는 기척이 느껴졌다. 자히르였다. 나는 화들짝 놀랐지만, 눈알만 굴려 자히르를 쳐다보았다. 혹시라도 엄마를 묻는 모습을 봤나 싶어 초조한 눈으로 바라보는데, 자히르는 심드렁한 표정으로 나에게 봉투 하나를 건넸다. 펜타닐 패치였다.

"이거 붙이면, 아픈 거 사라져."

자히르는 짧게 한마디 던지고는 뒤돌아 가버렸다. 평소처럼 개에게 먹이를 주고 골방으로 들어갔다. 나는 자히르의 뒷모습이 사라질 때까지 눈을 뗄 수 없었다.

긴장이 풀리자 중력에 이끌리듯 온몸이 땅으로 푹 꺼졌다. 겨드랑이에서 끈적한 땀이 흘러내렸다. 비닐을 뜯어 패치를 가슴팍에 붙이고는 그렇게 한참을 흙 위에 누워 있었다. 해가 뉘엿뉘엿 넘어가고, 나는 주섬주섬 일어났다. 통증이 사라지자 살 것 같았다. 방에 들어가자 피로와 통증에 시달렸던 내 몸은 졸음을 이기지 못하고 픽 쓰러졌다.

*

눈을 떠보니 밤이었다. 벽에 걸린 시계가 서서히 윤곽을 드러냈다. 11시 15분. 오랜만에 육체노동을 해서 그런지 알이 밴 팔뚝이 뻐근했다. 땅에 묻은 엄마를 어떻게 하나, 고민이었다. 장례를 제대로 치르지 못한 게 마음에 걸렸지만, 저렇게 땅에 묻어두면 썩어서 사라질 테니 그냥 놔둘까 하는 생각도 들었다. 나는 할 줄 아는 것도 없고, 할 수 있는 것도 없다.

엄마는 왜 죽었을까.

평소 앓던 부정맥 때문이었을까?

박씨 할머니가 주고 간 매실청에 농약이 들었을지도 모른다.

아니, 엄마는 매실주스를 마시지 않았다.

투구꽃 술이라고 했던가.

엄마를 땅에 묻지 말았어야 했다.

엄마한테 부정맥이 있었지. 심근경색이었나?

생각이 꼬리에 꼬리를 물고 빙빙 돌아 원점으로 돌아왔다. 피곤해졌다. 더는 생각할 힘이 없어 멍하니 천장만 바라보았다.

밤꽃 냄새를 타고 매미 우는 소리가 울렸다. 노곤하고 고요한 평화로운 밤이었다. 허탈함과 해방감이 동시에 들었다. 이 집을 산 아버지한테 처음으로 감사하다는 마음이 들었다.

'라면이 몇 개 남았더라.'

출출해서 라면을 끓여 먹을까 말까 고민하는데, 덜커덕! 하고 방문이 열렸다.

엄마였다. 엄마는 머리를 헝클어뜨리고 흙투성이인 채로 방에 들어왔다. 나는 벌떡 일어나 비명을 질렀지만, 소리는 밖으로 나오지 않고 목구멍 안에서만 맴돌았다. 시커먼 그림자가 끕끕한 공기를 뚫고 다가왔다. 거센 바람이 일었다. 문이란 문이 죄다 벌컥벌컥 열려댔다. 발걸음이 떨어지지 않았다. 엄마가 나를 붙잡았다. 엄마의 손아귀 힘이 이렇게 셌나 싶었다. 엄마의 손이 내 목을 조른다. 익숙한 압박감. 나는 엄마 손목을 비틀어 겨우 빠져나왔다.

나는 한걸음에 아래층으로 내려가 마당을 가로질러 대문 앞에 다다랐다. 대문 문고리를 움켜쥐자 몸이 멈췄다. 나는 집 밖으로 나갈 수 없다. 밖은 위험하다. 최 병장, 그놈을 만날지도 모른다. 가슴이 조이고 관자놀이에 핏기가 가시는 듯 싸늘했다.

뒤따라온 엄마는 거인처럼 간단히 내 뒷덜미를 잡아 올렸다. 돌풍이 불어와 아카시아 잎사귀가 눈송이처럼 흩날렸다. 뿌리치려고 안간힘을 썼지만, 대롱대롱 매달린 채 발만 버둥거렸다. 마당 한 귀퉁이에 아무렇게나 던져둔 삽이 보였다. 발로 겨우 삽자루를 차올려 잡아 나를 잡은 팔을 찍어 내렸다. 우지끈. 나뭇결대로 금이 가는 소리가 들렸다. 굵은 나뭇가지가 뚝 떨어져 나뒹굴었다. 거대한 짐승이 울부짖는 소리인지, 태풍에 나뭇가지가 흔들리는 소리인지 알 수 없었다. 나는 대문을 열고 밖으로 도망쳤다.

*

쓰르르르 맴맴맴.

매미가 환장한 듯 울어댔다. 나는 밤거리를 달렸다. 엄마가 쫓아올지도 모른다. 나는 이를 악물고 더욱 속도를 냈다. 발바닥에 유리 조각이 박혔는지 뜨끈하고 끈적한 액체가 흘렀다. 뒷산 등산로 앞에 운동기구가 보였다. 공터다. 아무도 없다. 뒤를 돌아보았다. 엄마가 없다. 나는 그제야 가쁜 숨을 몰아쉬었다. 후텁지근한 밤바람에 숨이 턱 막혔다. 끈적끈적한 땀이 증발하면서 등골이 오싹했다. 이마에서 흐른 땀이 들어갔는지 눈이 따끔거렸다. 팔뚝으로 대충 이마를 훔쳐 땀을 닦았다. 가로등도 없는 공터에 달빛이 하얗게 비쳤다. 껍데기를 잃어버린 달팽이처럼 내 몸은 바람 한 올, 달빛 한 줄기에도 움츠러들었다.

인기척에 머리털이 곤두섰다. 어디서 나타났는지 사람 모습을 한 형체가 서 있었다. 파란 눈의 그것은 시커먼 그림자를 길게 늘이며 서서히 다가왔다.

몇 번째인지 모르겠다. 이번에도 성인 남자의 완력이면 쓰러뜨릴 수 있다고 생각했다. 주먹을 불끈 쥐고 어떻게든 내리치겠다고, 사람을 때려본 적은 없지만 죽기 살기로 맞붙어 싸우겠다고 되뇌었다. 나는 주먹을 단단하게 쥐어가며 그것을 노려보았다. 눅눅하게 내려앉은 밤공기 사이로 내뱉는 숨소리가 울렸다. 나는 그것에게 달려들었다. 그것은 간단히 나를 제압하고 내 목을 눌렀다. 숨이 턱 막혔다. 혀뿌리가 목구멍을 짓누르고 흙냄새가 코끝을 찔렀다. 나는 그것을 바라보았다.

회색빛이 도는 파란 눈동자. 낯익은 눈동자가 나를 파고든다. 내 목을 조르는 그것의 팔뚝을 움켜쥐었다. 앙상하지만 매끈하고 단단한 살갗을, 나는 있는 힘껏 손톱으로 할퀴었다. 내 손톱이 단단한 살가죽을 파고들자 그것은 외마디 비명을 지르며 나를 놓았다. 나는 냅다 뛰었다.

6

지저귀는 새소리에 눈이 떠졌다. 아침이고, 내 방이었다. 나는 마당으로 가서 엄마가 묻힌 곳을 파보았다. 늙은 아카시아가 우두커니 나를 내려다보았다. 덮은 흙을 걷어내니 부패가 시작된 시신에 하얀 구더기가 들끓었다. 시신은 그대로였다. 나는 구토가 일어 헛구역질만 해댔다. 무료한 듯 엎드려 있던 개가 몸을 일으키더니 컹컹, 하고 짧게 짖었다. 대문 밖에서 누가 부르는 소리가 들렸다.

"어머니는 집에 계신가?"

박씨 할머니였다. 경찰에 불려가지 않았던가?

"새벽 기도 가서 아직 안 오셨어요."

나는 대충 둘러댔다.

"다행이구먼. 아무리 전화해도 받지 않더라고. 요즘 집마다 초상을 치르느라 난리여. 어머니는 언제 오시는가? 내가 할 말이 있는디."

대문 창살 사이로 박씨 할머니가 안쪽을 기웃거리며 내 눈치를 살폈다. 손에는 시커먼 비닐봉지를 들고 있었다. 나는 말없이 서 있었다. 저러다 가겠지. 침묵을 불편해할 사람은 아쉬운 쪽일 테니까.

박씨 할머니는 꿈쩍도 하지 않고 비닐봉지만 만지작거렸다. 가야 할 사람이 안 가고 있으니 불편한 건 오히려 내 쪽이었다.

"언제 오실지 모르는데요."

눈썹 밑으로 땀이 흘러내렸다. 할머니는 기다리려는지 한참을 그러고 서 있다가 비닐봉지를 대문 앞에 내려놓았다. 나는 까만 비닐봉지를 가만히 바라보았다.

'이 여편네가 또 저기다가 농약을 넣었나 보네.'

등 뒤에서 엄마 목소리가 들린다.

나는 박씨 할머니의 얼굴을 바라보았다.

"안에서 기다리실래요?"

'경수야! 저 여편네를 왜 집 안에 들여?'

"아, 그럴까?"

박씨는 반가운 소리라도 들은 듯 미소를 지었다. 나는 들고 있던 삽자루를 움켜쥐었다. 대문이 열리자 박씨는 마치 제 집을 드나들 듯이 거리낌 없이 집 안으로 향했다. 쥐고 있던 삽을 들어 박씨의 뒤통수를 치려는데 박씨가 갑자기 멈춰 섰다.

"참, 그 골방에 세 들어 사는 눈 시퍼런 양놈 말인데…."

나는 박씨의 말이 끝나기도 전에 쥐고 있던 삽을 힘껏 휘둘러 박씨의 뒤통수를 후려쳤다.

엄마가 고개를 젖히며 큰 소리로 웃는다.

'아이고! 고소하다! 경수야, 잘했어! 아주 잘했어!'

엎어진 박씨가 신음하며 몸을 바르르 떨었다.

'한 번 더 후려쳐! 저 여편네가 너한테도 농약을 먹일 거야. 지독한 여편네! 아예 못 일어나게 후려쳐!'

나는 삽날을 세워 휘둘렀다. 공벌레처럼 몸을 동그랗게 만 노인의 몸에서 피가 튀었다. 그러고 나서 몇 번 더 삽을 휘두르자 노인은 축 늘어졌다.

나는 가쁜 숨을 몰아쉬었다. 엄마가 어딘가를 손가락으로 가리킨다. 주렁주렁 매달린 브루그만시아도 고개를 떨구며 땅을 가리켰다. 나는 땅을 파고 주검을 묻었다. 이번에는 좀 더 깊게 팠다. 하늘이 복숭앗빛으로 물들 무렵이 되어서야, 나는 삽을 내려놓았다. 파란 눈의 개가 물끄러미 나를 바라본다. 얼핏 개가 웃는 듯했다. 그 모습이 꼭 자히르를 닮았다.

7

이제 자히르는 꽃을 달인 물 대신 펜타닐을 주었다. 한 번에 대여섯 개씩 주기도 했다. 어디서 구했는지, 자히르는 꽤 많은 양을 갖고 있었다. 펜타닐 말고도 조잡한 약 봉투에 든 알약도 몇 개 얹어주고는 했다.

"집세 대신이야."

나는 점점 통증이 심해져서 패치를 하루에도 두세 장씩 붙여야 했다. 펜타닐 덕분에 통증에서 벗어났지만, 종일 졸다가 헛구역질했다. 나는 내 방에서 꼼짝없이 있을 때가 많아서 집은 대부분 자히르가 차지했다.

자히르는 금요일 밤마다 친구들을 데려왔다. 이제 거실은 찬송가와 기도 소리 대신 빠른 비트의 음악과 시끌벅적한 웃음소리로 넘쳐났다.

다음 날 아침, 겨우 몸을 일으켜 내려가 보니 거실에는 이질적인 외모의 젊은 남녀가 뒤엉켜 널브러져 있었다. 나는 젊은이들을 깨워 집으로 가라고 했다. 자히르의 친구들이 모두 떠난 다음, 나는 자히르를 불러 세웠다. 자히르에게 친구들을 그만 데려오라고 말했지만, 그는 듣는 둥 마는 둥 했다.

"여긴 내 집이야!"

나는 목소리를 높였다. 자히르가 웃으며 어이없다는 듯 나를 쳐다보았다.

"경수, 너 집 아니야. 너 집, 저 방 하나야."

나는 자히르에게 달려들었다. 자히르는 몸집이 나보다 작고 말랐는데도 힘이 셌다. 자히르는 간단히 나를 제압했다. 자히르가 내 멱살을 움켜쥐자 팔뚝에 난 손톱자국 흉터가 보였다. 머릿속에 뭔가 떠오를 듯 말듯 했지만, 희끄무레하게 뒤엉킨 기억뿐이었다. 결국 나는 힘에 부쳐 자히르가 휘두른 주먹에 나가떨어지고 말았다.

자히르는 나에게 약봉지를 몇 개 던져주고는 돌아섰다.

"약쟁이는 그냥 찌그러져 있어."

손에 둔탁한 물체가 잡혔다. 아버지가 모은 수석이었다. 나는 자히르의 뒤통수를 후려쳤다. 쿵 하는 소리와 함께 자히르가 픽 쓰러졌다. 잿빛 돌에 빨간 피가 묻어났다. 나는 몇 번 더 후려쳤다.

엄마의 웃음소리가 들린다.

'경수야, 잘했어!'

엎어진 자히르가 끙 소리를 내며 몸을 바르르 떨었다.

'한 번 더 후려쳐! 이 나쁜 놈! 아예 못 일어나게 후려쳐!'

나는 두 손으로 수석을 세워 잡고 모난 쪽으로 내려쳤다. 잔뜩 몸을 움츠린 몸에서 피가 튀었다. 그러고 몇 번을 더 수석을 내리찧었다. 버둥거리던 몸이 축 늘어졌다. 깨진 두개골에서 하얗고

희끄무레한 덩어리가 보였다.

거친 소리가 귓가에서 맴돌았다. 내 숨소리인지 엄마의 웃음소리인지 알 수 없었다. 나는 놈의 양쪽 다리를 붙들고 안방으로 질질 끌고 갔다.

8

집은 조용하고 평화로웠다. 동네도 쥐 죽은 듯 조용했다. 아무때나 기웃거리며 불쑥 찾아오던 동네 할머니도, 집안일에 이래라저래라 오지랖 떠는 영감도 없었다. 나도 모르게 콧노래를 흥얼거리는데 개가 짖어댔다. 대문 앞에는 경찰 두 명이 서 있었다. 도둑보고는 안 짖는 녀석이 경찰을 보고는 짖는다. 이제 갓 신입으로 온 듯 꼿꼿한 젊은 경찰과 머리가 벗어지고 배가 나온 50대쯤 되어 보이는 중년 경찰이었다. 제복 차림만 아니면 두 사람은 부자지간으로 보일 정도로 어딘가 닮아 있었다. 나는 뭉그적거리며 철창 대문 사이로 바라보았다.

"무슨 일이신데요?"

"여기 자히르 소하일이라고, 파키스탄인 하나가 살지 않습니까?"

젊은 쪽이 말했다.

"그런데요?"

"그 양반이, 불법체류에다 마약법 위반 사범인데…, 거참! 문 좀 열어주소!"

옆에 선 중년 경찰관이 답답한지 사투리가 섞인 억양으로 끼어들었다.

“저기, 그…, 영장 같은 거 있어야 하지 않아요?”

“하! 요즘 사람들 참, 영화를 너무 많이 봤어. 뭐 보면 알기나 하나?”

중년 쪽이 투덜대자 옆에 선 청년 쪽이 주머니에서 종이를 꺼내 보였다. 경찰관 말대로 무슨 말인지 통 알 수가 없었지만, 나는 한참을 읽는 척했다.

“조사에 응하지 않으시면 더 복잡해집니다.”

회유인지 협박인지 모를 말투였다. 나는 마지못해 대문을 열었다. 둘은 내 쪽을 향해 코를 킁킁대다 두 손으로 코를 막고 신음했다.

“저쪽이에요.”

나는 담장 왼쪽에 따로 입구가 있는 골방 쪽을 가리키며 안내했다. 좁고 길쭉한 반지하 방에는 이불이 개켜져 있고 벽면에는 옷가지 너덧 벌이 걸려 있었다. 한쪽 구석에는 전기 포트와 휴대폰 충전기, 면도기 같은 소품을 넣은 하얀 플라스틱 바구니가 보였다. 내 방과 달리 정리가 잘되어 있었다.

“집에 안 들어온 지 며칠 됐습니까?”

중년 쪽이 물었다. 젊은 쪽은 옷가지며 이불이며 소지품을 뒤졌다. 아무리 연고지 없이 혼자 사는 외국인 노동자래도 저렇게 찾기 쉬운 곳에 마약을 숨겼을까 싶었다.

“모르는데요.”

나는 경찰들이 빨리 가줬으면 했다. 둘은 여기저기를 뒤적거리다가 나올 게 없다고 판단했는지 돌아갈 채비를 했다.

"실례 많았습니다."

젊은 쪽이 나가다가 돌아서며 인사했다. 따라가 대문을 잠그려는데, 젊은 경찰이 1층 안방 창문을 가리켰다.

"저기, 저 방은 북향인데 선팅을 너무 진하게 하셨네요? 햇빛도 안 들 텐데."

"그러게, 왜 저리 시커메?"

대문을 나서다 말고 중년 쪽이 갑자기 걸음을 멈추었다.

"저기가 북향이라고?"

둘은 눈빛을 주고받더니 젊은 경찰관이 집 안으로 뛰어 들어갔다. 중년 쪽이 나를 붙잡았지만, 나는 힘껏 뿌리치고 젊은 경찰을 따라 뛰었다. 하지만 20대의 젊고 건장한 남자를 따라잡기에는 역부족이었다. 젊은 경찰은 거실을 지나 안방으로 향했다. 방문을 열자 메탄가스가 훅 풍겨 나왔다. 젊은 경찰은 기겁하며 코와 입을 막고는 몸을 돌려 구석 어딘가에 구토물을 쏟아냈다. 뒤늦게 도착한 중년 경찰이 옷깃으로 코를 막고는 어두컴컴한 방의 스위치를 켰다.

유리창에는 까만 파리 떼가 달라붙어 득실대고 있었다. 방바닥에 아무렇게나 뒹굴고 있는 시신 위로 하얀 구더기가 들끓고 깨진 두개골 안쪽에는 시커먼 딱정벌레들이 기어 다녔다. 시신의 바짓가랑이에는 뜯겨나간 펜타닐 패치 비닐도 보였다. 비위가 좋아 보이던 중년 경찰도 못 참겠는지 결국에는 고개를 돌렸다.

나는 둘을 내버려두고 조용히 내 방으로 올라갔다. 창틀에 앉아 마당을 내려다보았다. 어느새 경찰들이 나와 있었다. 젊은 쪽이 아카시아 기둥에 손을 짚고 게워내는 동안, 중년 쪽은 한 손으로 젊은 쪽의 등을 두들겨주며 전화하고 있었다.

멀리, 땅 모양대로 생긴 논과 밭 너머로 경찰차 몇 대와 구급차가 사이렌을 울리며 다가오고 있었다. 후텁지근한 바람에 노란 브루그만시아가 천천히 고개를 주억거렸다. 마치 자기는 다 알고 있다는 듯이.

* 참고: 임경수·김원학·손창환·유승목, 《한국의 독초(식물 독성학)》, 군자출판사, 2013.

어릴 적 내가 살았던 동네에는 근사한 저택이 있었다. 꽤 오랜 세월이 지나 어른이 되어 그 집을 볼 기회가 생겼는데, 어린 시절의 기억과 달리 그 집은 너무도 황폐하고 초라했다. 나는 놀라움과 동시에 섬뜩함을 느꼈다. 익히 들어왔던 그 집의 가정사와 겹쳐 보이면서 더욱 그랬던 것 같았다.

섬뜩함.

이야기의 시작은 섬뜩함이었다. 나는 그런 섬뜩함이 우리 주위에 만연해 있다고 생각했다. 한 개인이 병들어가고, 가정이 몰락하고, 사회가 침몰하는 과정들은 서로 묘하게 닮아 있었다. 우리는 시나브로 몰락해가고, 그런 모습을 속절없이 지켜본다. 그런 불가항력의 몰락이 나에게는 섬뜩한 공포로 다가왔다. 주인공이 서서히 몰락하는 과정에는 간암이라는 질병도 맥을 같이했다. 초기에는 증상을 느끼지 못해 모르고 지내다가 손을 쓸 수 없게 되어서야 자각한다는 '섬뜩함'이 그 질병에도 있었다. 이야기는 여러 번의 탈바꿈을 거쳐 지금의 〈꽃은 알고 있다〉에 이르게 되었다.

주인공의 집은 가족의 삶을 영위하는 공간이 아니라 죽음이 발생하고 은폐되는 장소로 전락한다. 뒤늦게 발견한 간암으로 아버지는 죽음을 맞이하고, 아버지 뜻대로 끌려 다니며 불평만 늘어놓던 어머니는 결국 종교에 침잠하다 아버지처럼 싸늘한 주검으로 발견된다. 그나마 경수를 돌봐주던 형마저도 중국으로 떠나 가족과 인연을 끊고 만다.

가정의 붕괴는 사회의 침몰로 확장된다. 노인과 외국인 노동자가 주요 인구 구성인 마을에는 줄초상이 이어진다. 이를 이상하게 여긴 사람은 평소 꼰대질하느라 밉상이 된 박씨뿐이다.

그런 가운데 독초와 마약을 퍼뜨리는 자히르는 '서서히' 독을 퍼뜨리는 독초처럼 몰락에 박차를 가한다. 균과 바이러스가 면역력이 떨어진 인체에 더욱더 치명적이듯이, 어디에서나 있을 법한 범죄와 악의 씨앗은 무너져가는 개인과 가정과 사회에 뿌리를 내리고 꽃을 피우게 되는 법이다.

자히르의 존재가 언뜻 제노포비아로 비칠 수도 있겠지만, 그렇게만 해석되기는 원치 않는다. 혹시나 특정 국가나 외국인 노동자에 대한 오해가 있을까 봐 이 지면을 통해 밝히고자 한다. 결국 몰락의 길을 선택한 것은 김경수가 아니던가.

몰락, 붕괴, 침몰.

이 모든 과정을 무심히 지켜본 꽃은, '섬뜩하게도' 다 알고 있다는 듯 천천히 고개만 주억거린다. 그렇게 한 인물의 몰락은 가정과 사회와 연결하여 무미건조하게 지켜보는 꽃의 시선으로 마무리되었다.

이 소설을 쓰면서 무엇보다 현재 한국이 처한 상황을 은유하고 상상할 수 있는 상징을 끌어오고자 했다. 가족과 이웃, 군식구와 집주인 등 관계의 아이러니와 독초에 관한 정보를 담아 독자들이 다양한 상상과 재미를 느낄 수 있기를 소망했다.

〈꽃은 알고 있다〉가 '한국추리문학상 황금펜상' 후보에 올라 매우 기쁘다. 무엇보다 《황금펜상 수상작품집 2023》에 수록되어 독자들을 한 번 더 만날 기회를 얻었다는 생각에 가슴이 설렌다.

굳건히 지켜봐준 가족, 그리고 응원과 지지를 보내준 모든 분께 머리 숙여 감사드린다.

# 연모

홍선주

홍선주

20년 가까이 IT 기업과 국제개발 NGO에서 기획자 및 디지털 마케터로 일하다가 2020년 《계간 미스터리》 신인상(〈G선상의 아리아〉)을 받으며 미스터리 소설가가 되었습니다. '어떻게?'보다는 '왜?'를 좇으며, 기억이 인간을 만들어가는 과정을 우연과 운명의 드라마로 풀어내고자 했습니다.
2019년 장편 《나는 연쇄살인자와 결혼했다》를 크라우드펀딩으로 출간했고, 2023년 장편 《심심포차 심심 사건》과 소설집 《푸른 수염의 방》을 냈습니다. 앤솔러지 《여름의 시간》(〈능소화가 피는 집〉), 《어느 멋진 날》(〈비릿하고 찬란한〉), 《파괴자들의 밤》(〈나뭇가지가 있었어〉) 등에 참여했으며, 여성 미스터리 소설가들의 모임 '미스마플클럽'의 회원입니다. 2024년에도 다양한 작품으로 독자들을 만나기 위해 매일 열심히 쓰고 있습니다.

1

9년 만인가.

지난 시간을 헤아리며 최근 대한민국에서 가장 주목받는 스타트업인 '엔진N-Genuine'의 CEO 사무실로 들어선다. 《타임》에서 선정한 100인의 글로벌 여성 CEO에 당당히 이름을 올린 장소형을 인터뷰하기 위해서다. 1년이 모자란 10년 만에 옛 제자와 재회하는 시간. 사실 사제관계라고 하기엔 내가 가르친 게 거의 없지만.

"대표님, 오민우 기자님 오셨습니다."

앞서 들어간 직원이 정중한 태도로 널찍한 책상 옆에 반듯하게 선 이에게 보고한다. 그 말이 끝나자마자, 창으로 들어오는 빛을 이용해 서류를 읽던 여성이 내 쪽으로 몸을 돌린다. 한낮의 태양이 그녀의 뒤에서 후광과도 같은 빛을 뿌린다.

그 찬란함으로부터 눈을 보호하기 위해 나는 한 손을 들어 가린다. 동시에 가늘게 뜬 눈으로 천천히 나를 향해 걸어오는 소형을 훔쳐본다. 교복을 입던 소녀는 9년 만에 차가운 기운이 흐르는 군청색 슈트가 잘 어울리는 여자가 되어 있다. 소녀일 때도 핏속에서 흐르고 있을 것만 같았던 카리스마가 성숙해진 외모와 만나자 놀랍도록 완벽해 보인다.

나는 속으로 중얼거린다. 역시, 상상했던 것 이상이네.

소형이 책상 맞은편의 고급 소파를 가리키며 담담하게 말한다.

"오랜만입니다. 이쪽에 앉으시죠."

미소를 지어 보이지만 어딘지 모르게 어색하다. 감정표현법을 잘 모르던 소녀 소형의 얼굴이 떠올라 겹쳐진다. 이만큼의 변화도 꽤 오랜 시간 노력한 결과이리라. 어쩌면 스타트업을 창업해 운영하면서 체득한 수완일지도 모른다. 사업을 지금의 궤도로 올려놓을 만큼 성공시키면서 사회성도 발달한 것은, 말 그대로 소형이 여러 면에서 성장했다는 걸 보여주는 거겠지. 대견하다거나 뿌듯하다고 표현할 수 있을 만한 무언가가 내 안에서 솟는다.

"내가 알아서 할 테니, 따로 부를 때까진 방해하지 말도록."

소형이 서술어를 생략하며 짧게 말하자, 나를 안내했던 이는 곧바로 고개를 끄덕이곤 사무실에서 사라진다. 완벽하게 훈련된 느낌이다. 그런 부하직원의 행동이 당연하다는 듯, 소형은 사무실 한구석에 마련된 작은 탕비실로 향하며 말한다.

"기자님 탄산수 좋아하시죠? 플레인? 레몬 향도 있습니다만."

"플레인이면 좋겠습니다."

당당하고 사무적인 소형의 말투에 내 답도 경직되어 튀어 나간다. 상대에 맞춰 반응하는 오랜 습관 때문이다. 하지만 '습니다'라니. 그래도 한때 스승의 자리에 있던 적이 있었건만, 마치 주눅이라도 든 것처럼 대답한 나에게 조소를 날리고 싶은 지경이다.

"너무 격식 차리시는 거 아니에요? 말씀 편하게 하세요."

소형이 음료를 챙겨 맞은편에 앉는다. 탄산수와 얼음을 넣은 유리컵을 내 앞으로 줄을 맞춰 나란히 밀어준다. 소형은 자신의 것은 따로 컵을 챙기지 않았다. 생수병째 마실 생각인지 뚜껑을 바로 딴다.

"응, 그래. 고마워."

나는 소형을 보느라 어색하게 대답하곤 그 얼굴에 빨려들듯 바라본다. 입꼬리를 올려 웃는다. 난감한 상황에서, 내가 습관처럼 하는 반응이다.

소형이 시선을 들다 그런 나를 보곤 입술을 살짝 비틀며 말한다.

"여전하시네요. 그때도 참 맑은 분이셨죠, 마치 이 물처럼. 그래서 어딘지 어설프기도 했고. 변치 않아서 전 좋지만요."

"9년 만에 만난 선생님에게 제자가 하는 말치곤, 좀 버릇없는 것 같은데?"

내가 적절한 대응으로 응수하자, 소형이 예상치 못했다는 듯 눈을 살짝 크게 뜨며 묻는다.

"9년 만인 거 알고 계셨어요? 당연히 저 같은 애는 잊으신 줄 알았는데."

"넌 누군가에게 쉽게 잊힐 만한 사람이 아니야. 그러니까 이렇게 성공도 했지."

나는 목소리에 경외의 감정까지 담아 이야기한다. 그걸 알아챈 소형의 눈이 한순간에 차분해진다. 깊이를 알 수 없는 검은 눈동자가 수 초 동안 내 눈을 지그시 마주 본다.

보이지 않는 무언가로 연결된 듯 나의 온 정신이 그 시선에 빠져든다. 아무 말도 하지 않고 하염없이 마주 보고만 있어도 좋겠다는 생각까지 들자, 나는 퍼뜩 정신을 차린다. 그대로 빠르게 눈을 내리까는데, 소형이 내 시선을 붙잡으려는 듯 신속히 말한다.

"노력한 거예요, 원하는 걸 갖기 위해서."

나는 놀란 듯 눈을 커다랗게 뜨고 다시 소형을 응시한다. 강한 열망이 소형의 얼굴을 가득 채우고 있다. 타오르는 불이라도 품은 듯한 그 표정은 과거의 그때, 내가 마지막으로 보았던 소형의 얼굴과 같다. 변한 구석이 하나도 없었다. 어쩌면 그때보다 더욱 격렬해진 욕망으로 타오르고 있을지도 모른다.

그 열망에 반응해주고 싶어 몸이 움찔거리지만 그러면 안 된다. 지금 내가 해야 할 말은 따로 있다.

"미안. 네가 노력을 하지 않았다는 의미가 아니라, 네가 그만큼 인상적인 아이였다는 걸 알려주고 싶었…."

"알아요, 무슨 의미인지. 하지만 그때의 전 잊어주세요. 별 볼 일 없는 어린아이였으니까, 기억에서 지워주시면 좋겠어요."

소형은 이야기의 흐름을 바꾸려는 듯 허리를 반듯하게 세우곤 턱을 치켜든다. 건조하지만 당찬 말투로 빠르게 이야기한다.

"오늘은 성공한 스타트업 CEO로서의 저를 인터뷰하러 오셨으니까, 옛날 얘긴 그만하고 지금의 저에게 집중해주시겠어요?"

"아, 그래, 그래야지."

나는 당황스레 주섬주섬 가방에서 질문지를 꺼내고 휴대폰의 녹음 앱을 세팅한다. 소형은 내가 준비되길 기다리며 생수병에 입을 대지 않고 물을 넘긴다. 그러느라 아랫입술에 남은 물기가 붉은 입술을 더욱 진해 보이게 하며 반짝인다.

그 광채에, 소형을 처음 본 그날이 떠오른다.

2

“재야, 재! 사이코패스라고 소문난…!”

청소 시간이었다. 함께 교생 실습을 나온 대학 동기 서정이 교실 뒤에서 창밖을 멍하니 보며 서 있는 여학생을 턱으로 가리키며 말했다. 주위의 다른 친구들은 슬렁슬렁 움직이긴 해도 청소하는 시늉이라도 내고 있었지만, 그 여학생은 전혀 관심이 없어 보였다. 그 공간에 아예 존재하지 않는 듯 철저하게 괴리된 모습이었다.

그런데 희한하게 주위를 압도하는 분위기를 풍겼다. 보통 사람들은 그 여학생의 생김새 때문이라고 생각할 게 분명했다. 아이들의 표현을 빌리자면, ‘길거리 캐스팅을 지겹도록 당했을 것 같은’ 모습이었다. 또래 여학생 평균보다 10센티미터는 더 큰 키, 호리호리한 체격에 투명해 보일 정도로 하얀 피부에 검고 건강해 보이는 머릿결. 또렷한 이목구비에 단정하게 뻗은 짙은 눈썹은 여자아이들이 꿈에서라도 되고 싶어 할 외모, 그 자체였다.

하지만 여학생은 거기에 더해 서늘한 무언가도 가지고 있었다. 보통 사람들은 알아채지 못했겠지만, 나에겐 보였다. 숙명과도 같은 외로움. 특별한 존재이기에 벗어날 수도, 떼어버릴 수도 없는 고독감이.

여학생은 무심하게 손을 뻗어 창가에 놓인 생수병을 집어들었다. 그대로 뚜껑을 열고 입을 대지 않은 채 물을 흘려 넣었다. 열린 창문으로 들어오던 햇살이 여학생의 얼굴에 쏟아졌다. 입술에 남은 물기에 빛이 닿았다. 반짝. 그 순간, 묵직한 무언가가 내 명치를 때렸다.

나는 무의식중에 소리를 내 웅얼거리고 말았다.

"…예쁘네."

"뭐? 예쁘…? 어유, 진짜 남자들이란! 야, 오민우! 선생이라는 녀석이 지금 학생 외모 가지고 품평하는 거야?"

서정이 기겁한 말투로 내 팔뚝을 때리며 타박하자, 다급히 변명을 중얼거렸다.

"아니, 그게 아니고. 미안, 내가 잠깐 정신이 나갔었나 봐. 아무튼, 걔가 왜 사이코패스라는 거야? 진단이라도 받은 거야?"

"진단? 정신과 진단 말하는 거야? 에이, 그렇게까진 아닐 테고. 행동하는 게 아무래도 그래 보여서 애들이 그렇게 부른다나 봐. 걔 담임선생님이 내 직속 선배잖아. 저번에 같이 밥 먹는데 걔 땜에 골치 아프다고 털어놓더라고. 학급 애들이랑 말도 안 섞고 공기처럼 있는 듯 없는 듯 지낸대. 수업에도 집중하지 않고 딴짓을 하거나, 멍하게 창밖만 보고 있기 일쑤고."

서정의 말에 귀를 기울이는 척했지만, 내 시선은 어느새 여학생에게로 돌아가 있었다. 작은 동작 하나하나를 눈으로 좇으며 읊조리듯 물었다.

"딴…짓? 뭐?"

"단순 암기 같은 거? 뭘 그렇게 외우기만 한다나? 얼마 전까진 영어사전을 통째로 외우고 있었대. A부터 Z까지. 정말 외우는 건지 그냥 읽는 척하는 건지 궁금해서 선배가 한번 물어봤는데, 진짜로 다 외웠더래. 기억력 하나는 기똥차게 좋은가 봐. 하긴, 사이코패스 중에는 머리가 엄청 좋은 사람도 있다며? 집착이 강해서 그렇다고 들은 거 같기도 하고…."

서정이 몸을 돌려 교무실 쪽으로 걷기 시작했다. 떨어지지 않는 발걸음을 겨우 떼어 따라붙으며 물었다.

"부모님 반응은? 그 정도면 상담도 많이 했을 것 같은데."

"음, 어머니가 고1 때 돌아가셨다나 봐. 아버지는 일찌감치 포기한 건지 애를 믿는 건지, 선배한테도 사고 치는 거만 아니면 그냥 내버려두라고 부탁했대. 대대로 의사 집안인 데다 초중 성적은 또 탑이라, 아마 이러다 말겠지 생각하나 봐. 근데, 애가 저렇게 된 게 어머니가 돌아가시고부터인 거 같던데, 그냥 저대로 둬도 되나…."

말끝을 얼버무리는 서정의 얼굴에 어느새 학생을 향한 걱정이 떠올라 있었다. 그러다 퍼뜩 생각난 듯 덧붙였다.

"참, 게다가 최근엔 OMR 카드에 자꾸 장난질까지 한다나? 선배가 걱정하더라고."

"장난질? 시험으로 장난칠 애로는 안 보이는데."

"'안 보이는데'? 얘 봐라, 너 또 외모로 사람 판단하는 거야?"

"그런 뜻이 아니라…."

"아니긴!"

서정이 눈을 가늘게 뜨며 째려보았다.

이럴 땐 눈은 반달로 만들고 입꼬리는 최대한 당겨 바보처럼 웃어야 한다. 나는 서정과 마주 본 얼굴을 재빨리 그렇게 만들었다.

"어유, 또 그 얼굴! 너 난감한 상황에서는 매번 그놈의 미소로 빠져나가지, 응? 넌 진짜 어머니한테 감사해야 돼. 너처럼 완벽하게 모성애를 자극하는 미소를 가진 놈은 첨 봤다니까."

서정이 내 턱 끝을 손가락으로 잡아 흔들며 얄밉다는 듯 말했다.

나는 한 번 더 눈꼬리를 휘게 만들며 속으로 중얼거렸다. 응, 나도 매일 엄마에게 감사하며 살고 있어. 이것도 다 엄마가 알려준 방법이거든.

"어이, 김 선생!"

교무실 복도 끝에서 학생주임 선생이 서정을 불렀다. 서정은 즉시 긴장한 얼굴로 바뀌더니 '먼저 갈게'라고 입 모양을 만들어 보이곤 뛰어갔다.

나는 교무실을 향해 걸음을 떼려다 다시 교실 안을 돌아보았다. 여학생은 여전히 주변에 관심을 보이지 않은 채 자신의 세상에 빠져 있었다.

장소형. 마지막 음절이 센 발음이라서 그런지, 소리 내어 발음할 때면 목과 턱에 힘이 들어갔다.

여자 이름치고는 강한 느낌이었지만, 소형은 그 이름을 몸에 새기고 태어났나 싶을 만큼 잘 어울렸다. 성의 종성음과 이름의 마지막 종성음 이응(ㅇ)이 수미상응하면서 더욱 완벽하게 들렸다. 처음 소형의 이름을 알게 된 날, 발음할 때 생겨나는 입안의 울림이

묘하게 맘에 들어 몇 번을 되풀이해 소리를 내보았다.

이후 내 시선은 자연스럽게 소형을 쫓았다. 소형의 반 교실을 지날 때마다 속도를 늦춰 그가 앉아 있을 자리를 살폈다. 뭘 하고 있는지, 뭘 보고 있는지. 그러나 소형은 언제 어디서든, 주변에서 어떤 일이 일어나든, 감정을 읽을 수 없는 표정을 짓고 있었다. 간혹 호기심이나 필요에 의해 아이들이 말을 걸어도 소형은 대답하지 않고 빤히 쳐다보거나, 부득이한 경우에도 단어로만 짧게 대답하고 곧바로 고개를 돌리기 일쑤였다.

소형은 급식도 잘 먹지 않는 모양이었다. 한번은 운동장 구석에 자리를 잡고 값싸 보이는 빵 하나에 생수만 먹고 있었다. 빵은 최대한 입안에 욱여넣어 삼켜버리곤 생수를 들이부었다. 식사의 개념보다는 배만 대충 채우겠다는 생각으로 보였다. 그런 후엔 수업종이 치기 전까지 남들은 볼 수 없는 뭔가를 찾는 듯 허공을, 하늘을 끝없이 바라봤다. 소형이 보고 있는 게 뭔지 궁금해 시선을 따라가보았지만, 나는 아무것도 발견하지 못했다.

하루는 쉬는 시간에 복도를 지나다 소형의 자리를 확인하는데 보이지 않았다. 나도 모르게 교실 뒷문에 몸을 반쯤 밀어 넣고 소형을 찾고 있을 때였다.

"비켜요, 들어가게."

뒤에서 들려온 목소리였다. 한번도 가까이에서 목소리를 들은 적이 없었지만, 나는 그 목소리의 주인이 누군지 바로 알았다. 두근. 예기치 않은 박동에 잠시 멈칫하다 슬로모션처럼 몸을 돌렸다. 너무 빨리 돌아보면 소형이 사라져버릴 것 같아서였다.

그 짧은 찰나에도 어떤 표정을 지을지 고민했건만, 생각을 읽을 수 없는 말간 눈을 마주한 순간 내 표정은 얼어버렸다. 그대로 몸까지 굳어 아무것도 하지 못한 채 가만히 서 있기만 했다.

문을 막고 선 내가 거슬렸는지 소형은 살짝 눈을 찡그렸다. 그러나 이내 손으로 무심하게 내 몸을 밀쳤다. 갑작스럽게 닥친 물리적 힘에 내 몸이 휘청거리다 뒷벽에 부딪쳐 충격음이 났다.

학생들 몇몇이 달려와 걱정스럽게 목소리를 높였다.

"민우 쌤, 괜찮으세요?!"

"어우, 장소형 저 기집앤 교생 쌤한테까지 재수 없게 구네."

"야, 장소! 너 땜에 민우 쌤 다쳤잖아! 빨리 와서 사과 안 드려?"

소형은 이미 자신의 자리에 다다라 있었다. 아이들의 소리에 슬쩍 돌아봤지만, 전혀 신경 쓰이지 않는다는 듯 그대로 자리에 앉아 책상에 얼굴을 묻었다.

나는 재빨리 학생들을 진정시키기 위해 말했다.

"아냐, 애들아, 내가 문을 막고 서 있다가 그런 거야. 괜찮아, 괜찮아! 다치지도 않았는걸? 자, 이거 봐!"

부딪쳤던 옆구리를 손바닥으로 툭툭 쳐대며 마무리로 환한 미소를 지어 보였다.

"역시 천사 민우 쌤! 야, 장소, 민우 쌤이어서 다행인 줄 알아! 독사 학주였으면 당장 교무실 불려갔을걸?"

학생 하나가 마지막까지 위협적인 목소리로 소리쳤다. 하지만 학생의 그러한 가정은 비현실적이라는 걸 학생이나 나나, 잘 알고 있었다. 학생주임마저도 소형을 열외로 취급했으니까.

소형은 역시나 아무런 반응을 보이지 않고 책상 위로 늘씬한 몸을 뻗어 엎드렸다. 어색해진 공기에 나는 멋쩍은 표정으로 교실을 나섰다.

그 일이 있고 얼마 지나지 않아 중간고사가 있었다. 5일에 걸쳐 치러지던 시험 첫날, 교무실에서 게시판을 정리하던 중 누군가의 한탄이 들려왔다.

"어유, 이 녀석 또? 도대체 왜 이러는 거야?"

영어 선생님이 지긋지긋하다는 표정으로 OMR 카드 하나를 들고 있었다. 서정이 전에 언급했던 '장난질'이 머리를 스쳤다. 재빨리 다가가 물었다.

"무슨 일이세요, 선생님? 제가 뭐 도와드릴까요?"

"아, 오 선생. 학생 하나가 자꾸 시험 문제를 안 풀고 답안지에 낙서를 하는데, 뭔가 규칙성이 보여서 괜히 걱정되어서 말이야. 이거 혹시, 무슨 숨겨진 코드 같은 건 아니겠지? 왜, 우리 어릴 때도 오락실 게임기에 버튼을 이래저래 누르면 공짜로 생명 하나가 더 생긴다거나, 그런…."

본인이 생각해도 논리가 빈약하다는 걸 아는지 영어 선생님의 목소리는 점점 작아졌다. 사회생활을 잘하려면 이럴 때 맞장구를 잘 치는 게 중요했다. 나는 놀라운 의견이라는 듯 고개를 크게 주억거리며 호응했다.

"아, 치트키 같은 거요?"

"어? 어, 그래! 그거!"

"제가 좀 볼까요?"

"그래, 여깄어!"

영어 선생님이 재빨리 소형의 OMR 카드를 넘겨줬다. 내가 뭔가를 발견해서 자기 의견을 뒷받침해주길 바라는 눈치였다.

OMR 카드에 표시된 점과 줄이 보였다. 검은 그것들은 답안 칸에만 머물지 않고 문항 번호를 덮거나 여백으로 벗어나기도 했지만, 일정한 패턴으로 반복되는 형태였다.

그런데 남들은 눈치채기 힘든 그 패턴의 정체를, 나는 결국 알아보고 말았다. 단번에 의미까지 읽어내곤 눈을 커다랗게 뜬 채 나도 모르게 숨을 훅 들이쉬었다.

영어 선생님이 기대에 찬 얼굴로 내 어깨를 잡으며 물었다.

"오 선생, 뭔지 알아냈구나! 그렇지?"

"아, 아니에요. 가, 갑자기 콧물이 나와서, 아하하! 죄송해요."

어설프게 웃어넘기곤 그제야 이름을 확인한 것처럼 말을 이었다.

"음, 장소형 학생 거네요? 이 학생은 평소 수업 시간에도 멍하게 다른 곳만 보는 걸 저도 자주 봤어요. 평소에 그런 식이니 당연히 문제를 못 풀었겠죠. …그래도 빈 상태로 제출하긴 싫어서 그냥 아무렇게나 점선을 그린 거 아닐까요? 신경 안 쓰셔도 될 것 같은데요?"

얼굴에 미소를 올린 채 OMR 카드를 돌려줬다. 영어 선생님은 꺼림칙한 표정을 풀지 못한 채 자리에 앉았다.

나는 바로 몸을 돌려 그를 등졌다. 굳은 얼굴로 게시판을 향해 걸어가며 다짐했다. 소형을 그대로 두면 안 되겠다고. 관찰은 그만 끝내고 이제부터는 소형의 삶에 좀 더 개입해야겠다고.

중간고사가 끝난 어느 날, 연이어 비가 내리던 시기였다. 4일 정도는 계속된 비였을 것이다. 양은 많지 않았지만, 끊임없이 가늘고 조용하게 내리던 비는 학생들은 물론, 선생님들의 기운까지 처지게 했다. 항상 에너지가 넘치던 서정마저 침울해져 말수가 줄었던 기억이 난다.

비가 많이 와서인지 그날따라 인터넷 속도가 불안정해서 업무 마무리가 늦어졌다. 결국 교생인 내가 교무실을 맨 마지막으로 나서게 됐다.

건물 현관을 나와 3단 우산을 펼치는데 살 하나가 부러져 있었다. 아침에 나설 때부터 이음새가 불안했는데 우산 보관함에서 다른 우산들과 부딪치다 망가진 모양이었다. 어찌해야 할지 잠시 고민하는데 현관문 옆에 검은 장우산 하나가 세워진 게 보였다. 거의 새것인 듯 표면이 반질거렸고 대도 짱짱해 보였다. 고장 난 우산은 옆에 내버리고 그것을 펼쳤다. 폭우가 쏟아져도 끄떡없을 만큼 튼튼해서 맘에 들었다.

그 우산을 쓴 채 운동장 옆길을 따라 내려가는데, 길 한가운데에 분홍색 우산 하나가 펼쳐진 상태로 놓여 있었다. 누가 우산을 버렸나 싶어 확인해보니, 우산을 쓴 여학생 하나가 웅크린 채 뭔가를 살펴보고 있었다. 소형이었다.

소형은 내가 나타난 줄도 모르는 것 같았다. 어쩌면 누군가 왔다는 걸 알면서도 매번 그랬던 것처럼 무시했던 걸지도 모른다. 나는 기척을 죽인 채 조금 더 다가갔다.

소형이 내리깐 눈으로 생각에 잠겨 바라보던 시선 끝에는 힘없이 늘어진 작은 새 한 마리가 있었다. 참새와 닮았지만 몸은 까맣고 배는 하얀 것이, 다른 종인 것 같았다. 봉긋하게 솟아오른 작은 가슴이 가쁘게 들썩이고 있었다. 다친 새? 사람에겐 관심도 없는데, 동물에겐 동정심을 갖는다고…?

내가 의아해하는 사이, 소형이 시선을 올려 나를 보았다. 나는 퍼뜩 놀란 기색을 보였지만, 곧장 소형의 옆에 쪼그려 앉으며 말을 건넸다.

"새구나? 다친 모양이네?"

소형의 눈빛이 아주 살짝, 어색하게 흔들렸다. 자신의 감정이 드러나는 상황을 부끄러워해서라고 판단했다. 혹여나 그것 때문에 자리를 피할까 싶어 황급히 말을 덧붙였다.

"아, 우리 착한 소형이가 다친 새를 보호해주고 있었구나? 그렇지?"

그러자 소형의 얼굴이 멀뚱하게 바뀌었다. 내 우산에서 튄 빗물이 눈가로 날아가자 눈살까지 짜증스럽게 찌푸렸다. 무표정으로 일관하던 소형이 처음으로 감정을 드러낸 모습을 보았다.

"동물병원에 데려가자! 선생님이 같이 가줄게!"

나는 쓰고 있던 우산 손잡이를 땅바닥에 내려놓고 두 손으로 조심스럽게 새를 감싸 들었다. 작은 새를 들기엔 한 손으로도 충분했다. 오른손으로 심장 가까이 안았다. 위급할 때 심장 박동 소리와 가슴의 온기가 생명 연장에 도움이 된다는 말을 어디선가 들은 적이 있었다. 왼손으로 우산을 들고 일어서며 말했다.

"어서 가자. 큰길 건너편에 동물병원 있지?"

쪼그려 앉아 나를 올려다보던 소형의 눈이 좌우로 길어지며 살짝 휘었다. 내게 어떤 감정이든 생겨났다는 명확한 신호이자, 반갑고 좋은 징조였다.

내가 턱을 앞으로 내밀며 서두르자는 시늉을 했다. 소형은 고개를 느리게 한번 끄덕이더니 분홍색 우산을 들고 일어섰다.

동물병원 사람들은 반려동물이 아닌 야생의 새를 데려와 치료해달라는 나를 야릇한 시선으로 봤지만, 괜찮았다. 그때 소형의 특별한 눈도 나를 바라보고 있었으니까. 신기한 뭔가를 발견한 듯, 호기심을 한껏 담은 그 눈빛이 내게 고정되어 있었으니까.

새를 살릴 수 없을지도 모른다는 말을 들었지만, 선불로 치료비를 내고 병원을 나섰다.

"네가 생명 하나를 살렸어. 잘했어, 소형아."

머리를 쓰다듬으며 칭찬해줬지만, 소형은 다시 무표정한 얼굴로 나를 올려다볼 뿐이었다. 너무 서둘러 친근한 척했나 싶어 머리에 올렸던 손을 떼곤 말했다.

"선생님이 내일 다시 들러서 경과 확인할게. 그럼, 잘 가!"

검은 장우산을 펼치며 큰길로 걸음을 내딛는데 몸이 어딘가에 걸리기라도 한 듯 앞으로 나아가지 않았다. 돌아보니 소형이 내 허리춤의 옷자락을 붙잡고 있었다. 어리둥절한 표정의 나에게 소형이 한쪽 입꼬리를 살짝 올리며 말했다.

"쌤, 저랑 우산 바꿔요."

"어?"

"밝은 선생님이랑 검정 우산, 정말 안 어울려요. 여기, 제 거랑 바꿔요."

부탁이나 권유가 아니었다. 단호한 말투로 명령하듯 소형이 분홍색 우산을 펼쳐 내밀었다.

"아, 어."

엉겁결에 그 우산을 받아들며 소형의 눈을 바라본 순간, 나를 직시한 그 눈빛에 놀라 몸이 돌처럼 굳었다. 지독하게 강렬한 열망. 소형의 눈동자가 품고 있는 것은 그 자체였다. 그 기운이 얼굴 전체로 퍼지며 빛이 발산되고 있었다. 찬란했다. 누군가의 얼굴이 눈부시다는 표현을 그대로 형상화한 것 같았다.

그 얼굴로 내게서 시선을 떼지 않은 채 소형이 나지막이 중얼거렸다.

"선생님은 신기하신 분이네요. 흥미로워요, 무척이나."

소형의 마음을 얻었다는 확신이 들었다. 하지만 내가 입가에 미소를 올리며 뭐라 대답하려던 순간, 갑자기 소형이 조금 전과는 사뭇 달라진 기운으로 매몰차게 몸을 돌려버렸다. 잠시 내 것이었던 검은 장우산을 쓰고 빠른 걸음으로 내 곁을 떠났다. 나는 점점 작아지는 소형의 뒷모습을 멍하니 서서 바라만 보았다.

그리고 다음 날, 소형은 학교에 자퇴서를 내고 내 인생에서 완전히 떠나갔다.

그 뒤로 소형의 소식을 전혀 듣지 못했다. 유학 갔다는 얘기도 있었지만 진위가 확인되지 않았다.

나는 소형이 사라진 학교에서 교생 실습을 끝내고 대학으로 돌아갔다. 임용고시를 본격적으로 준비하면서 차츰 잊게 되었지만, 가끔 조금이라도 비슷한 사람과 스칠 때면 소형을 바로 엊그제 본 것처럼 떠올렸다.

그러나 나는 결국 교사가 되지 못했다. 어머니를 좇아 교사가 되고 싶었기에 몇 차례 재도전했지만, 실력과 운이 모두 따라주지 않았다. 아쉬웠지만 포기하고 학교 선배가 소개해준 인터넷 언론사에서 인턴기자를 시작했다. 꿈꾸던 일은 아니었지만 일을 배우면서 나름의 재미를 찾게 되었고, 그 분야에서 성공하고 싶은 마음도 갖게 됐다.

어느 날, 퇴근 후 대학 동창 몇과 술자리를 갖던 중, 서정이 내게 술을 따라주며 신이 난 목소리로 말했다. 소형과 동물병원에서 헤어진 후 3년쯤 지났을 때였다.

"야, 야, 오민우, 너 기억나? 예전에 교생 실습 나갔을 때, 그 사이코패스 여학생!"

"장소형 말하는 거야?"

"어머, 이름까지 기억하고 있어? 하긴, 네가 예쁘네 어쩌네 종알댔었지. 암튼, 걔 엄청 유명인사 된 거 알아?"

"어?"

"역시 몰랐지? 봐, 이거!"

서정이 휴대폰으로 인스타그램의 계정 하나를 보여줬다. 프로필 사진은 인물이 아니라 공구 같은 사물 사진이었는데, 팔로워가 10만이 넘는 계정으로 알파벳으로 된 아이디를 한글 발음으로 읽으면 '공대_언니'였다.

"얘가 확실히 머리는 좋았나 봐. 자퇴하고 해외 명문대학으로 유학을 갔다나? 거기서 공대 언니로 포지셔닝하고 어린 소녀들의 롤모델이 되셨단다! 외국물 먹더니 더 예뻐져서 남자들까지 너무 멋있다고 팔로잉 엄청 하더라고. 나도 남동생이 하도 난리를 치는 바람에 알게 됐다니까?"

게시물은 대부분 뭔가를 수리하거나 만들어낸 작업물 사진이었지만, 간혹 친구들과 함께 찍은 사진도 있었다. 여전히 빛나는 외모였지만 과거와 확연히 다른 분위기를 풍겼다. 덜컹. 심장이 다시 움직였다. 입가에 미소가 떠올랐다.

"하이고, 그렇게 좋냐? 좋아?"

서정이 놀리듯 말하며 술잔을 부딪쳤다. 나는 부정하지 않고 배시시 웃어 보였다.

마침 당시 소셜미디어의 인플루언서에 대한 기획 기사를 준비하던 상황이라, 소형은 인터뷰 대상으로도 최적이었다. 직장에서 인정도 받고, 소형과 다시 인연을 이어갈 기회라고 판단했다.

그날 밤, 소형의 계정을 팔로우하고 메시지를 전송했다. 소형이 메시지를 읽고 답장 보내는 것을 실시간으로 확인하기 위해 시차까지 계산해 그곳의 이른 아침 시간에 맞춰 메시지를 보냈다. 아니나 다를까, 메시지를 전송하고 몇 초 후에 소형이 메시지를 확인했다는 표시가 보였다. 상대가 메시지를 입력 중임을 의미하는 말풍선도 화면에 떠올랐다.

너도 나를 기억하고 있었구나. 하긴, 소형 본인도 나를 '홍미롭다'라고 표현하지 않았던가. 그렇게 생각한 찰나, 갑자기 말풍선이 사라졌다. 그런데도 답 메시지는 나타나지 않았다.

시차 때문인가, 인터넷 연결 문제인가. 혼란에 빠져 한참을 기다렸지만, 답장은 끝내 오지 않았다. 어지러운 머릿속은 소형의 반응에 관한 의문으로 가득 찼고, 나는 결국 휴대폰의 검은 화면을 바라보다 잠들고 말았다.

다음 날 아침, 어제 상황의 진실을 확인하곤 더욱 망연자실했다.

소형은 답을 보내지 않았을뿐더러, 내 계정을 차단했다.

3

"나 그때 은근 상처받았어. 차라리 인터뷰를 정식으로 거절했다면 마음이 덜 상했을 텐데, 왜 가타부타 말도 없이 차단한 거야?"

많은 이들이 그런 상황에서 보일 만한 겸연쩍은 태도와 말투로 조심스럽게 묻는다. 소형이 스타트업을 성공적으로 창업할 수 있었던 발판이 된 인플루언서 활동에 관해 얘기하면서 자연스레 이야기가 그때의 일로 흘러간 덕분이다.

소형은 야릇한 미소만 입가에 띤 채 잠시 생각에 잠긴다. 나는 말없이 침만 꿀꺽 삼키곤 기다린다. 소형이 다시 나를 마주 보며 입을 열지만, 기다리고 있던 답은 아니다.

"근데 저도 기자님 근황 궁금했어요. 듣기론 2년 전쯤에 개인적으로 힘든 일이 있으셨다죠? 그 얘기, 지금 해주실 수 있어요?"

2년 전이라면, 하마터면 내가 생을 포기할 뻔했던 그 일이었다. 성공해보겠다는 욕심 때문에 밑바닥까지 무너졌던 데다, 대비하지 못한 상황에서 어머니까지 돌아가실 뻔했던.

내가 쓴 주식 관련 기사가 문제가 되었다. 엠바고가 걸린 보도자료를 기사화한 것으로, 바이오사업과 관련된 중소기업이 신제품을 발표하기 직전, 소수의 기자에게만 전달된 내용이었다. 해당 제품이 정말로 효과를 보인다면 인류의 삶에 획기적인 변화를 일으킬 만한 기술이었다. 하지만 그런 만큼 사실 확인이 반드시 필요한 정보였다.

딴에는 알음알음으로 관련 연구 분야의 학자를 섭외해 진위에 대한 판단을 의뢰했다. 그렇지만 워낙 급한 의뢰였던 데다, 기업에서 제공한 자료만으로는 엠바고 기한에 맞춰 결론을 내기 어렵다는 답변들만 돌아왔다.

조급해진 나는 자료를 찾아가며 직접 검토했고 실현 가능하다는 결론을 내리기에 이르렀다. 지금 생각해보면, 관련 분야의 전문기자로서 3년을 막 채우면서 어쭙잖은 지식을 과신할 수준에 이르렀던 게 문제였다. 그 오만함에 더해, 세상을 바꿀 기술을 가장 먼저 대중에게 알리고 싶다는 욕심에 나는 결국 엠바고를 어기고 기사를 올렸다.

자정에 온라인에 게재한 기사로 인해 다음 날 주식 시장에서 관련주들이 요동쳤다. 뒤늦게 타사에서도 기사를 올렸지만, 가장 많이 읽히고 인용된 것은 내가 쓴 기사였다. 회사 창립 이래 일일 트래픽이 가장 많이 유입된 기사로 기록됐다. 편집장은 나를 치하하며 그날 저녁 고급 식당에서 소고기를 샀고, 동료들은 부러운 눈길로 나를 우러러봤다. 내 평생 술을 가장 많이 마신 날이었다.

그런데 얼마 후, 경찰이 나를 찾아와 물었다.

"허위사실이라는 것을 정말 몰랐습니까?"

해당 기업이 배포했던 보도자료는 전문가의 손에 의해 90퍼센트의 진실과 10퍼센트의 거짓으로 교묘하게 꾸며진 자료였다. 기업을 인수했던 사기꾼들이 장난을 친 것인데, 내 기사로 인해 주식 가격이 급등하자, 그들은 수십 배의 수익을 챙기고 잠적했다. 발표된 자료가 거짓이라는 게 밝혀지면서 주가가 바닥까지 폭락

했고, 큰 손해를 본 개미투자자들은 나를 고소했다.

눈코 뜰 새 없이 경찰서로 불려 다녔다. 그것 자체는 솔직히 그다지 힘든 일은 아니었지만, 주식투자로 손해를 본 사람들이 앙심을 품고 나를 위협하는 게 문제였다. 집 근처에서 기다리고 있다가 퇴근하는 내게 해코지하거나, 술을 마시고 회사로 찾아와 난동을 부리기도 했다. 결국 나는 장기휴가를 내고 집에 들어앉을 수밖에 없었다.

하지만 집요하게 내 뒤를 쫓던 이들은 내가 몰래 외출할 때도 귀신같이 알고 따라붙었다. 직접적인 공격을 가하면 범죄가 될 수 있으니, 뒤를 쫓기만 하면서 내가 일상생활을 할 수 없도록 괴롭히려는 속셈이었다. 그들과 마주치지 않으려면 어쩔 수 없이 계속 집에만 머물러야 했다.

외부와 연락을 두절한 채 방구석에 틀어박혀 할 거라곤 술을 마시는 것과 컴퓨터 게임밖에 없었다. 그저 시간을 때우려 시작했던 그것에 시나브로 빠져들었다. 휴대폰의 배터리가 방전되어도 알아채지 못하고 며칠을 지낼 정도로 정신을 놓았다.

그렇게 지내던 어느 날, 눈을 떠보니 내가 부엌 한가운데에 식칼을 든 채 서 있었다. 칼날이 반대편 손목에 닿아 있었다. 정신이 번쩍 들면서 어머니 얼굴이 떠올랐다. 그 길로 곧장 씻지도 않고 택시를 타고 가장 가까운 신경정신과 병원으로 향했다. 강도 높은 상담과 치료를 받은 후, 곁에 누군가 있는 게 좋겠다는 의사의 권고에 부모님 댁으로 들어갔다.

그런데 내 상태가 겨우 정상에 가까워질 즈음, 어머니가 쓰러지셨다. 다행히 곧바로 구급차가 왔지만 코로나가 한창 극성인 시기라 병상을 찾을 수 없었다. 어머니를 싣고 서울 시내 병원 곳곳으로 달렸지만 받아주는 곳이 없었다. 그 시기의 나는 아직 어머니를 잃을 준비가 되어 있지 않았다. 그런 상태에서 갑자기 어머니를 잃게 될지도 모른다는 생각에 머리가 터질 것만 같았다.

그때 어쩌다 서정과 통화를 하게 되었는지 모르겠다. 상황을 들은 서정이 강남의 개인 병원에서 빈 병상을 찾아냈다. 서정에게 그런 인맥이 있다는 게 신기할 따름이었지만, 덕분에 어머니는 늦지 않게 치료를 받고 고비를 넘겼다.

면회를 온 서정에게 감사 인사를 전하며 물었다.

"정말 고마워, 서정아. 그런데 여긴 어떻게 아는 병원이야?"

"아, 그게… 여기 원장님이 아는 학생의 아버님이셔."

나도 원래 계획대로 교사가 되었다면 그런 제자를 둘 수 있었을까. 놓친 삶에 대한 미련으로 내가 멍한 표정을 지었던 모양이다. 서정이 나를 위로하려는 듯 어색하게 웃었다. 고마움을 표하려 나도 마주 보며 미소를 지었다.

"서정이한테 그런 제자가 있다는 게, 무척이나 부럽더라."

그렇게 얘기를 마치자, 소형이 담담한 말투로 묻는다.

"그 병원, 어딘지 기억하세요?"

"당연하지, 나한텐 은인이니까. 신사역 근처에 있는 동진병원이야. 병원장 성함도 기억해, 장동진 원장…."

신이 난 말투로 대답하다가 멈칫한다. 설마, 하는 표정으로 소형의 성과 이름을 떼어서 부른다.

"장… 소형?"

재미있어하는 게 역력한 눈빛으로 소형이 내게 다시 묻는다.

"이젠 부럽지 않으시죠?"

"정말이야? 네가 장 원장님 딸이었어?"

목소리를 높여 소형에게 확인한다. 소형은 어깨를 으쓱하며 편안한 말투로 대꾸한다.

"정말이지 허술하세요. 기자 생활은 어떻게 하신 거예요? 아버질 은인이라고 하시면서 실제론 관심도 안 주신 거 아니에요? 혹시나 눈치라도 채실까, 저는 관련자들 입단속 시키면서 얼마나 조심했는데. 그런 노력이 참으로 부질없었네요?"

나는 입을 꾹 다문 채 눈을 동그랗게 뜨고 소형과 시선을 맞춘다. 난감한 상황이 닥치면 곧잘 이런 표정을 짓는데, 그러면 상대는 대부분 어쩔 수 없다는 듯 넘어간다.

소형도 역시 하릴없이 덧붙인다.

"하긴, 그러니까 그런 여자한테도 넘어가셨던 거죠?"

소형이 생수병 뚜껑을 열며 곁눈질로 내 반응을 확인한다. 원래 궁금한 질문은 이쪽이었단 의미다.

'그런 여자'라는 건 은지다. 역시 소형은 지난 9년 동안의 나에 관해 모든 걸 알고 있다.

## 4

작년이었다. 은지에게 홀린 듯 결혼을 준비하던 때가.

지금 생각하면 꿈이었나 싶을 정도로 현실감이 없지만, 그때의 나는 분명히 그런 일을 벌이고 있었다.

은지는 어머니의 장례식장에서 처음 만났다. 그렇다. 2년 전 어머니는 큰 고비를 넘기고 괜찮아지시는가 싶더니, 다음 해에 결국 내 곁을 떠나셨다. 그래도 시간을 조금 벌었던 터라, 어머니는 마지막 순간까지 내게 많은 걸 가르쳐주고 가셨다. 나를 세상에 나오게 한 존재임과 동시에, 나를 완성한 스승이었다.

은지는 어머니가 쓰러지시기 전까지 취미 삼아 다니던 동네 필라테스 학원의 강사라고 했다. 어머니와 학원을 함께 다닌 동네 이모님들과 장례식 첫날 조문을 왔다. 그런데 다음 날도 와서 자리를 지키더니 발인까지 참석했다. 가족이 아니라 나와 가까이 서진 않았지만, 행렬의 뒤에서 조용히 따르는 모습을 눈여겨본 친구들이 나중에 내게 전해줬다.

'어머님이 운동하러 다니실 때 저한테 무척 잘해주셨거든요. 저는 엄마가 일찍 돌아가셔서 그게 너무 감사했어요. 민우 씨, 혹시 괜찮으시면… 어머님이 그리우실 때 같이 추억 나눌 수 있으면 좋겠어요. 연락 주세요.'

번호를 어떻게 알았는지, 장례를 치르고 얼마 후 내게 문자 메시지를 보내왔다. 그렇게 은지를 만나면서 자연스럽게 사귀게 되었다. 처음 은지가 내 삶에 들어왔을 땐, 어머니가 돌아가시면서 자신의 빈자리를 채워주시려 했던 게 아닐까, 하는 생각까지 했을 정도로 의지가 됐다.

아버지는 은지를 특히나 맘에 들어 하셨다. 나무랄 데 없이 사근사근하고 애교 있는 성격에, 직업에 충실하기 위한 노력도 게을리하지 않아 몸매와 외모 또한 평균 이상이었다. 내 짝으로 그 정도면 차고 넘친다고 판단하셨다.

어머니가 살아 계셨을 때 직접 소개해주지 않은 게 조금 의문이었지만, 어쩌면 그땐 내가 가정을 꾸리기엔 이르다고 여기셨을지 모른다고 생각했다. 그러나 어머니의 뜻과 상관없이 상황이 바뀌어버렸으니, 하루라도 빨리 결혼해 하늘에 계신 어머니에게 안정된 모습을 보여드리고 싶었다.

연애 기간이 3개월 정도밖에 되지 않아서 거절하면 어쩌나 고민했지만, 은지는 망설이는 기색 하나 없이 기다렸다는 듯 청혼을 승낙했다. 기쁨으로 가득한 미소를 환하게 지어 보였다.

은지 아버님께 인사드리러 간 날, 아버님은 그저 잘 살라고 말씀하시곤 술을 꽤 많이 드셨다. 불콰하게 취한 후엔 딸을 선택해줘서 고맙다는 말만 연신 되풀이했다. 그렇게 일사천리로 결혼 준비를 했다. 청혼하고 100일째 되는 날에 맞춰 결혼식을 잡고 싶었지만 예식장 예약이 쉽지 않았다. 코로나가 진정되는 시기로 접어들자, 연기되었던 결혼식들이 한꺼번에 몰리면서 인기 있는 식장은 1년 넘게 예약이 밀려 있었다.

"오빠, 난 스몰웨딩도 괜찮아. 결혼식이 뭐 별건가. 정말 축하해줄 사람 몇만 초대해서 우리끼리 약속만 해도 되는 거지."

"그래도 여자들은 꿈꾸는 결혼식이 있다던데."

"난 딱히 없는데? 솔직히 동사무소에서 혼인신고만 해도 돼! 정말이야!"

하지만 어머니가 돌아가시기 직전 내게 당부하신 말이 있었다. 가장 보통의 삶을 살라는 것. 정규분포 그래프의 중심에서 벗어나지 않는 게 평온하고 안정적인 삶이라며, 앞으로도 반드시 그렇게 살기를 바라셨다. 성공하겠다는 욕심을 부리다 사고를 치고 자살의 위기까지 갔던 일 이후엔 더욱 자주 강조하셨다.

그래서 스몰웨딩까진 아니지만 경기도 외곽에 야외 결혼식을 할 수 있는 곳을 찾아냈다. 우리가 원하던 날로 날짜를 확정하고 청첩장과 다른 준비도 시작했다.

그렇게 한창 결혼을 준비하던 차에, 대학 친구들과의 연간 모임 일정을 단톡방에서 논의하게 됐다. 일정 조정을 위해 어쩔 수 없이 결혼 소식을 흘리게 됐다. 친구들 대부분이 연애 사실조차 모르고 있던 터라 폭발적인 반응이 나왔고 미리 축하한다는 개인톡도 쉴 새 없이 쏟아져 들어왔다. 알림음이 연달아 울려대는 도중, 전화까지 걸려왔다. 서정이었다.

동기 중에서도 유독 친하게 지낸 친구이니, 축하해주기 위해 일부러 전화까지 했을 거라 여기며 통화 버튼을 눌렀다. 그런데 대뜸 날카로운 말투가 귀에 꽂혔다.

"너, 그 여자에 대해 얼마나 잘 알아?"

일반적인 사람이라면 기분이 크게 상할 만큼 부적절한 말이었다. 나는 곧장 격앙된 말투로 반문했다.

"그게 무슨 뜻이야? 결혼할 상대인데, 당연히 잘 알지!"

서정이 잠시 침묵했다. 그런데 전화기 너머에서 키보드 두드리는 소리가 들렸다. 다른 일을 하던 중 나한테 전화를 건 모양이었다. 그렇다면 통화에 집중하고 있지 않다는 의미가 아닌가. 나는 목소리를 한 단계 더 끌어올렸다.

"야, 김서정! 진짜 관심 있는 거 아니면 끊어!"

"미안, 난 그저, 걱정이 되어서 그래."

서정이 목소리를 부드럽게 바꿔 사과했지만, 한번 시작된 분노는 쉽사리 가라앉지 않는다. 나는 목소리에 언짢은 기색을 가득 담아 외쳤다.

"결혼한다는데 걱정을 왜 해? 내가 너한텐 그렇게 허술한 인간이야?"

"민우야, 너 지금 집이지? 내가 잠깐 갈게. 우리 얼굴 보고 이야기하자."

"그럴 필요 없…."

"나 출발한다, 끊어!"

서정은 평소답지 않게 급히 말하곤 전화까지 끊어버렸다.

서정의 집에서 우리 집까지는 대중교통으로 30분쯤 걸렸다. 서울인 점을 감안하면 멀지 않은 거리였지만, 저녁 8시가 넘은 시각에 여자 혼자 이곳까지 오게 하는 건 마뜩잖은 일이었다. 게다가 우리 집은 인적이 드문 골목길을 5분쯤 걸어 올라와야 했다. 결국 나는 서정이 도착할 시간에 맞춰 마중 나가기로 맘먹었다. 근처 카페에서 이야기를 나누면 되니까.

옷을 갈아입고 집을 나와서 천천히 걸어 내려가는데, 서정의 목소리가 녹음된 것처럼 머릿속에서 재생됐다.

'너, 그 여자에 대해 얼마나 잘 알아?'

'미안, 난 그저, 걱정이 되어서 그래.'

'내가 잠깐 갈게. 우리 얼굴 보고 이야기하자.'

'나 출발한다, 끊어!'

확실히 평소와 너무 달랐다. 언제나 장난스럽고 느긋했던 서정이 진지하면서도 급하게 행동했다. 그 징후들을 조합하니 하나의 결론이 머릿속에서 떠올랐다.

혹시 나를 좋아하고 있었나?!

대학에서 처음 만나 자연스럽게 친해졌다. 일부러 그런 건 아니었지만 수업이 겹치는 경우가 많았고, 그러다 보니 과제도 자주 함께했다. 교생 실습까지 같은 학교로 갔던 인연이니, 다른 친구들보다 얼굴 볼 기회 또한 훨씬 많았다. 그리고 내게 중요한 순간, 도움이 필요한 순간에 항상 서정이 있었다.

나는 평소 주변인들의 감정을 잘 읽어내지 못해서 별도의 노력을 기울여야 했다. 그러니 가장 가까운 사이인 서정이 내게 좋은 감정을 가졌었더라도 오히려 눈치채지 못했을 가능성이 높았다. 이런, 진즉 알아챘어야 하는데. 바보같이! 속으로 한탄하며 자리에 멈춰 섰다. 나는 곧 몹시 난감한 상황을 마주할 게 분명했다.

저 멀리 택시에서 내리는 서정이 보였다. 보통 버스를 이용하는 서정이 택시를 타고 왔다는 건, 곧 우려했던 상황이 일어날 거라는 의미였다. 그런데 뒤이어 다른 의문 하나가 머리를 스쳤다. 택시를 탔는데 지금에야 도착했다고? 전화를 끊고 바로 탔다면 적어도 10분 전에는 도착했어야 한다. 집에서 나오는 게 늦어졌던 걸까, 아니면…?

서정은 곧장 나를 향해 빠르게 걸어왔다. 한 손엔 평소에 들고 다니는 핸드백을, 다른 한 손엔 서류 봉투를 든 채였다. 마음을 고백하러 오면서 서류 봉투를 챙겼다고…?

나는 눈을 가늘게 뜬 채 가만히 서정을 바라보며 서 있었다. 서정은 나를 발견하곤 예상 못한 상황에 걸음을 주춤거렸지만 곧바로 뛰어와 말했다.

"왜 나왔어? 내가 너희 집으로 간댔잖아."

"그거 뭐야?"

대답하지 않고 턱으로 봉투를 가리키며 물었다.

"어, 그게, 집에 들어가서 얘기하자."

"아니, 그냥 저기 카페로 가."

"…어, 그래."

늦은 시간이라 카페에 다른 손님은 없었다. 마시고 갈 거라는 말에 카페 사장은 9시에 마감이라고 알려주었지만, 30분 남짓이면 충분하다 싶어 음료를 주문한 후 구석진 자리로 향했다.

당찼던 서정은 막상 나와 마주 앉자 눈치를 살피며 입을 떼지 못했다. 결국 내가 먼저 물었다. 이런 문제는 시간을 끌어서 좋을 게 없다고 어머니가 가르쳐주셨으니까.

"서정아, 혹시 너 나 좋아했어?"

"어? 뭐?"

서정이 어깨까지 움찔하며 되물었다. 나는 곧장 변명하듯 덧붙였다.

"내 행동이 혹시 너를 오해하게 했다면 사과할게. 그럴 의도는 아니었어."

"오민우?"

"난 이미 은지랑 결혼하기로 약속했어. 네 마음을 미리 알아채지 못했던 건 미안하지만…."

"야, 정신 차려! 누가 너 좋아한댔어? 이 바보 같은 자식아, 이거나 보라고!"

서정이 서류 봉투를 열어 뒤집자, 무언가가 아래로 쏟아졌다. 인화된 사진들이었다. 은지의, 아니, 은지와 어떤 남자의 사진이 테이블 위로 겹겹이 쌓였다.

"뭐…야, 이게?"

그렇게 알게 되었다. 은지가 나 외에 다른 남자를 동시에 만나고 있었다는 사실을.

2차원의 사진으로도 나와는 너무도 다른 사람이라는 게 드러났다. 여자들이 보통 이야기하는 나쁜 남자의 전형적인 모습이었다. 징이 박힌 검은 가죽 재킷에 왁스로 넘긴 머리를 하고 호탕하면서도 섹시한 웃음을 지으며 은지의 어깨에 팔을 두르고 있었다. 남자의 페로몬이 사진 밖으로 뿜어져 나오기라도 할 것 같았다.

"나이트에서 만난 남자인 것 같아. 아마 너랑 사귀기 시작한 후 몇 주 안 되어서…."

"넌, 너는 어떻게 알았어? 그리고 이런 걸 알고서도, 왜…, 왜 이제까지 아무런 말도 안 한 거야?"

"아, 나, 나도 알게 된 지 얼마 안 됐어. …어떻게 된 거냐면, 어, 그래, 우연히 길을 가다가 둘이 함께 있는 걸 봤어. 그, 그래서…."

"그래서 나한테 먼저 확인도 안 해보고 심부름센터라도 고용해서 뒤를 밟은 거야? 이런 증거를 수집해 내밀려고?"

서정이 택시를 타고도 늦은 건, 중간에 이걸 받아오느라 그랬던 게 분명했다.

내 질책에 서정은 대답을 하지 못했다. 어쩔 줄 몰라 하는 표정으로 입을 꾹 닫고 있을 뿐이었다.

나는 테이블 위의 사진들을 빠르게 봉투에 담았다. 은지와 놈이 시시덕거리는 사진을 모두 쓸어 넣었다. 안절부절못하는 서정을 뒤로하고 카페를 나왔다.

길에서 택시를 잡아타고 은지네 집으로 향했다. 이미 밤 10시에 가까운 시간이었지만 은지는 집에 없었다. 아버님은 당황해서 은지에게 계속 연락을 시도했지만 연결되지 않았다. 나는 일부러 전화를 걸지 않았다. 뭐라도 낌새를 눈치채면 은지가 다른 행동을 취할 수도 있을 테니까, 변명거리를 만들어낼 테니까.

아버님에게는 돌아간다고 거짓말을 하곤 근처에서 몸을 숨기고 밤새 기다렸다. 새벽 3시가 가까워져서야 술에 취해 비틀거리며 놈의 부축을 받고 걸어오는 은지의 모습이 보였다. 나는 그들에게 다가가 앞을 막아섰다. 은지는 처음엔 나를 알아보지 못한 채 비키라며 주정을 해댔다. 처음 보는 은지의 모습이었다. 웃을 때도 언제나 단정하게 손으로 입을 가렸고 말도 속삭이듯 하는 사람이었는데, 내가 그동안 봤던 은지의 모습은 모조리 연기였고 기만이었다.

그 순간 은지와 함께 꿈꾸던 미래를 머릿속에서 깔끔하게 지워버렸다. 아니, 내 의지로 그랬다기보다는 자동으로 지워졌다는 게 더 맞는 표현이다. 그들 앞에서 서류 봉투에 든 사진들을 바닥에 쏟아낸 후 자리를 떠났다.

다음 날부터 은지가 계속 연락해왔지만 나는 전화를 받을 생각이 없었고, 100통이 넘는 메시지에도 회신할 필요를 느끼지 못했다. 다행히 결혼 준비는 식장을 제외하고는 예약이 완료된 게 없었다. 서둘러 준비하던 이벤트는 취소도 속전속결로 끝이 났다.

서정은 일을 맡겼던 심부름센터에서 추가로 받은 정보를 통해 은지가 처음부터 돈을 노리고 내게 접근했다는 사실도 알려주었다. 은지는 필라테스 학원을 확장하기 위해 대출을 무리하게 받았는데, 코로나로 인해 학원 운영이 어려워졌고 아버님도 회사에서 정리해고되면서 생계비 부담까지 떠안게 되었다. 그러다 우연히 어머니의 사망보험금이 막대하다는 소문을 회원 아주머니들에게 들었던 모양이다. 하지만 안타깝게도 나는 은지가 좋아하는 나쁜 남자 타입이 아니었고, 은지는 돈도, 자신의 취향도 포기할 수 없었던 거다.

모든 사실을 알게 되었을 때, 나는 오히려 웃음이 나왔다. 어머니의 사망보험금이 많다는 것은 헛소문이었으니까. 병원비와 장례비를 정산하고 나니, 보험금은 몇백 정도만 남았을 뿐이었다.

5

"나중에 은지가 보험금 액수를 알았다면, 결혼이 깨진 걸 다행이라고 생각했겠지?"

나는 자조 섞인 미소를 지으며 부끄러울 게 분명한 결혼 실패담을 마무리한다. 소형이 그런 나를 조용히 응시하다 묻는다.

"그렇게 결혼이 깨져서, 많이 힘드셨어요?"

"아니."

"정말요? 기자님이 여자분을 많이 좋아했다고 들었는데?"

지금까지 나눈 대화를 곱씹어보면, 내 인생에서 일어난 굵직한 사건들을 소형이 모두, 그것도 꽤 자세히 알고 있는 건 아무래도 이상한 상황이다. 그러니 자연스럽게 되묻는다.

“누가 그랬는데?”

소형의 눈빛이 갑자기 장난스럽게 반짝인다. 하지만 자세를 고쳐 앉으며 차분하게 말한다.

“당연히 궁금한 게 많을 테지만, 인터뷰를 먼저 끝내는 게 어떨까요? 오랜만의 친목 도모도 좋지만, 오늘 기자님을 모신 다른 목적도 있으니까요. 우리 엔진의 홍보 기사, 이번에 정말 잘 나와야 하거든요.”

“아, 그래. 내가 프로답지 못했네. 그러면… 인터뷰 질문지 보낸 거 미리 확인했지? 그 순서대로 진행해도 될까? 녹음, 해도 돼?”

“물론이죠.”

인터뷰를 시작하면 평범한 인터뷰이는 바짝 긴장하지만, 소형은 오히려 더 편안해 보인다. 인공위성이 지구의 중력을 거슬러 흔들리는 비행을 끝낸 후 마침내 안정된 궤도에 들어선 것처럼, 장애물을 모두 통과하고 목적지에 다다른 평온한 모습이다.

“고등학교 시절의 장 대표님과 대학교 이후의 대표님은 상당히 다른 사람 같은데요, 바뀌게 된 특별한 계기가 있었을까요?”

회사의 비전과 경영 철학, 사업 전망 등에 관해 인터뷰를 끝내고 개인적인 이야기로 넘어가는 첫 번째 질문이다.

조금 전까지 등을 소파에 기댄 채, 이제는 너무 자주 되풀이해서 외워버린 듯 대답하던 소형이 허리를 반듯하게 세운다. 나와 눈을 맞추자 피부가 생기를 띠며 도자기처럼 말간 빛을 뿜어낸다. 그 빛을 눈에까지 머금은 소형이 갑자기 묻는다.

“오 기자님은 제가 고등학생일 때, 왜 제게 관심을 가졌어요?”

"어, 어?"

녹음 중이라 존칭을 유지해야 하건만, 나도 모르게 당황한다. 내 대답을 기다리지 않고 소형이 말을 잇는다.

"그 시기의 저는, 모든 선생님이 포기한 아이였어요. 성적은 떨어질 대로 떨어졌고 수업시간에 집중도 안 하고 어떤 일에도 관심이 없었잖아요. 친구도 없었죠. 그나마 큰 사고는 치지 않으니 그냥 내버려두기로 암묵적인 합의를 한 학생. 엮이지만 않으면 귀찮은 일도 생기지 않을, 공기 같았던 애."

"하지만 교사들은, 한 명의 아이도 뒤처지지 않게…."

"그런 식상한 대답을 기대했던 거 아닌데?"

어설프게 대답을 지어내려는 걸 알아챈 듯, 소형이 말을 자르며 단번에 질타한다. 그래서 나는 조금 더 진실에 가까운 대답을 한다.

"…눈길이 갔어. 정확한 이유는 모르겠지만, 그대로 두면 안 될 것 같았어."

"거짓말."

소형이 다시 단정적으로 내뱉는다. 자신은 이미 모든 걸 알고 있다고 확신한 얼굴로 덧붙인다.

"제 OMR 답안지에서, 읽으셨던 거죠?"

나는 마치 큰 잘못이라도 저지른 사람처럼 놀란 표정을 짓는다. 입을 일자로 다물고 침을 꿀꺽 삼킨다. 그게 신호라도 된 것처럼, 소형이 손을 뻗어 내 휴대폰 녹음 앱의 일시정지 버튼을 누른다.

나는 크게 뜬 눈으로 소형을 바라보고, 소형은 다시 말을 잇는다.

"나중에 조사하다 알게 됐어요. 고등학교 때 아마추어 무선동호회 활동을 하셨더군요? 회장까지 맡을 정도로 열심이셨고요. 그래서 가능했던 거죠? 제가 모스 부호로 남긴 메시지를 읽어내는 게."

나는 잠시 뜸을 들이다 자포자기한 듯 말없이 고개를 끄덕인다.

소형이 제출한 중간고사 OMR 카드에는 답안 기입으로는 볼 수 없는 점과 선들의 반복적인 패턴이 그려져 있었다. 처음엔 뭔가 싶었지만, 답안지에 인쇄된 문항과 보기를 무시하고 소형의 패턴이 백지에 그려져 있다고 가정해서 보니, 그게 모스 부호라는 걸 바로 알 수 있었다. 내가 동호회 회원들과 가장 즐겨 했던 게임이 눈으로 모스 부호를 해석해내는 거였으니, 그 메시지를 읽어내는 것은 그다지 어려운 일이 아니었다.

[재미없어. 재미없어. 재미없어. …]

[죽고 싶어. 죽고 싶어. 죽고 싶어. …]

소형이 정말로 궁금하다는 표정으로 묻는다.

"내가 불쌍했나요? 동정이었어요?"

나는 다급하게 반박한다.

"아니, 아니야. 그런 감정과는 조금… 달랐어. 너에게 재미있는 세상을 보여주고 싶은 마음이랄까? 적어도 내 세상은 즐겁고 행복했고, 모두가 그런 세상을 살아갈 자격이 있다고 생각했어. 네가 그걸 모른다는 게 안타깝고 아쉬웠고, 그래서… 그랬던 것 같아."

진실은 어쩌면 그다지 중요하지 않을 것이다. 내가 소형에게 관심을 가졌고 소형도 나에게 반응했다는 사실이 중요하다. 그래서 결국 지금에 이르게 된 거니까.

"너에 관한 소문이 있었던 거 알고 있지? 아이들은 물론 선생님들까지 너를… 사이코패스라고 생각했어. 감정을 느끼지 못하기 때문에 좋은 것도, 싫은 것도 없다고. 그래서 세상을 더 무료하고 재미없게 생각한다고. 하지만 난 널 다르게 봤어. 달랐거든, 넌."

사이코패스라는 단어를 언급했는데도 소형의 표정은 변화가 없다. 스스로가 이미 정확하게 자신을 파악하고 있는지도 모른다.

나는 침을 모아 삼킨 후 차분해진 말투로 다시 말을 잇는다.

"소형이, 너, 동물은 좋아했잖아. 사람은 뭔가 이유가 있어서 싫어하게 되었을 수도 있지만, 동물은 아꼈잖아. 그런 애가 감정이 없다니, 나는 말이 안 된다고 생각했어."

순간 소형이 인형처럼 무표정한 얼굴로 눈만 껌뻑거린다. 혹시 그 일을 잊어버렸나 싶어 나는 서운한 목소리로 설명한다.

"기억 안 나? 비가 많이 오는 날이었는데, 네가 다친 새가 비를 맞지 않도록 돌보고 있었잖아. 나랑 마지막으로 얼굴 봤던 날이야. 그날 이후, 네가 갑자기 학교를 떠나버렸으니까."

상세한 내 설명에 소형이 어이없다는 듯 피식 웃으며 대답한다.

"기억이 안 날 리가요. 그날 일 때문에 내가 지금껏 열심히 산 건데."

잠시 말을 멈췄다가 잇는다.

"다만, 기자님이 오해하는 게 있네요."

"오해…? 뭐를?"

"저, 그 새를 돌보고 있던 게 아니었어요. 죽이려고 한 거지."

"…뭐?"

나는 방금 들은 말을 정확하게 이해하지 못한 것처럼, 떨리는 목소리로 한 박자 늦게 되묻는다. 소형은 내 반응을 예상했다는 표정으로 설명을 덧붙인다.

"그 새, 길고양이에게 공격받고 다친 거였어요. 제가 다가가니까 고양이가 도망가는 걸 봤거든요. 전 그저… 생명이 죽어갈 때 어떤 모습인지 궁금해서 관찰한 거예요. 그렇게 보다가 생각했어요. 어차피 죽을 운명인데, 차라리 빨리 죽여주는 게 낫지 않나."

나는 아래턱을 떨어뜨린 채 멍한 표정으로 소형을 보고만 있다. 다른 사람도 이런 상황에선 어떤 반응도 보일 수 없을 것이다.

"그러면 어떻게 죽일 수 있을까, 어떻게 죽이는 게 가장 깔끔할까 고민하고 있을 때, 당신이 나타났어요. 그러곤 언제나 지겹다고 생각했던 천진난만한 얼굴로 나한테 말하더라고요. '우리 착한 소형이가 다친 새를 보호해주고 있었구나'라고."

소형은 당시의 내 말을 토씨 하나 틀리지 않고 완벽하게 흉내 내며 입꼬리를 올린다. 눈에는 보통 사람들은 이해할 수도 없을 활기까지 번뜩인다.

"처음엔 매번 날 귀찮게 하는 사람이 또 나타났구나, 번거롭다, 귀찮다, 이런 마음이었어요. 그런데 옆에 쪼그리고 앉아서 제가 정말로 동물을 돌봤다고 믿으며 칭찬까지 늘어놓는 모습이… 재밌었어요. 동물병원에 데려가자며 새를 품에 넣고 앞장서던 모습도 신기했고요."

소형의 말을 따라 그때의 감각이 나를 다시 스친다. 축축한 공기, 후드득, 우산에 부딪힌 빗방울 소리, 가슴에 안은 새의 온기, 나를 말없이 따르던 소형의 기척.

"동물병원에서조차 난감해하는 새를 입원시키고 나와선 제게 말했죠. '네가 생명 하나를 살렸어. 잘했어, 소형아.'"

"그랬지…."

"그 말을 하는 당신 얼굴에서 빛이 났어요, 아주 환한 빛이. 지독하게 따뜻하기까지 한."

소형이 자리에서 일어서더니 테이블을 지나 내 쪽으로 천천히 걸음을 옮긴다. 나는 당황스러운 듯 어쩔 줄 몰라 하며 소형이 가까워지는 것을 기다리고만 있다.

옆으로 다가온 소형은 소파 팔걸이에 걸터앉으며 내 얼굴을 향해 손을 뻗는다. 내 볼을 부드럽게 감싸며 말한다.

"그때 결심했어요. 이 사람을 가져야겠다고."

내 눈이 동그랗게 커진다. 소형은 나를 깊숙이 들여다보는 것처럼 고개를 숙여 시선을 맞추고 얘기한다.

"알아요, 그런 식으로 말하면 안 되죠. 사람은 물건이 아니니까. 하지만 전 민우 씨를 평생 곁에 두고 싶어 하는 제 마음을 정확하게 깨달았어요. 그래서 학교를 그만뒀던 거예요. 내가 준비되지 않은 상태에서 당신과 마주 서는 건 불가능하니까, 일단 사제관계를 벗어나는 게 먼저였어요. 스승과 제자가 아니라, 남자와 여자로 만나야 했으니까."

소형이 내 컵에 탄산수를 따라 건네주며 말한다.

"오민우 씨, 많이 놀랐나 봐요. 물 좀 드세요."

나는 넋이 나간 사람처럼 시키는 대로 물을 한 모금 마시곤 다시 소형을 바라본다.

"아까 물었죠? 인플루언서로 이름을 날릴 때 왜 인터뷰 요청에 응해주지 않았는지. 마찬가지 이유였어요. 그것보단 훨씬 크게 성공해야 당신을 단숨에 사로잡을 수 있을 테니까."

나는 소형의 설명을 비로소 이해했다는 듯 고개를 짧게 끄덕인다.

"민우 씨의 정보는 계속 수집하고 주시하고 있었어요. 예기치 못한 변수로 당신을 놓치는 일이 생기면 안 되니까. 당신 주변 사람에게 도움을 받기도 했어요. 실은, 갑자기 결혼한다고 했을 때가 가장 위험했는데, 그때 그분이 예상치 못한 오해까지 받게 되는 바람에 달래드리느라 혼쭐이 나기도 했죠."

"오해? …뭐? 그, 그럼, 김서정? 서정이가 네 정보원이었어?!"

나는 깜짝 놀란 표정으로 경악해 소리친다. 소형은 참지 못하고 웃음을 흘리며 내 볼을 살짝 꼬집는다.

"그런 식으로 표현하시면 저나 김 선생님, 둘 다 서운하죠. 순하기만 하고 세상 물정 모르는 오민우 씨를 무사히 이 자리에 오게끔 하기 위한 보호조치였을 뿐인데요."

나는 눈썹을 찡그려 노려본다. 소형은 그 시선을 장난스레 맞추더니 갑자기 자리에서 일어선다. 내 앞에 반듯하게 서서 CEO가 만족스러운 사업 성과를 발표하는 듯 얘기한다.

"제가 기다리던 시간이 드디어 왔어요. 처음 목표를 세울 땐 10년을 예상했는데, 1년 이상 앞당기기까지 했고요."

소형이 내 두 손을 맞잡아 살짝 위로 끌어당긴다. 나는 그 손길을 따라 일어서서 소형과 눈을 맞춘다. 소형이 또랑또랑한 목소리로 고백을 잇는다.

"오민우 씨. 나, 당신을 갖기 위해 최선을 다했어요. 9년 동안 당신을 무사히 지켜내면서 당신이 거절할 수 없을 만한 상대가 되기 위해서 노력했어요. 앞으로도 당신에게 나만 한 상대는 다시 없을 거라고 장담해요. 어때요? 이 정도면 내가 당신을 가져도 되지 않아요?"

소형이 정말로 나를 좋아하는 건지, 단순히 소유하고 싶은 마음인지 확인할 방법은 없다. 하지만 그 본질이 무엇이든 10년 가까운 시간을 이토록 집요하게 노력했다는 사실만으로도 내겐 충분하다.

마지막으로 소형을 보았던 그날, 나를 향했던 열망의 눈빛이 여전히, 아니 오히려 더욱 격렬하게 불타오르며 나를 바라본다.

6

"자, 엄마 따라 해봐. 입꼬리를 이렇게, 응. 잘한다, 우리 민우."

아주 어릴 적부터 어머니는 내가 앞에 있는 사람의 표정과 말투를 흉내 내도록 훈련시켰다.

어머니는 내가 말을 시작할 무렵부터 여느 아이들과는 다르다는 걸 알았다. 그 원인을 알아내기 위해 수없이 많은 검사와 상담을 받았다. 결국 MRI까지 찍어서 얻어낸 결론은 아들인 내가 타고난 사이코패스라는 거였다.

사이코패스와 소시오패스로 대표되는 반사회성 인격 장애도 여느 학설과 마찬가지로 다양한 주장들이 존재한다. 하지만 일반적으로 알려진 사실로 구분해보자면, 소시오패스는 후천적 영향에 의한 것으로, 감정을 느낄 수는 있으나 그 정도가 미미해 다른 사람의 감정에 잘 공감하지 못하고 비도덕적 행동에도 양심의 가책을 느끼지 않는다. 반면, 사이코패스는 선천적으로 편도체와 전두엽의 기능에 문제가 있어 감정을 아예 느낄 수 없다.

나는 후자로 진단이 나왔지만, 교사였던 어머니는 포기하지 않았다. 교육과 훈련으로 나를 일반인과 비슷하게 살아가게 만들겠다고 결심한 것이다. 감정을 가르치거나 습득하는 건 애초에 불가능하니, 사람들의 행동을 분석하고 흉내 내어 '공감하는 척' 연기하는 방식을 택했다.

어릴 때 나는 어머니의 의도를 정확하게 이해하지 못해 충동적으로 행동하는 경우도 빈번했다. 대부분은 보통 아이들이 저지를 수 있는 잘못으로 꾸며 넘어갈 수 있었지만, 어린이집 친구를 크게 상처 입히는 사달을 낸 후, 어머니는 자신의 인생까지 바꾸는 결심을 해야 했다. 천직이라 여기던 중학교 수학 교사를 그만두고 내 행동 교정에 집중했다. 항상 주위를 관찰하고 상황에 맞는 사람들의 반응을 외우고 따라 하도록 반복적으로 연습시켰다. 다행스럽게도 내가 논리적인 사고를 할 수 있게 되었을 즈음엔 그게 무슨 놀이라도 되는 것처럼 즐기게 됐다.

그렇게 내가 감정을 느낄 수 없다는 사실을 아무도 알아채지 못할 만큼 자연스럽게 다른 사람들의 삶에 스며들었다. 익숙해질수록 쉬웠다. 모든 걸 계산해서 움직이기만 하면 되었으니까.

가장 무난하고 사회성이 좋은 사람을 곁에 두는 게 도움이 된다는 사실을 깨달은 후론, 그들과 절친이라는 이름으로 붙어 다녔다. 서정과 자주 어울린 것도 그래서였다. 그러다 보니 말투나 행동이 여성스럽다는 오해도 받았지만, 어머니는 사이코패스로 낙인찍혀 경계의 대상이 되는 것보단 낫다고 여겼다.

그리고 소형을 발견했다. 한눈에 소형이 나와 비슷한 부류라는 것을 알아봤다. 물론 소형은 나처럼 선천적인 결함을 가진 건 아니었다. 어머니의 죽음으로 깊은 슬픔에 빠졌을 때, 뛰어난 지능 때문에 세상에 대한 흥미를 잃으면서 감정이 죽어버린 거였다. 소형이 바로 후천적 영향을 크게 받은 소시오패스였다.

어머니는 언제나 내가 평범한 삶을 살길 원했다. 정규분포의 정중앙. 나는 그런 삶을 살기 위해선 나와 비슷한 부류를 곁에 두어야 한다고 생각했고, 소형은 그 자리에 가장 적합한 사람이었다.

그래서 나는 소형이 나를 갖고 싶어 하도록 만들었다.

열망이 가득 찬 눈으로 나를 바라보던 소형이 환하게 미소 짓는다. 나는 그 모양새를 따라 입꼬리를 올린다. 소형이 눈을 감고 살짝 벌린 입술을 내게 내민다. 나는 고개를 숙여 반짝이는 그 입술에 내 입술을 포갠다. 그사이 짧게 내뱉는 숨에 나의 쾌감이 실린다.

* 연모淵謨: 깊은 계교, 계책

〈연모〉는 저의 첫 번째 소설집《푸른 수염의 방》에 발표한 작품으로, 제가 보통은 피하려고 하는 여러 요소(사랑, 서술 트릭, 반전에 반전 등)를 결합한 작품입니다.

어떤 심오한 내용을 다루려고 각 잡고 시작했다기보다는, 마이너한 장르에 대한 덕질의 소산으로 탄생한 이야기입니다. 그 과정을 들은 지인이 '덕질도 정말 생산성 있게 한다'라고 했을 정도이니, 제가 얼마나 거기에 빠져 있었는지 상상이 갈 겁니다.

덕질에서 시작된 구상이 캐릭터를 만들고 문장으로 바뀌고 이야기로 구성되어가는 과정도 즐거웠는데, 소설집에 신작으로 수록한 후 다양한 경로(SNS 리뷰, 지인들의 후기, 제가 직접 진행한 선호작 설문조사 등)를 통해 확인한 '재미있었다', '바로 처음부터 다시 읽었다'라는 소감에 더욱 행복한 시간을 보냈습니다.

또 이렇게 '황금펜상' 작품집에 수록되는 영광까지 얻게 되어 무척이나 기쁩니다. 좋아하는 일을 하면서 인정까지 받는 건 축복이자 기적이라고 생각하는데, 감히 제가 그걸 누려도 괜찮은지 걱정됩니다. 더 열심히 쓰라는 응원이라고 생각하고 감사히 누리겠습니다.

세상에는 수많은 작가들이 있고 앞으로도 계속 나올 테지만, 몇몇 독자에게만이라도 제가 '최애 작가'가 되면 좋겠습니다. 그 자리를 위해 저도 노력하겠습니다.

# 팔각관의 비밀

홍정기

홍정기

네이버 블로그에서 '엽기부족'이란 닉네임으로 장르 소설을 리뷰하고 있는 리뷰어이자 소설가. 추리와 SF, 공포 장르를 선호하며 장르 소설이 줄 수 있는 재미를 추구하는 장르 소설 탐독가.
2020년 《계간 미스터리》 봄/여름호에 〈백색살의〉로 신인상을 수상했으며, 2021년 앤솔러지 《혼숨》에 〈혼숨〉을 발표했다. 연작단편집 《전래 미스터리》(2022), 단편집 《호러 미스터리 컬렉션》(2022), 앤솔러지 《명탐정 6》에 〈마술사의 죽음〉(2022)을 발표했다. 2023년에는 앤솔러지 《요괴도시》에 〈벼랑 끝에서〉, 연작단편집 《살의의 형태》를 발표했다.

## 팔각관 개략도

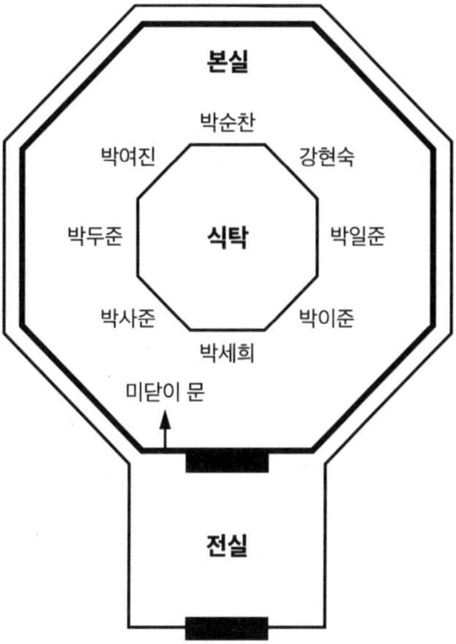


등장인물

1. 박순찬 회장
2. 회장의 아내 강현숙
3. 큰아들 박일준
4. 둘째 아들 박이준
5. 셋째 딸 박세희
6. 넷째 아들(혼외자) 박사준
7. 혼외 아들 박사준의 장남 박두준
8. 둘째 아들 박이준의 장녀 박여진
9. 하녀

모두가 깊이 잠든 시각.

어둠이 짙게 내린 건물에는 적막감이 감돌았다.

한순간 현관문이 열리며 쏟아진 빛줄기가 어둠을 밝혔지만 이내 전실은 다시 어둠 속으로 침잠했다.

이윽고 텅 빈 전실에 사람 그림자 하나가 어른거렸다.

그림자는 성큼성큼 전실을 가로질러 한쪽 벽면 끝으로 향했다.

그림자가 다다른 곳은 붉은 LED가 점점이 켜진 화재 수신기였다.

화재 수신기의 뚜껑을 열자 붉은색, 푸른색 전선들이 복잡하게 얽혀 있는 PCB 기판이 드러났다. 그림자는 미리 준비해온 소형 회로판을 꺼내 PCB 기판에 연결하기 시작했다.

'이제 당신 목숨은 당신의 말 한마디에 달렸어. 크크크크크….'

음침한 웃음소리가 잠시 전실의 적막을 걷어냈다.

*

강원도 어느 깊은 산골.

일반인은 근처에조차 갈 수 없는 10만 평의 사유지에 비밀스러운 대저택이 숨어 있었다. 바로 대한민국 재계 서열 1위 순찬그룹 박순찬 회장의 별장이었다.

산을 가로지르는 구불구불한 도로를 달려 보안이 삼엄한 게이트를 지나 나무가 늘어선 진입로를 따라 올라가고 나서야 비로소 별장에 닿을 수가 있었다. 끝이 보이지 않는 드넓은 정원을 가득 메운 정원수와 연못 사이로 세계 각지에서 공수한 최고급 재료로

지은 3층 규모의 저택은 1년에 서너 번만 머물기에는 아까울 정도로 웅장한 위용을 자랑했다.

그 저택 옆으로 용도를 알 수 없는 이질적인 건물이 있었으니, 바로 박순찬 회장이 가장 좋아하는 팔각관이다.

출입구가 있는 전실을 제외하고는 이름 그대로 여덟 개의 벽이 팔각을 이루며 천장까지 이어지는 완벽한 대칭 구조로 팔각 본실에는 외부와 통하는 창문이 없으며 격자 미닫이문으로 둘러싸여 있어 안에서는 방향을 구분할 수가 없는 기묘한 건축물이었다.

가구 또한 범상치 않다. 본실 한가운데 자리한 팔각 식탁이 팔각 벽의 꼭짓점과 정확히 대칭을 이루고 있고, 각각의 여덟 면에 여덟 개의 원목 의자가 배치되어 있다. 팔각 식탁 위에 놓인 팔각 접시와 팔각 컵 등 팔각에 대한 박순찬 회장의 집착은 기괴하기까지 했다.

팔각관은 박순찬 회장만의 프라이빗한 공간이지만 1년에 단 하루는 사람들로 북적인다.

바로 박순찬 회장의 생일인 4월 10일. 가족들의 저녁 만찬이 이 팔각관에서 열린다. 박순찬 회장의 일흔다섯 번째 생일을 맞아 흰색 프릴이 달린 메이드복을 차려입은 하녀는 만찬 준비에 여념이 없었다.

만찬의 코스요리에는 박순찬 회장만의 순서가 있었다. 특히 생일 만찬 같은 격식 있는 자리에서는 더욱 순서에 집착했다. 회장은 주요리가 나오기 전에 간단한 다과(달달한 간식을 좋아하는 회장의 취향에 맞는)와 함께 최고급 샴페인으로 건배한 뒤 식사를 시작하는 습관이 있었다.

하녀는 박순찬 회장 일가가 팔각관에 입실하기 전에 건배 준비를 위해 서둘러 전실의 와인 냉장고에서 최고급 샴페인 돔 페리뇽을 꺼냈다. 서빙 카트 위에 놓인 여덟 개의 팔각 잔에 차례로 돔 페리뇽을 따르던 하녀는 일곱 번째 잔에서 샴페인을 모두 소진했다. 와인 냉장고에서 새로 돔 페리뇽을 꺼낸 하녀는 능숙하게 코르크 마개를 따고 마지막 여덟 번째 잔에 샴페인을 채웠다.

여덟 개의 잔 속에서 샴페인의 기포가 청량한 소리를 내며 터졌다.

서빙 카트를 본실로 이동해 건배 준비를 끝내자 때마침 박순찬 회장을 필두로 아내 강현숙과 네 명의 자식들(박일준, 박이준, 박세희, 박사준), 그리고 손주들(박두준, 박여진)이 팔각관에 입장했다. 저택에서 바로 이동한 듯한 일가는 모두 가벼운 옷차림이었다.

위엄 있는 팔자걸음으로 서빙 카트 위 샴페인 잔의 스템을 가볍게 잡는 박순찬 회장을 필두로 휴대폰에 정신을 쏟으며 잔을 잡은 박여진, 한복 옷고름을 누른 채 잔을 잡는 강현숙 여사, 잡담을 나누는 박이준과 박세희 남매, 은테 안경을 고쳐 쓰며 잔을 잡는 박일준. 그리고 그 뒤를 따르는 아들 박사준과 마지막으로 입실해 여덟 번째 잔을 잡는 손자 박두준까지. 각자 샴페인 잔을 고른 회장 일가는 팔각 식탁으로 이동했다.

팔각 식탁의 자리 배치 또한 철저히 나이 순이다. 출입구에서 제일 먼 좌석에 박순찬 회장을 기준으로 오른쪽으로 아내와 자식들. 그리고 손주들 순으로 착석했다. 일가의 착석을 확인한 하녀는 서빙 카트를 끌고 본실에서 나갔다. 샴페인을 곁들인 간식 타임 이후 식사를 위한 호출이 있을 때까지 전실에서 대기해야 한다.

격자 미닫이문이 닫히고 빛나는 팔각 샹들리에 아래 일가가 모여 앉았다.

드디어 생일 건배사를 위한 준비가 끝난 것이다.

박순찬 회장의 헛기침을 신호로 큰아들 박일준이 잔을 들고 자리에서 일어섰다.

"회장님의 혜안으로 캐슬 자동차 인수 계약을 체결하고 드디어 순찬의 엔진을 달아 출시한 캐슬러로 국내 자동차 매출 1위를 달성했습니다."

박일준은 박순찬 회장을 향해 잔을 들어올렸다.

"모두가 회장님, 아버님의 미래를 내다보는 안목 덕분입니다. 새로운 순찬의 역사를 일궈낸 아버님의 일흔다섯 번째 생신을 축하드립니다. 모두 잔을 들고 건배합시다."

일가 모두가 잔을 들어올리고 크게 외쳤다.

"건배!"

이어서 각자 샴페인 잔을 입가로 가져가려던 순간.

고막을 때리는 소방벨 소리에 식탁에 있던 사람들은 모두 일순간 얼음처럼 굳어버렸다.

"불, 불이라고?"

"아, 아버님 어서 자리를 피하셔야…."

"진정하세요, 형님. 아직 상황 파악을 해야…."

"어서 여기에서 나가요."

난데없는 벨소리에 본실은 아수라장이 됐다. 처 강현숙 여사와 장남 박일준은 박순찬 회장을 의자에서 일으켰고 다른 사람들도 식탁을 벗어나 서둘러 출입구를 향해 가고 있었다. 그때 거짓말처럼 소방벨이 멈췄다. 출입구로 향하던 일가가 상황을 파악하는 사이 문밖에서 하녀의 외침이 들려왔다.

"죄, 죄송합니다. 화재 감지기가 오동작한 것 같아요."

딸 박세희가 날카롭게 외쳤다.

"정말 확실한 거지? 아니, 가족 만찬에 이게 무슨 일이야!"

문밖의 하녀는 어쩔 줄 몰라 하며 말했다.

"죄송합니다. 집사를 통해 오동작을 확인했어요. 정말 죄송합니다…."

잠자코 있던 회장이 부드럽게 말했다.

"쟈 탓이 아닌데 왜 쟈한테 뭐라 하나? 됐다. 자리로 돌아가자."

아들의 부축을 받아 다시 자리로 돌아가는 회장을 따라 나머지 가족들도 이동했다. 식탁에 가까이 있던 박여진이 그새를 못 참고 서둘러 자리에 앉아 휴대폰에 정신을 쏟았다. 박이준은 딸의 모습을 보며 못 말린다는 듯 고개를 내저었다. 이어서 박두준과 박사준 그리고 박이준이 착석하고 박세희가 하녀를 씹으며 자리에 앉은 뒤, 회장을 자리에 앉힌 박일준과 강현숙 여사가 마지막으로 의자에 착석했다.

어수선한 분위기를 바꾸고자 박일준이 다시 잔을 들고 회장을 향해 건배를 선창했다. 일가 모두가 박일준을 따라 후창한 뒤, 시원한 샴페인으로 놀란 가슴을 진정시켰다. 건배 이후 가족들은 담소를 나누며 각자 식탁 중앙 팔각 접시에 놓인 설탕 맛밤을 집게로 집어 앞접시에 덜어 먹었다. 설탕 맛밤은 회장의 최애 간식으로 설탕을 녹인 물에 맛밤을 넣어 졸인 것이다.

"오늘따라 샴페인이 아주 달구나."

회장이 샴페인을 홀짝이며 만족스러워했다.

"그러게요. 크으."

샴페인을 들이켠 둘째 아들 박이준이 강현숙을 보며 이어 말했다.

"샴페인도 좋은데. 이야아아. 올해도 맛밤이 끝내주네요. 어머님이 직접 만드신 거죠?"

박이준의 칭찬에 강현숙의 입가가 눈에 띄게 올라갔다. 강현숙은 맛밤을 오물거리며 화답했다.

"어젯밤에 만들었단다. 어미가 만든 간식을 맛있게 먹어주니 기분이 좋구나."

"할머니 맛밤 최고!"

손녀 박여진이 머리칼을 쓸어 올리며 엄지를 세우자 강현숙도 엄지를 세워 화답했다. 모두가 맛있게 맛밤을 먹는 와중에 박세희만 맛밤에 손도 대지 않은 채 샴페인을 홀짝거렸다. 이를 이상하게 여긴 박두준이 물었다.

"고모는 맛밤 안 드세요?"

박세희가 왼쪽 턱을 쓰다듬으며 말했다.

"충치 때문에 고생이거든."

이어서 쓴웃음을 지으며 덧붙였다.

"치과를 가야 하는데… 치과는 너무 무서워서… 호호호."

"아, 그렇군요. 데헷."

박두준이 꾸러기 미소를 지으며 고개를 끄덕였다.

"다 큰 어른이 아직도 병원이 무섭니."

넷째 박사준의 핀잔에 가족 모두가 웃음을 터뜨렸다. 그때였다.

"컥! 커어어어억!"

모두가 고개를 돌려 한 곳을 바라봤다.

회장이 손으로 목을 부여잡고 있었다. 놀람과 고통으로 일그러진 얼굴은 터질 듯 벌겋게 부풀어 올랐고 충혈된 눈은 돌출돼 있었다.

"여보… 여보, 왜 이래요…."

"아버지, 무슨 일이에요."

"할아버지, 괜찮으세요?"

강현숙 여사와 손녀 박여진이 회장을 향해 손을 뻗었다.

회장의 뒤틀린 입가에서 피거품이 주르륵 흘러나왔다. 회장의 동공이 크게 확장됐다.

"우웨에에에엑."

뱃속을 긁어내는 소리에 이어 피가 뒤섞인 샴페인이 식탁과 대리석 바닥을 어지러이 적셨다.

"ㄲㅇㅇㅇㅇ윽…."

생애 마지막 신음을 토해낸 회장의 눈동자가 하늘로 말려 올라갔다. 이윽고 회장의 머리가 실이 끊어진 듯 둔탁한 소리를 내며 식탁 위에 내리꽂혔다.

일가는 제자리에서 얼음처럼 굳어버렸다. 실로 순식간에 벌어진 일이었다.

"꺄아아아악!"

정적을 깬 것은 회장의 끔찍한 모습을 바로 옆에서 지켜본 손녀 박여진의 비명이었다.

놀란 가족들이 자리를 박차고 일어서는 순간, 손자 박두준이 두 팔을 벌려 그들을 막아서고 소리쳤다.

"모두 그대로 멈추세요! 회장님은… 독살당했습니다."

박두준의 말에 자리를 박차고 뛰어나오려던 모두가 주춤거렸다.

쓰러진 회장을 두고 서로 눈치를 보는 가족들.

팔각관에 숨 막히는 정적이 내려앉았다.

*

대체 무슨 일이 벌어진 건가.

눈앞의 광경은 꿈인가 현실인가.

큰아들 일준의 건배사에 이어 샴페인을 마시고 맛밤을 먹었다. 그 직후 오장육부가 타들어가는 듯한 극심한 고통이 몰아쳤다.

이러다 죽을 것 같다고 느낀 순간. 언제 그랬냐는 듯 한순간에 고통이 날아가고, 갑자기 눈앞에 유아기부터 지금까지 75년 동안 내가 겪은 모든 일들이 주마등처럼 스쳐 지났다.

주마등 타임을 지나 비로소 눈에 들어온 광경은 또 한 번 나를 충격과 혼란에 빠뜨렸다.

병실이 아니었다. 팔각관. 나는 여전히 팔각관에 있었다. 그것도 내가 앉아 있던 바로 그 자리 그대로 말이다. 더욱 이해할 수 없는 것은 가족 모두가 내 눈앞에서 얼음처럼 굳어버렸다는 것이다. 나를 향해 손을 뻗고 있는 손녀 여진이, 왼편에는 아내 현숙 여사가, 자리에서 일어서는 엉거주춤한 자세로 굳어버린 아들과 딸까지.

나는 지금 악몽이라도 꾸고 있는 건가.

응?

무심코 시선을 내리다 깜짝 놀랐다.

피로 물든 식탁 위에 머리를 처박은 이 자는 누구인가. 아니, 누구든 상관없다. 그보다 어떻게 의자에 앉은 내 몸과 겹쳐 있을 수 있는 건가.

나는 재빨리 몸을 일으켜 쓰러진 남자와 거리를 두었다. 그리고 쓰러진 남자를 이리저리 살펴보고 경악했다.

나다. 이 사람은… 다름 아닌 나였다.

나… 죽은 거야? 정말?

쓰러진 나를 일으켜 세우려고 어깨에 손을 대봤지만, 손은 쓰러진 나를 그대로 통과했다. 번번이 이어지는 헛손질에 쓰러진 나를 일으켜 세우려던 건 포기하고 내 몸을 살펴봤다.

어, 이건 뭐지?

가슴 부근에서 이상한 실타래를 발견했다. 하얀색 명주실들이 모인 실타래는 명치에서 시작해 식탁에 쓰러진 육신의 가슴과 이어져 있었다.

어!

하얀 실타래를 살피고 있던 와중에 실오라기 하나가 '팅' 하고 끊어져버렸다. 내가 만지지도 않았는데 말이다.

그 순간 어떤 생각이 뇌리를 스치고 지나갔다.

극심한 고통으로 숨이 끊어지기 직전 육신과 영혼이 유체이탈로 분리된 것이 아닐까. 그리고 육신과 영혼을 이어주는 이 실은 바로 나의 명줄이 아닐까, 하는 생각 말이다.

이 실타래가 전부 끊어지면 목숨을 잃는 건가.

나는 서둘러 가슴의 명주실을 세어봤다. 조금 전 끊어진 실을 포함해 타래실은 모두 마흔 가닥이었다. 그리고 현재 남은 실은 서른아홉 가닥. 눈앞의 가족들은 굳어 있는 게 아니라 아주 느리게 움직이고 있다는 사실도 깨달았다. 지금도 주마등 타임의 연속인 것이다.

이런저런 생각을 하는 사이 두 번째 실이 끊어졌다.

한 1분 정도였나. 아무래도 실 하나가 끊어지는 시간은 대략 현실 세계에서의 1분 정도인 것 같았다. 그렇다면 이제 내게 남은 시간은 38분이라는 말인가.

모든 상황을 파악하고 나니 오히려 머릿속이 맑아졌다. 그리고 내가 독살당했다는 것과 범인은 이 자리에 있다는 확신이 들었다.

결심했다.

범인은 내가 잡는다. 남은 실이 전부 끊어지기 전까지….

나는 주마등 타임으로 봤던 오늘 아침의 생생한 기억을 다시 떠올렸다.

*

똑똑똑.

"들어와라."

이른 아침 서재에서 조간신문을 보던 회장은 노크 소리에 고개를 들었다. 문을 열고 들어온 사람은 큰아들 박일준이었다.

"무슨 일이냐?"

"아버지, 드릴 말씀이 있어 찾아왔습니다."

회장은 다시 신문으로 눈을 돌리고 말했다.

"듣고 있다."

우물쭈물하던 박일준이 검정 뿔테안경 중앙의 브리지를 밀어올리고 어렵사리 입을 뗐다.

"아버지, 제 나이도 이제 마흔아홉입니다. 오십이 다 돼가는데 경영권 승계 작업을 시작해야 하지 않겠습니까?"

신문을 넘기려던 회장의 손이 멈칫했다. 잠시 그대로 있던 회장이 돋보기안경을 내려놓고 천천히 박일준을 향해 고개를 들었다. 회장의 얼굴에는 잔뜩 노기가 서려 있었다.

"뭐? 경영권 승계? 이제껏 네놈이 나한테 보여준 게 하나라도 있더냐. 아비 그늘에서 호의호식한 놈이 순찬그룹을 이끌어갈 수 있다고 생각하는 게냐!"

회장의 쩌렁쩌렁한 고함에 큰아들 박일준이 저도 모르게 뒷걸음쳤다. 회장의 일갈이 이어졌다.

"그딴 말 늘어놓기 전에 당장 나가서 내 앞에 실적을 가져와. 네 실적서를 보고 나서 마저 얘기해보자고!"

박일준은 혼비백산하여 도망치듯 서재를 나갔다.

조금 뒤에 울리는 노크 소리. 두 번째로 서재를 찾아온 이는 셋째인 딸 박세희였다. 박세희는 회장의 책상 앞까지 다가와 콧소리 섞인 목소리로 말했다.

"아버지이이이. 우리 이 서방이요. 어엿한 사업체에서 사장 한 번 달아보는 게 평생의 꿈이라네요."

회장은 박세희의 말에 미동도 없이 신문에 시선을 고정했다. 박세희는 아랑곳없이 콧소리를 이었다.

"아버지가 이 서방 한 번만 밀어주세요. 아빤 이 서방을 위해서 사장 자리 하나 충분히 만들어줄 수 있잖아요. 네에에에?"

순간 책상을 내려치는 소리에 깜짝 놀란 박세희가 발라당 뒤로 넘어졌다.

"내가 평소에 뭐라 했나? 그놈은 사업가로서 틀려먹었다고 안 했나? 평생 너한테 붙잡혀서 시다바리나 하는 놈이 사업은 무슨 사업이야. 우리 집안 다 말아먹으려고 작정했나? 사업? 사장? 내가 죽기 전에는 그 꼴 절대 못 본다고 했나, 안 했나?"

"아빠아아아아아아아."

"됐다, 그만 나가라. 당장 썩 꺼지지 못할까! 어?!"

회장의 일갈에 박세희 역시 도망치듯 서재를 빠져나갔다. 한숨을 쉬고 신문을 마저 보던 회장이 다시 고개를 들었다. 이번에는 둘째 아들 박이준이었다.

"넌 또 와?"

짜증 섞인 회장의 목소리에 의아한 박이준이 입을 열었다.

"아버지, 제 말 좀 들어봐요."

"쓸데없는 소리 할 거면 주둥이 닫고 그만 나가라."

하지만 박이준은 전혀 개의치 않고 말했다.

"아버지, 두준이 놈 때문에 제가 미쳐버리겠다고요. 그놈이 로나 코인을 나한테 소개해놓고 자기는 뒤로 쏙 빠져서 손해가 이만저만이 아니에요. 이러다 순찬백화점이 두준이 놈한테 넘어가게 생겼어요."

"두준이가 그 빌어먹을 코인에 투자 안 하면 너 손모가지 잘라버린다고 했나?"

"아… 아뇨."

“그러면 그 코인에 순찬백화점 자금 싹 다 투자하라고 두준이가 시켰나?”

“아, 아뇨….”

낯빛이 점점 어두워지던 회장이 책상 위의 책을 박이준에게 냅다 집어 던졌다.

“근데 와 여기 와서 지랄이고 지랄이!”

“아아아아악!”

얼굴로 날아온 책을 정통으로 맞은 박이준이 붉게 상기된 볼을 부여잡고 서재를 빠져나갔다. 다음으로 찾아온 사람은 둘째 아들 박이준의 딸 박여진이었다. 손녀를 본 회장의 표정이 조금은 풀어졌다.

“왜? 할배 방에는 무슨 일로 왔나?”

손녀 박여진이 애교를 떨듯 갈색 생머리를 귀 뒤로 넘기고 두 볼을 부풀리며 말했다.

“할아버지, 지금 어느 시대인데 정략결혼이 말이 돼요?”

손녀의 말에 웃음기 가득한 회장의 얼굴이 대번 싸늘해졌다.

“그거 말하려고 왔나?”

“할아버지, 우리 오빠 한 번만 만나주세요. 저랑 같은 연대 출신에 전자공학도로 성과도 올리고 있어요. 자, 이거 좀 봐주세요.”

“뭐어? 우리 오빠?”

박여진이 들고 있던 휴대폰 화면을 회장에게 내밀었다. 화면 속에는 훤칠한 남자가 방송국 마이크 앞에서 인터뷰하는 영상이 재생됐다.

‘이번 연구 성과를 말씀해주시죠.’

회장은 귀찮다는 듯이 손을 저었다.

"치워라, 저리 치우라고!"

"할아버지, 조금만 더 봐주세요."

손녀가 휴대폰 화면을 회장의 얼굴 앞으로 들이밀었다.

'…드해쉬는 주변의 물리적 환경에 숨어 있는 정보를 추출, 새롭게 가치를 창출하는 연구로서 획기적인 위조 방지를….'

"치우라 안 했나!"

회장이 손녀의 손에서 휴대폰을 빼앗아 꺼버렸다.

"갓난쟁이 때부터 너는 금왕그룹 아들내미하고 결혼할 거라고 약속해놨다. 펜대 굴리는 그놈하고는 당장 헤어져라. 알았나? 어?"

"흐흑… 할아버지 너무해!"

손녀는 눈물을 흘리며 서재를 뛰쳐나갔다. 다음으로 서재를 찾은 사람은 혼외로 낳은 넷째 박사준의 아들 박두준이었다.

"두준이 왔나?"

회장의 목소리는 한결 풀려 있었다.

"네, 할아버지."

두준은 트레이드마크인 꾸러기 미소를 지어 보였다.

"와? 할배한테 뭔 할 말 있나?"

"할아버지한테 선전포고하러 왔어요."

"핫핫핫핫! 뭐라고? 선전포고?"

두준이 자신만만하게 말했다.

"제가 순찬을 살 거예요. 할아버지에게 경영권을 승계받지 않을 거예요. 제가 번 돈으로 순찬을 살 겁니다. 이거 말씀드리려고 왔어요."

"그게 뭔 뜻인지 아나?"

두준은 크게 고개를 주억거렸다.

"그래, 내 한번 지켜보마. 그리고 말이다, 니는 절대 아무도 믿지 마라. 이 할아비도 말이다. 알긋나?"

또다시 고개를 주억거린 두준은 꾸벅 인사를 하고 방을 나갔다. 두준이 사라진 문을 보며 회장은 대견한 듯 슬며시 미소를 지었다. 마지막으로 서재를 찾은 이는 아내 강현숙 여사였다. 강현숙은 쟁반을 책상 위에 내려놓으며 말했다.

"선물로 들어온 대추차예요. 드셔보세요. 몸을 따뜻하게 해주네요."

회장은 아내를 물끄러미 훑고 말했다.

"알랑방귀 그만 뀌고 할 말 있으면 해봐라."

강현숙은 회장의 눈치를 살피며 말을 시작했다.

"이제껏 당신이 하는 일에 뭐라 한 적은 없어요. 그런데 이번만큼은 한마디 해야겠습니다."

회장이 고개를 까딱거렸다. 강현숙이 이어 말했다.

"지금 당신 자리에 누구를 앉히려는지 다 알아요. 두준이죠?"

강현숙은 회장의 대답과 상관없이 흥분하며 언성을 높였다.

"저는요, 절대 그 꼴은 못 봐요. 순찬은 우리 장남 일준이가 이어받아야 해요. 알겠어요? 두준이한테 넘어가도록 제가 가만 안 있을 겁니다. 두고 보세요."

할 말을 마친 강현숙은 회장의 말을 기다리지 않고 방을 나갔다.

모두가 나간 뒤 적막한 서재 안.

회장의 얼굴에 어두운 그늘이 드리워졌다.

*

나는 천천히 고개를 저었다.

혼외자로 경영권 경쟁에서 밀린 뒤 보헤미안으로 살고 있는 박사준을 제외하고는 모두가 내게 원한을 품기에 충분했다. 아침의 일을 회상하는 동안 열 번째 가닥의 명주실이 끊어졌다. 시간이 얼마 남지 않았다. 빨리 범인을 유추해야 한다. 나는 왼손으로 턱을 쓰다듬었다.

지금부터 추리 타임이다.

그동안 아무도 모르게 봐왔던 추리소설로 습득한 지식을 내 독살사건에 쓰게 될 줄이야. 아이러니하지만 온몸의 피가 들끓었다. 추리소설 마니아였던 만큼 일생의 마지막 추리를 정확하게 맞히고 싶었다.

나는 소거법으로 범인을 찾아내기로 했다. 소거법은 모든 단서를 샅샅이 검토해 그중 논리적으로 가능하지 않은 가설을 차례로 배제하는 추리 기법이다. 나는 곰곰이 사건 직전의 일들을 하나하나 되짚기로 했다.

혹시 맛밤? 맛밤을 삼킨 직후 위장에 고통을 느꼈었다. 그러고 보니 맞아, 딸 세희는 맛밤을 먹지 않았어….

모두가 맛밤을 먹을 때 유일하게 밤을 먹지 않은 세희. 순간 참을 수 없는 분노와 함께 주마등 타임으로 봤던 어릴 적 기억의 한 조각이 떠올랐다.

'이거 먹을래?'

'그게 뭐야?'

'밤. 달다.'

'고, 고마워.'

서울에서 전학 온 샌님은 내가 준 것이 밤인 양 입에 넣으려 했다.

'크크크크. 병신 새끼? 너 그거 먹으면 뒈진다. 킥킥.'

'뭐… 뭐?!'

'하하하하하! 서울 놈들은 싹 다 병신이구나. 먹을 거 안 먹을 거 구분도 못하네. 크크크.'

시골 출신인 난 밤과 꼭 닮은 칠엽수 열매로 장난을 치곤 했다.

요즘 사람들에겐 칠엽수보다 마로니에 열매로 더 잘 알려져 있지만, 열매 모양이 밤을 닮은 탓에 외지 사람들은 밤인 줄 알고 식용하는 사례가 종종 있었다. 하지만 칠엽수 열매는 독성이 있다. 먹으면 생명이 위험할 수도 있었다.

칠엽수 열매는 원래 쓴맛이지만 달콤한 설탕을 입혔다면 모르고 먹었을 수도 있다. 충치 때문에 맛밤을 먹을 수 없다던 세희. 본인은 칠엽수 열매를 먹지 않기 위한 핑계였을까? 세희를 제외한 모두가 맛밤을 먹었다. 그렇다면 세희 녀석이 우리 가족 모두를 몰살하려고?

충격과는 별개로 가슴이 두근거렸다. 단번에 범인을 맞힐 수도 있다는 생각에 나도 모르게 흥분했다.

나는 육신의 머리 옆 팔각 앞접시에 다가섰다. 앞접시에는 내가 먹다 남긴 맛밤이 놓여 있었다. 설탕물을 입혀 반짝이는 코팅 안으로 이빨 자국이 선명한 밤을 이리저리 살폈다.

하지만 이내 낙담했다. 기억 속의 칠엽수 열매가 아니었다. 내가 알고 있는 밤과 별반 다를 게 없었다. 명주실이 닿을 수 있는 식탁의 반대편 끝까지 모두의 밤을 살폈으나 칠엽수 열매는 어디에도 없었다.

그래. 아무리 설탕물을 입혔다 해도 쓴맛을 감추지는 못했으리라. 가족 모두가 쓴맛을 느끼지 못했을 리가 없다. 게다가 가족 전부를 몰살하려 했다면 지금쯤 나 말고도 줄줄이 유체이탈을 했을 것이다.

그 많은 맛밤 사이에 칠엽수 열매 하나를 섞는 것도 말이 되지 않는다. 맛밤은 각자가 집게로 집어 앞접시에 덜어 먹었다. 러시안룰렛도 아니고 칠엽수 열매를 누가 먹을 줄 알고? 세희가 묻지마 살인을 저지를 이유는 없다. 셋째의 충치는 진실이다.

낙담도 잠시. 그사이 네 가닥의 실이 끊어져 이제 스물여섯 가닥이 남았다.

나는 서둘러 맛밤을 리스트에서 소거했다.

그러면… 그러면… 그러면… 뭘까….

안절부절못하는 사이 팔각 샴페인 잔이 눈에 들어왔다.

팔각! 그래… 팔각관을 간과했다.

나를 본격 미스터리의 세계로 빠져들게 한 첫 소설. 팔각관의 살인사건. 나는 서둘러 식탁 끝에서 쓰러져 있는 육신 앞으로 돌아왔다. 밤이 아니라 샴페인이다. 샴페인에 독을 탄 것이다. 그리고 독이 든 샴페인을 구분하기 위해 팔각 잔과 비슷한 칠각이나 구각 잔을 이용했을 것이다. 솔직히 잔의 각수를 눈여겨 세는 사람이 몇이나 되겠는가.

나는 내가 마신 샴페인 잔이 팔각이 아닌, 칠각이나 구각이라고 확신하고 쓰러져 있는 잔의 각을 하나하나 세어봤다.

하나… 둘, 셋, 넷, 다섯, 여섯, 일곱… 여덟.

또다시 낙담했다. 의심의 여지가 없었다. 샴페인 잔은 정확히 팔각이었다.

하긴. 눈속임으로 칠각이나 구각 잔에 독을 타봤자 서빙 카트 위의 잔들은 무작위로 섞여 있었고 내가 가장 먼저 잔을 잡았으니 팔각이 아닌 다른 잔을 잡는다는 보장은 없다.

팅. 고심하는 사이 열여섯 번째 가닥의 명주실이 끊어졌다.

이런 젠장. 생각보다 쉽지 않다.

조바심이 온몸을 휘감았다. 나는 팔각 잔을 리스트에서 삭제하고 크게 숨을 들이마셨다 내쉬었다. 그러고는 두 눈을 동그랗게 뜨고 식탁에 쓰러진 나를 바라보고 있는 가족들을 천천히 훑어봤다.

그때 눈에 거슬리는 것이 있었다. 안경. 바로 장남 박일준의 안경이었다.

안경이 바뀌었다. 분명 아침에는 검정 뿔테였는데 지금은 은테다. 장남의 안경까지 신경 쓸 겨를은 없었다. 하지만 지금은 죽음 직후의 주마등 타임으로 기억력이 비약적으로 높아진 상태였다. 오늘 아침뿐만이 아니다. 내 기억 속에서 박일준은 은테 안경을 단 한 번도 쓴 적이 없었다.

순간 또 다른 추리소설이 머릿속을 비집고 올라왔다.

국내 과학 추리소설의 대가로 불리는 작가의 작품에서 특수 시약을 묻힌 카드를 구별하기 위해 특수 시약을 구별할 수 있는 전용 안경을 썼던 트릭이 불현듯 떠올랐다.

이런 일준 녀석. 일준 역시 살인 동기는 충분했다. 나를 죽이고 경영권을 승계하려는 심산이리라.

돔 페리뇽 한 병은 정확히 팔각 잔 일곱 개를 채울 수 있다. 여덟 개의 잔을 채우려면 한 병을 더 따야 한다. 그렇다면 두 번째 돔 페리뇽 병에 미리 독을 넣으면 독이 든 잔은 여덟 번째 잔이 된다. 하녀가 여덟 개의 잔을 채우는 순서만 미리 파악한다면 마지막으로 특수 시약을 묻힌 여덟 번째 잔을 전용 안경으로 구분할 수 있을 것이다.

나는 걸음을 옮겨 나를 바라보고 있는 일준의 뒤에 섰다. 그리고 등 뒤에서 일준의 안경 너머로 내 육신의 머리 옆에 쓰러져 있는 팔각 샴페인 잔을 바라봤다.

하아.

연이은 낙담. 일준의 안경을 통해 바라본 잔은 어떠한 표식도 없었다. 하긴 일준 역시 독이 든 잔을 구분할 수 있다 쳐도 그 잔을 내가 마시게 할 방법이 요원하다. 카트에 놓인 여덟 개의 잔 가운데 내가 독이 든 잔을 잡을 확률은 8분의 1. 이 트릭을 깨야 비로소 범인의 윤곽을 잡을 수 있을 것이다.

헛발질을 하는 사이 스물세 번째 실 가닥이 끊어졌다. 시간이 속절없이 줄어들고 있다.

내 입에 유독 달았던 샴페인에 뭔가 있었을까.

사고회로가 샴페인의 단맛으로 급변했다.

항상 물처럼 마시던 샴페인이다. 오늘따라 더욱 달게 느껴진 건 그저 기분 탓일까. 혹시 잔 바닥에 독을 넣고 그 위로 맛밤의 설탕물을 떨어뜨려 굳혔다면…. 샴페인을 따르고 시간이 흘러 설탕이 녹아 독이 든 샴페인이 됐다면. 설탕이 녹아든 탓에 평소보다 더 단맛이 난 것은 아닐까.

설탕 맛밤은 강현숙 여사가 직접 준비한 간식 아닌가. 어젯밤 맛밤을 만들면서 미리 독 잔을 만들어두었을지도 모른다. 잔 밑바닥에 눌어붙은 설탕은 특별히 눈여겨보지 않는 한 하녀도 지나쳤을 수 있다.

망할 여편네가 경영권을 두준이에게 승계할까 봐 나를? 하지만 어떻게? 어떻게 독이 든 잔을 내게 줄 수 있었을까.

아! 그러고 보니 잔을 바꿔치기할 시간이 딱 한 번 있었다.

모두의 시선이 한 곳에 팔렸던 바로 그 순간. 화재 감지기가 오동작했던 그때 말이다. 분명 나를 포함해 가족 모두가 식탁에 잔을 두고 자리를 떠났었다. 바로 그때 독이 든 잔을 바꿔치기한 게 아닐까.

머릿속이 빠르게 회전하기 시작했다.

내 자리에서 가장 가까운 왼쪽에 앉아 있던 강현숙이 범인이라는 확신이 강해진다.

여편네는 서빙 카트에 무작위로 놓여 있던 여덟 개의 잔 가운데 나와 손녀 여진에 이어 세 번째로 자신의 잔을 집었다. 잔에 여편네만 알 수 있는 표식을 해두고 독 잔을 잡았을지 모른다. 내가 독 잔을 골랐다면 더할 나위 없다. 하물며 두 번째로 잔을 집은 여진이 독이 든 잔을 잡아도 화재로 대피하는 어수선한 상황에서 충분히 여편네의 손이 닿는 거리였다.

하지만 다시 브레이크가 걸려버렸다.

내 왼쪽에 앉아 있던 강현숙과 장남 박일준은 소방벨이 울리자 바로 자리에서 일어나서 나를 부축해주었다. 상황이 종료되고 다시 자리에 앉을 때까지도 아내와 장남은 나를 부축하고 있었다. 나 몰래 잔을 바꿀 시간은 없었다.

내 잔을 다시 세심하게 살펴봤지만 다른 잔과 구분되는 표식은 없었다.

손녀 여진도 마찬가지. 오른쪽에 앉아 있었지만 내가 부축을 받아 대피하는 과정에서 손녀 역시 자신의 자리를 벗어나는 것을 똑똑히 봤다.

추론에 추론을 거듭하는 사이 팅 소리를 내며 서른 번째 실 가닥이 끊어졌다.

이제 남은 실은 단 열 가닥뿐.

육신이 없는 영혼임에도 정수리 쪽에서 찌르르한 편두통이 밀려오는 것 같았다.

다시 원점인가….

피로했다. 아니 의욕이 사라져버렸다. 이제 곧 죽을 목숨, 범인을 찾아서 뭘 하겠는가.

나는 터덜터덜 걸어 육신이 있는 의자로 돌아왔다. 그리고 팔각 문양으로 조각된 의자 헤드레스트에 손을 얹고 물끄러미 육신을 바라봤다. 왠지 하얗게 세어버린 뒤통수가 처량했다.

어… 어?

한차례 고개를 젓고 의자의 헤드레스트에서 손을 떼려는데 이질적인 무언가가 눈에 들어왔다. 나는 의자의 헤드레스트로 얼굴을 가까이 가져갔다.

어!!!!!!

팔각의 헤드레스트 안쪽 홈에 탈색된 머리카락 한 올이 걸려 있는 게 아닌가. 육신의 오른쪽 자리로 머리를 홱 돌렸다. 뻔뻔하게도 깜짝 놀란 표정을 짓고 있는 얼굴을 지나쳐 식탁 위로 시선을 돌렸다.

식탁에는 내가 보는 내내 손에서 놓지 않던 휴대폰이 놓여 있었다. 휴대폰을 가득 메운 검은 화면. 하지만 화면이 꺼진 것은 아니었다. 검정 화면의 상단에 플래시를 의미하는 하얀색 번개 표시가 또렷이 보였기 때문이다. 카메라 앱을 켜놓은 채 휴대폰을 식탁에 내려놓은 것이다.

오전부터 지금까지 겪었던 기억의 소용돌이가 한꺼번에 휘몰아쳤다. 그 소용돌이가 잦아들 때쯤, 머릿속 깊숙이 숨어 있던 단어 하나가 명징하게 떠올랐다.

'리퀴드해쉬.'

비로소 이제껏 흩어져 있던 퍼즐들이 하나로 모아졌다.

나는 힘차게 팔을 들어 눈앞에 굳어 있는 범인을 지목했다.

잡았다. 범인은 바로 너야. 박여진!

둘째 아들 박이준의 장녀 박여진. 손녀가 범인일 줄이야.

여진이 저지른 범행의 진상은 이랬다.

여진은 미리 돔 페리뇽 두 번째 병에 독을 타 넣었다. 온 가족이 생일 만찬을 위해 어제 별장에 왔으니 전실의 와인 냉장고를 열어 독을 넣을 시간은 충분했다. 코르크 마개에 주삿바늘로 독을 넣었으리라. 이후 팔각관 본실에 내가 가장 먼저 입장해 서빙 카트에 놓인 여덟 개의 잔 가운데 첫 번째 잔을 고른다. 곧이어 두 번째로 여진이 들어와서 독이 든 잔을 고른다. 내가 독이 든 잔을 고른다면 이후의 계획은 실행할 필요도 없이 나는 독을 마시고 죽을 것이다.

내가 독이 든 잔을 고르지 않았을 때를 대비해 여진이 두 번째로 입장해 독이 든 잔을 고른 것이다.

이후 장남 박일준의 건배사에 이어 샴페인을 마시려 할 때, 화재감지기를 오작동시켜 벨이 울리게 한다. 이 역시 여진이 계속 들고 있던 휴대폰으로 원격 조작했을 것이다. 화재가 난 줄 알고 가족들은 자리에서 일어나 출입문을 향해 대피한다. 이때 경보는 종료되고 가족은 다시 제자리로 돌아와 앉는다.

물론, 그렇게 보이게 만든 것이다.

모두가 자리를 떠난 뒤 가장 먼저 의자에 앉은 사람이 여진이다. 여진은 원래 자기 자리에 앉지 않고 오른쪽 자리, 즉 박두준의 자리에 앉았다.

팔각의 식탁은 나를 기준으로 시계 방향으로 나이 순서대로 앉는다.

나 – 강현숙 – 박일준 – 박이준 – 박세희 – 박사준 – 박두준-박여진 순이다. 이때 독이 든 잔을 자신의 자리에 놓은 박여진이 화재 소동 후 돌아와서 두준의 자리에 앉음으로써 한자리씩 밀려 앉게 되고, 나는 여진의 자리에 앉아 독이 든 샴페인을 마시게 된다.

이런 황당한 좌석 혼동이 가능한 이유는 화재경보로 가족의 정신을 쏙 빼놓은 탓도 있지만, 이곳이 바로 팔각관이기 때문이다. 창문 하나 없이 유일한 출입구인 미닫이문을 닫으면 동일한 미닫이문으로 둘러싸인 본실에서는 방향을 알 수가 없다. 모든 것이 정확히 대칭되기 때문이다.

어설프게 잔 바꿔치기를 시도하다가 가족에게 발각될 위험을 다른 의자에 앉는 방법으로 제로로 만들다니.

실소가 터져 나왔다.

나는 결국 팔각에 대한 집착 때문에 죽음을 맞았다. 이 무슨 운명의 장난이란 말인가.

나는 상념에서 벗어나 다시 사건을 되짚어봤다.

여진이 자리를 옮겼다는 사실은 내 의자의 헤드레스트에 낀 갈색 머리카락을 보고 알아챘다. 가족 중 염색한 생머리는 박여진뿐. 자리를 바꾸기 전 처음 의자에 앉았을 때 떨어진 머리카락이 헤드레스트에 낀 것이리라.

이제 남은 문제는 여진이 어떻게 독이 든 잔을 골라냈느냐는 것이다.

힌트는 여진이 내게 보여준 애인의 인터뷰에 있었다.

주변의 물리적 환경에 숨어 있는 정보를 추출해 새롭게 가치를 창출하는 연구. 획기적인 위조 방지를 위한 기술.

앞부분을 듣지 못한 단어 '드해쉬'는 바로 '리퀴드해쉬'를 말하는 것이었다.

2022년 미국 컴퓨팅 시스템 분야의 학회지에서 읽었던 이 신기술을 기억하지 못한 것이 못내 아쉬웠다. 주마등 타임으로 비약적으로 증가한 기억력 덕분에 회지 내용의 토씨 하나까지 떠올릴 수가 있었다.

리퀴드해쉬는 연세대 전기공학과에서 개발한 신기술로 병을 따지 않고도 병 속에 든 술이나 올리브오일, 꿀이 진짜인지 가짜인지 판별하는 기술이다. 전문 실험장비 대신 스마트폰 카메라를 이용하면 액체 기포의 모양과 움직임으로 액체의 진위 여부를 알아낼 수 있다고 했다. 불순물이 30퍼센트 이상 섞였을 때 약 90퍼센트의 정확도를 보인다고 했으니 일정 비율 이상 독극물을 섞은 돔페리뇽을 충분히 판별할 수 있었으리라.

여진이 휴대폰을 들고 입장한 것은 게임을 하기 위해서가 아니었다. 바로 리퀴드해쉬 앱을 실행해 독이 든 잔을 식별하기 위해서였다.

영혼임에도 피가 거꾸로 솟는 것 같았다.

남자에게 눈이 멀어 할아비를 독살하다니, 이런 망할 계집 같으니라고!

이제 남은 실은 단 한 가닥. 육신과의 실이 끊어져 저승으로 가기 전 마지막으로 해야 할 일이 있었다.

*

박순찬 회장은 식탁에 쓰러진 채로 즉사했다.

뒤늦게 응급요원들이 들이닥쳤지만 싸늘하게 식은 회장의 죽음을 돌이킬 수는 없었다.

응급요원들이 시신을 수습하는 것을 가족 모두가 빙 둘러서서 지켜봤다.

속마음이야 어떻든 모두가 눈물짓고 더러는 오열하는 이가 있었다.

시신이 들것에 실려 팔각관을 빠져나가는 사이, 식탁을 살피던 박두준이 눈빛을 빛내며 크게 소리쳤다.

"여, 여기 회장님의 다잉 메시지가 있어요!"

두준의 소리에 가족 모두의 시선이 팔각 식탁으로 쏠렸다.

식탁 위에는 죽어가는 회장이 마지막으로 사력을 다해 자신이 토해낸 피로 쓴 세 글자가 있었다.

'2-1.'

이를 지켜본 가족들의 시선이 단 한 명에게 꽂혔다.

"아… 아니에요. 난 아니에요."

사색이 된 박여진이 천천히 뒷걸음질 쳤다.

더 이상의 설명은 필요 없었다.

그룹 경영진은 보안 때문에 일가를 이름 대신 코드명으로 표기했다.

박순찬 회장의 둘째 아들(2)의 첫째 자녀(1). 바로 박여진을 가리키는 코드라는 것을 가족 중에 모르는 사람은 아무도 없었다.

2021년 〈코난을 찾아라〉부터 올해 〈팔각관의 비밀〉까지 3년 연속 황금펜상 후보작에 오를 수 있어 감사드립니다.

〈팔각관의 비밀〉은 근래 인기를 끌고 있는 특수 설정 미스터리 장르의 작품입니다. 제목에서부터 알 수 있듯이 아야츠지 유키토의 전설적인 명작 《십각관의 살인》을 오마주한 작품으로, 팔각관에서 펼쳐지는 독살사건의 범인을 피해자가 직접 추리해나가는 이야기입니다. 《십각관의 살인》 외에도 다양한 미스터리 작품의 트릭을 녹여내고 있으니 〈팔각관의 비밀〉에 어떤 작품들이 숨어 있는지 찾아보는 것도 또 다른 재밋거리가 되리라 생각합니다.

사건의 핵심 트릭은 허구가 아니라 《동아사이언스》(2022년 8월 2일)에 게재되었던 '리퀴드해쉬'라는 기술을 참고해 만들었습니다. 실존하는 신기술로 트릭을 만들어내는 히가시노 게이고의 《허상의 어릿광대》에 감명을 받아 도전해봤는데 어떻게 보실지 궁금합니다.

〈팔각관의 비밀〉을 비롯해 국내 최초로 특수 설정 작품집을 내놓는 것이 2024년의 목표입니다. 열심히 준비해서 하루빨리 독자들을 만날 수 있도록 노력하겠습니다. 감사합니다.

# 알렉산드리아의 겨울

송시우

송시우

2008년 단편소설 〈좋은 친구〉로 《계간 미스터리》 신인상을 수상하며 데뷔했다. 단편집으로 《아이의 뼈》가 있고, 장편소설 《라일락 붉게 피던 집》, 《달리는 조사관》, 《검은 개가 온다》, 《대나무가 우는 섬》, 《구하는 조사관》이 있다. 태국과 프랑스에 작품이 번역 소개되었고, 《달리는 조사관》은 2019년 OCN에서 동명의 드라마로 방영되었다. 법과 윤리, 정신의학을 둘러싼 쟁점에 관심이 많다. 2012년 한국추리문학상 황금펜상을 수상했다.

1

용의자의 이름은 김윤주, 열여덟 살이었다. 이규영 형사는 아찔한 기분을 침과 함께 삼켜 넘고 진술녹화실 문을 열었다. 등 뒤로 응원하는 동료들의 기운이 느껴졌다. 용의자가 10대 여성 청소년이라는 이유로 논의하고 말고 할 것도 없이 이규영이 피의자 신문을 맡기로 결정됐다. 지금 온 국민의 눈과 귀를 집중시키고 있는 사건이 젊은 형사 이규영에게 달려 있었다. 긴장감과 부담감, 사건이 가진 무게에 등이 뻐근하게 땅겨왔다.

책상에 한 팔을 길게 뻗고 엎드려 있던 김윤주가 몸을 일으켰다. 둔하게 게으른 몸집에 게으른 눈빛이었다. 젖살이 통통하게 찐 얼굴이 하얗다. 생긴 것과 상관없이 앳된 피부만으로도 충분히 예뻐

보이는 나이였다. 그러나 오로지 본인만 그걸 모르는 나이.

이규영은 재킷을 벗어 의자 등받이에 걸치고 김윤주의 맞은편에 앉았다. 진술녹화실의 불이 들어왔다.

"안녕. 우리 처음 보는 거지? 나는 경기청 형사과 이규영 형사라고 해. 이제부터 나랑 좀 오래 얘기를 해야 할 것 같은데."

일부러 처음부터 말을 놓았다. 언니같이 친근하게 다가가볼 셈이었다. 지루함을 느낄 만치 혼자 오래 둔 탓인지 김윤주는 반응을 보였다.

"안…녕하세요."

"피곤하니?"

"저… 기억이 안 나요."

김윤주가 흐리멍덩한 눈을 끔뻑였다.

"그래? 왜 기억이 안 나는지 같이 얘기해볼까?"

이규영은 입술 끝으로 살짝 미소를 지어 보이고 들고 온 파일의 덮개를 열었다.

"저요. 형사님. 저… 꿈을 꾸는 것 같아요. 머리에 막, 구름이 껴 있는 것 같아요. 제가 어제 뭐 하고 다녔는지 하나도 기억이 안 나요."

"뭐 피곤하면 그럴 수 있지."

이규영은 대수롭지 않다는 듯 말하고 본격적인 신문에 앞서 피의자 권리를 고지했다. 김윤주는 남의 일인 듯 뚱한 표정이었다. 이규영은 파일 첫 장에 있던 사진을 빼서 김윤주 앞으로 밀었다.

"이거, 너지?"

사진 속에는 커다란 첼로 케이스를 맨 여자가 아파트 현관을 빠져나가는 모습이 담겨 있었다. 여자는 블랙 진에 검은색 바람막이 점퍼를 입고 검은색 야구 모자를 눌러썼다. 김윤주가 사는 아파트 현관 CCTV 화면을 캡처한 것이었다.

김윤주는 무성의한 표정으로 사진을 물끄러미 바라보았다.

어제 오후 3시 20분경 경기도 고양시의 한 지구대에 여덟 살 남자아이의 실종 신고가 들어왔다. 남자아이의 이름은 서정우. 초등학교 1학년이었다. 그날 데리러 오기로 한 정우의 삼촌이 사정이 생겨 하교 시간보다 늦게 학교에 도착했을 때 정우는 어디에서도 보이지 않았다. 하교 후 학교 운동장에서 같이 놀던 친구들 말로는 정우가 처음 보는 어떤 아줌마를 따라갔다고 했다.

초등학교 앞 방범용 CCTV에 정우를 데리고 가는 여자의 모습이 찍혔다. 여자는 단발머리에 연분홍색 치마 정장을 입고 목에는 울긋불긋한 스카프를 둘렀으며 하얀 마스크를 썼다. 정우는 별다른 경계심 없이 여자를 따라가는 것으로 보였다. 반면 마스크로 얼굴을 가린 여자의 행동은 수상했다. 경찰은 주변 CCTV를 뒤져 여자와 정우가 마을버스를 타는 것까지 찾아냈다. 정우의 엄마, 외삼촌, 외할머니는 CCTV 속 여자를 처음 본다고 했다.

"너 맞잖아? 그렇지?"

이규영은 사진을 톡톡 두드렸다. 이미 김윤주의 집을 압수수색해 이날 김윤주가 범행에 입었던 옷가지들을 모두 확보해놓은 상태였다. 집에 있던 첼로 케이스가 없어진 사실도 확인했다.

김윤주는 고개를 끄덕였다.

이규영은 파일에서 다른 사진을 꺼내 김윤주의 눈앞에 세워 들었다.

"얘가 바로 정우야. 서정우."

이규영은 목소리에 감정을 담았다. 희생된 아이가 사물이 아니라 고유한 정체성을 가진 사람이었다는 것, 누군가의 사랑받는 아들, 사랑받는 손자, 사랑받는 친구였다는 걸 일깨우려는 의도였다. 사진 속 꼬마는 나비넥타이를 맨 턱시도 차림으로 웃고 있었다. 1학기 장기자랑으로 바이올린 연주를 했을 때 찍은 기념사진이었다. 죽지 않았다면 아이는 이런 행복한 순간을 앞으로 얼마든지 맞을 수 있었을 테고, 자라서 바이올리니스트가 됐을지도 모른다.

"정우는 어떻게 알았지?"

김윤주는 고개를 저었다.

"몰랐다고?"

"제가 걔를 어떻게 알아요?"

김윤주가 입을 비죽 내밀며 반문했다.

경찰은 마을버스가 정차하는 정류장의 CCTV를 모두 뒤졌다. 납치범과 정우는 20여 분간 마을버스를 타고 가다가 내렸다. 새 아파트가 지어지고 있는, 아직은 허허벌판이나 다름없는 곳이었다. 아직 방범용 CCTV도 설치되지 않았고 주변엔 상가 하나 없었다. 경찰은 납치범이 내린 정류장에서 반경 1킬로미터 사이를 집중적으로 순찰했다. 납치범이 아이를 데리고 먼 곳으로 이동하진 못했을 거라고 추측한 것이다.

순찰 지역에서 탐문하고 있는 제복 경찰에게 그곳 주민인 듯한 노년의 남자가 쭈뼛거리며 다가왔다. 남자는 이게 말할 만한 일인지 모르겠다고 하며 낮에 이상한 걸 봤다고 했다. 오후 3시경 아파트 뒷산을 산책하다가 잠시 한숨 돌리며 아래쪽 풍경을 내려다보던 차에 어떤 여자가 커다란 기타 케이스 같은 것을 등산로 바깥 절벽으로 던지는 걸 봤다는 것이다.

여자는 발로 낙엽 더미를 밀어 떨어뜨려 케이스 표면을 덮으려고 애썼다고 했다. 멀리서 본 거지만 케이스가 그다지 헌 것 같지도 않은데 저런 식으로 쓰레기 무단 투기를 해서 쓰겠는가, 생각하고 지나갔는데 주변에 경찰이 깔려 돌아다니는 걸 보니 어쩐지 마음에 걸린다고 노인은 말했다.

"너, 정우 이름 부르며 말 걸었다며?"

김윤주가 귀찮은 듯 책상에 엎드렸다.

"일어나."

이규영이 나직한 목소리로 명령했다. 김윤주는 숙면하는 곰처럼 등을 내보이고 책상에 머리를 박았다. 지난 학기에 학교 부적응으로 자퇴하고 검정고시 학원에 등록했으나 나가는 둥 마는 둥 했다고 하는데, 경찰 신문도 그렇게 피할 수 있다고 생각하는지도 몰랐다.

학교가 끝나고 운동장에서 정우와 공을 차고 놀았던 친구들은 납치범이 정우에게 다가가는 것을 보았다. 정우가 놓친 공을 주우러 달려가 친구들과 멀어졌을 때였다. 납치범이 정우에게 다가가 '네가 정우니?'라고 말하는 걸 한 친구가 들었다. 정우가 공을 주워 옆구리에 끼운 채 그렇다고 대답했다. 납치범이 정우 앞에 무릎을 모으고 앉아 눈을 맞춘 다음 쓰고 있던 마스크를 내리고 정우에게만 들리는 소리로 속삭였다. 잠시 뒤 정우가 고개를 크게 끄덕이더니 친구를 향해 공을 던지며 이만 집에 가겠다고 외쳤다.

"김윤주, 일어나라고."

"쌍! 가방 보고 알았죠! 가방에 이름 적혀 있잖아요? 씨발 그것도 모르나? 형사가?"

김윤주가 벌떡 몸을 일으키고 도전적으로 턱을 치켜들었다.

눈빛과 말투가 변했다. 이규영은 속으로 움찔했지만 내색하지 않았다.

"아우 씨. 뭘 꼬치꼬치 처묻고 지랄? 이깟 애새끼 하나 뒤졌다고 뭐 큰일이라도 남? 이런 애새끼 따위, 세상에 많잖아? 또 낳든 지랄을 하든 하면 되잖아. 아쉬우면 또 낳으라고 하세요, 걔네 부모한테. 네?"

김윤주가 소리쳤다. 분노와 멸시가 가득 찬 표정. 표독한 눈빛. 아까와는 다른 사람이 된 것 같았다.

"왜 네가 화를 내지?"

"흥! 미성년자를 부모도 없이 취조하면 법에 걸리는 거 아닌가?"

김윤주는 분노가 형형한 눈빛을 하고 비웃었다.

"너는 그렇게 생각하니?"

이규영은 조용하지만 엄격한 말투로 김윤주의 도발을 눌렀다. 분노 조절 장애가 있는 피의자들을 상대해온 경험이 도움이 되었다.

"똑바로 들어. 어디서 들은 건 있나 본데, 넌 피해자가 아니야. 범죄 피해자라면, 더구나 피해자가 미성년자라면 물론 신뢰 관계인을 동석해야지. 하지만 넌 아동 납치살인 피의자고 지금 체포된 상태야. 네 부모는 신문에 참여하지 않겠다고 했고."

김윤주의 홉뜬 눈에서 뭔가가 빠져나가는 것 같았다.

"이제 이해가 가니?"

김윤주의 부모는 자기가 키운 딸이 살인범이라는 걸 받아들이기에도 벅찼는지 변호사 선임도 서두르지 않았다.

김윤주는 급작스레 다시 무기력한 모습이 됐다. 김윤주는 자기가 있는 곳이 어딘지 모르겠다는 듯 진술녹화실 안을 둘러보았다.

이규영은 세 번째 사진을 김윤주 앞으로 던졌다.

경찰이 첼로 케이스를 찾아 뚜껑을 연 모습을 찍은 사진이었다. 그나마 덜 끔찍해 보이는 걸 골랐지만 여덟 살 아이가 눈을 뜨고 죽어 있는 모습은 보기 힘들었다. 정우는 옆으로 누운 자세로 첼로 케이스 안에 구겨 넣어져 있었다. 사진을 본 김윤주가 뒤로 흠칫 물러났다.

"네 나이가 몇 살이든 이런 범죄를 저지른 범인에게 말이야, 미성년자인데 경찰이 혼자 신문했다고 뭐라 할 사람은 이 세상에 없어."

"…봤죠? 형사님?"

"뭘?"

"아까 봤잖아요?"

이규영은 고개를 갸웃했다. 김윤주는 손바닥으로 제 가슴을 쳤다. 다급한 표정이었다.

"치치요."

"치치?"

"방금 나왔잖아요. 치치. 나와서 형사님에게 욕하고 그랬잖아요. 치치가 한 거예요. 제가 한 게 아니라. 지금 저는… 라라예요. 저는 대부분 라라예요, 형사님."

김윤주는 보기 괴롭다는 듯 손바닥으로 사진을 가리고 울부짖었다.

"저는 어제 하루 종일 치치에게 잡혀 있었어요! 보셨잖아요! 아까 걔, 치치가 한 거라고요! 다 걔가 한 짓이에요! 치치가 이 아이를 죽인 거예요! 제가 아니라!"

공포에 질린 목소리였다.

교활하고 악독한 범죄자들의 다양한 핑계를 들어왔지만 이런 경우는 또 처음이었다. 이규영은 어안이 벙벙했다.

## 2

서정우의 삼촌 서민수가 경찰서에 왔다. 정우의 엄마는 어제 정우의 시신이 발견됐다는 소식을 듣자마자 졸도해 병원에 입원 중이었다. 서민수도 금방이라도 쓰러질 듯 얼굴이 파리했다. 서민수와 곧 결혼을 앞두고 있다는 여자도 같이 왔다.

서민수의 안색을 보니 동행이 있는 게 다행스러웠다.

약혼녀는 서민수와 나이 차이가 제법 나는지 20대 중반으로밖에 안 보였다. 그녀는 서민수의 손을 잡고 가까이 붙어앉아 그에게 걱정 어린 시선을 떼지 않았다.

"우리 정우가… 그렇게 된 거… 정말 맞습니까? 진짜 일어난 일입니까? 이게?"

서민수는 알이 두꺼운 안경 너머로 눈물을 뚝뚝 흘렸다. 동글동글한 얼굴에 아래로 처진 눈꼬리. 순박한 인상이었다. IT업계에서 전산 프로그램 개발자로 일하고 있다고 했다. 평소 다정한 삼촌이었을 것 같았다.

이규영은 아무 대꾸도 할 수 없었다.

"제가… 제 시간에 정우를 데리러만 갔어도… 흑흑."

서민수가 얼굴을 싸쥐고 소리 내 울었다.

"오빠…."

약혼녀가 눈물을 글썽이며 서민수의 어깨를 감싸 안았다.

피해자 가족의 고통이 생생히 전해져 이규영도 눈시울을 붉혔다. 서민수 님 잘못이 아니에요, 라고 이규영은 말했지만 위로가 될 것 같지는 않았다.

정우는 싱글맘인 엄마가 혼자 키우는 아이였다. 직장에 다니는 엄마를 대신해 할머니가 학교 끝날 시간에 맞춰 정우를 데리러 갔고, 제 엄마가 퇴근하고 올 때까지 돌봐주는 생활을 했다. 그런 할머니가 지난 금요일부터 3박 4일간 중국 여행을 갔다. 월요일인 어제는 정우가 다니는 바이올린 학원도 인테리어 공사로 휴원을 했다. 정우의 엄마는 가족이 아닌 사람에게 정우의 픽업을 맡기는 게 내키지 않았다. 그래서 삼촌인 서민수가 조퇴하고 정우를 데려와 할머니 집에서 같이 있기로 했던 것이었다.

서민수의 말대로 제때 정우를 데리러 갔다면 범행은 벌어지지 않았을 수도 있었다. 정우의 할머니는 노인 특유의 조바심으로 수업이 끝나기 30분 전부터 학교 앞에 가서 정우가 나오기를 기다리곤 했다. 평소 같으면 범인에겐 기회가 없었다. 현재까지 밝혀진 정황으로는 김윤주가 서정우를 점찍어두고 범행을 저지른 것 같지는 않다는 게 수사팀 다수의 생각이었다.

"정우 엄마는 좀 어떠세요?"

서민수와 약혼녀에게 티슈 상자를 내밀며 이규영이 물었다.

"수경 씨는 아직 병원이에요."

약혼녀가 정우 엄마의 이름을 언급하며 대신 답했다. 약혼녀는 수수하게나마 화장을 했고 허리까지 내려오는 긴 머리칼을 가지런히 하나로 묶었다. 눈, 코, 입이 올망졸망하고 속눈썹이 짙고 길었다. 예쁜 여자였다.

"깨어날 때마다 정우를 찾으며 울다 과호흡이 와서… 계속 진정제 맞고 있다나 봐요. 수경 씨가 평소에도 정우에게 얼마나 집착하다시피 했는지…. 지금 수경 씨는 아무것도 생각할 수 없는 상태예요."

왜 아니겠는가. 이규영은 서민수를 보고 물었다.

"학교엔 한 시간쯤 늦으셨다고요."

"네…. 정우에겐 교육상 안 좋다며 아직 휴대폰을 사주지 않아서… 정우 짝에게 연락했습니다. 준혁이라고 있는데…."

어제 정우와 같이 학교 운동장에서 공을 차던 친구였다. 준혁은 김윤주가 정우의 이름을 부르며 다가오는 걸 들었다. 이후의 대화는 듣지 못했지만 김윤주가 정우에게 휴대폰 화면을 보여주며 뭐라 말하는 것 같았다고 했다.

"삼촌이 좀 늦을 것 같다고 했더니, 친구들과 운동장에서 축구를 하겠다고 했습니다. 준혁이도 같이요."

"그런데… 늦으신 이유는?"

서민수는 괴로운 듯 눈을 질끈 감았다.

"오빠, 이러지 마. 오빠라도 정신 차려야지. 응?"

약혼녀가 서민수의 손을 꽉 잡고 고개를 깊게 숙여 그와 눈을 맞췄다. 연인의 감정에 대한 집중과 사랑이 느껴졌다.

이 불행을 딛고 둘은 결혼할 수 있을까? 이규영은 잠시 딴생각을 했다. 느닷없이 삶에 닥친 범죄가 가장 가까운 사람과의 관계를 망쳐놓는 걸 이규영은 자주 보았다.

"제가… 바보같이… 시간을 잘못 생각하고 있다가…."

정우가 다니는 학교는 1학년의 경우 월수금은 4교시, 화목은 5교시까지 운영했다. 4교시까지 하는 날은 12시 50분, 5교시까지 하는 날은 오후 1시 40분에 끝났다. 정우는 방과 후 돌봄교실에는 참여하지 않았다.

서민수는 월요일도 5교시까지 하는 걸로 착각하고 1시 40분까지 정우를 데리러 가면 된다고 생각했다고 한다. 마포에 있는 서민수의 직장에서 정우의 학교까지는 차로 40분쯤 걸렸다. 서민수는 12시 반쯤에야 자신이 착각했다는 것을 깨닫고 헐레벌떡 자리에서 나와 차에 시동을 걸며 준혁에게 전화를 걸었다.

"마음이 바쁜데… 앞에서 사고라도 났는지 길도 막히고…."

1시 50분경 서민수가 학교에 도착했을 때 운동장에는 1학년 학생들이 남아 있지 않았다. 김윤주는 1시 20분경에 정우를 납치했다. 1시 50분이면 김윤주가 정우를 집으로 데리고 들어갔을 시각이었다.

서민수는 정말로, 너무 늦었다.

이규영은 피의자의 사진을 서민수에게 건네며 김윤주의 이름과 나이, 주소, 부모의 이름과 직업을 말해주었다. 그는 믿기지 않는다는 표정으로 교복을 입은 평범한 소녀의 사진을 바라보았다.

"이 아이라고요? 우리 정우에게 끔찍한 짓을 한 인간이?"

소녀의 얼굴에서 악마의 흔적을 찾지 못한 서민수가 혼란스러운 듯 물었다.

"아는 얼굴인가요? 본 적 있으세요?"

"몰라요. 저는 전혀…."

약혼녀도 사진을 건네받아 들여다보더니 고개를 저었다.

"정우 엄마랑 혹시 접점이 될 만한 게 있을까요?"

이규영은 김윤주에 대한 정보를 다시 늘어놓았다. 자퇴한 고등학교명, 등록해두고 잘 나가지는 않는 검정고시 학원, 부모가 나온 대학과 부모의 직장 주소와 고향까지. 10대 청소년이 일면식도 없는 아이를 납치해 살해했다는 사실을 이규영은 쉽게 믿기 어려웠다. 정우의 책가방에 노란 명찰이 달려 있는 건 맞았다. 사건 당일 정우와 친구들은 운동장 한쪽에 가방을 모아놓고 축구를 했다. 가방에 달린 명찰을 보고 김윤주가 정우의 이름을 짐작하고 접근한 게 아니겠느냐는 의견이 수사팀 내에 돌았다.

"어떻게 되나요? 얘는?"

서민수의 약혼녀가 김윤주의 사진을 노려보며 물었다.

"사형시키나요?"

이규영은 한숨을 쉬었다.

"아직 미성년자라서요. 사형이나 무기징역에는 처할 수 없습니다."

"허!"

서민수가 탄식했다.

"우리 정우는… 우리 정우는 그렇게 됐는데도요? 우리 정우는 겨우 여덟 살인데… 우리 정우는 죽고 또… 그것도 모자라서 애를….”

서민수의 말끝에 또 울음이 섞였다.

“됐어. 오빠. 스탑 잇!”

갑자기 유창한 영어 발음까지 곁들인 약혼녀의 말투는 싸늘했다.

“이게 한국의 한계야. 필요 없어. 이 나라 주디셜 시스템에 저스티스는 없어. 우리 미국 가자, 오빠. 스테이츠는 최소한 이렇진 않아. 우리 정리하고 떠나.”

이규영은 미국도 미성년 범죄자에 대한 사형 선고가 금지된 지 오래됐다는 사실을 떠올렸지만 말하지는 않았다. 범죄 피해자의 심정을 이해하지 못하는 건 아니었다. 이규영도 가족이 피해를 봤다면 같은 마음이었을 것이다. 서민수의 약혼녀는 피해자 가족은 아니었지만 곧 가족이 될 사이라고 하니까. 그나저나 둘은 진짜 가족이 될 수 있을까.

“…왜 그랬답니까?”

서민수가 물었다. 용의자가 체포됐다는 소식을 들은 순간부터 아마도 가장 궁금했을 질문이었다.

이규영도 궁금했다. 피의자의 자백을 받아야 하는 임무를 맡은 자신이야말로 진심으로 알고 싶었다.

“김윤주는 아직 제대로 진술하지 않고 있습니다. 죄송합니다. 어떻게든 알아내겠습니다.”

“도대체 왜 그랬답니까?”

서민수의 물음에 단호함이 깃들었다.

“아직은… 피의자가 심신상실을 주장하고 있어서요.”

"심신상실?"

약혼녀가 캐묻는 말투로 말끝을 올렸다.

어디까지 말해줘야 할지 이규영은 속으로 갈등했다. 지금 김윤주는 자기 안에 '치치'와 '라라'라는 두 개의 인격이 있고, 범행은 잔혹하고 대담한 성격의 '치치'가 저질렀으며, '라라'라는 본 인격에게는 책임이 없다고 주장한다는 말을 차마 전할 수는 없었다.

1차 피의자 신문 이후 수사팀은 김윤주의 정신병력 조회에 들어갔다. 김윤주가 중2 때부터 우울증이나 적응 장애, 공황 장애 같은 문제로 정신과 치료를 계속 받았다는 부모의 진술이 있었다. 조현병 의증 소견도 받은 적이 있다고 했다. 다중인격을 뜻하는 '해리성 정체감 장애' 진단을 받은 적이 있느냐는 경찰의 질문에 부모는 고개를 저으며 자신 없는 표정을 지었다.

어쨌거나 김윤주에게 정신질환이 있는 건 사실인 듯했다.

중학생 때부터 자해 행동이 보고되어 문제가 됐다는 학교 측 기록도 있었다. 그 부분은 경찰서 유치장 입감 전 신체검사에서도 드러났다. 김윤주의 신체검사를 실시한 경찰이 수사팀에 별도 보고를 제출했다. 손목과 허벅지에 가해진 자해 흔적이 상상 이상이었다. 특히 오른쪽 허벅지의 상처는 끔찍했다.

최근에는 무려 부엌칼로 심각한 자해를 해서 병원에 입원했던 기록도 있었다. 자해 부위에 염증이 퍼져 5일간 입원 치료를 받았고, 범행 2주 전에 퇴원했다.

"자기주장일 뿐입니다. 진술을 회피하려고 술수 부리는 것 같습니다. 심신상실 주장으로 어영부영 빠져나가지는 못합니다. 그 점은 염려 마세요."

범죄의 증거를 찾기 위한 광범위한 수사가 진행 중이었다.

김윤주는 학교에서나 학원에서 딱히 친구가 없었다. 자퇴한 뒤로는 종일 집에서 게임을 하거나 웹소설을 읽으며 시간을 보낸 모양이었다. 수사팀은 김윤주의 휴대폰과 태블릿 PC와 노트북과 데스크톱 같은 통신기기란 기기는 죄다 압수해 디지털 포렌식에 들어갔다. 김윤주가 사이버상에 범행 계획이나 동기에 대해서 뭔가를 남겨놓았을 수 있었다. 설령 끝까지 다중인격을 내세워 자백을 회피한다고 해도 경찰은 가능한 한 모든 수단을 동원해 증거를 찾아 범행을 재구성해낼 것이다.

하지만 자백을 받지 않으면 곤란한 부분이 하나 있었다.

"형사님. 우리… 정우 손목은 어떻게 했답니까?"

서민수가 나가기 전 마지막으로 물었다.

정우는 첼로 케이스 바닥에 몸의 오른쪽을 대고 옆으로 누워 있었다. 시신을 케이스에서 끄집어냈을 때에야 경찰은 알아챘다.

오른쪽 손목이 없었다. 절단면은 깨끗했다. 손목은 사망 후 잘린 것으로 판명됐다. 경찰은 김윤주의 방에서 절단에 사용한 칼을 찾아냈다. 그러나 김윤주의 집에서도 시신이 버려진 곳 인근에서도 잘린 손목은 찾지 못했다.

"그래. 너는 지금 라라라는 거지?"

첫 피의자 신문 당시 이규영은 마음을 가다듬고 물었다.

"네. 저는 본래 라라예요. 치치는 중2 때 처음 생겼어요."

김윤주는 시무룩하게 말했다.

"치치라는 인격이 있다는 건 어떻게 알았지?"

"치치가 오면서, 제 본래 인격에게 이름을 지어준 거죠. 자신을 구분하려고요."

"그게 중학교 2학년 때인 거고?"

"네."

"그 뒤로 치치는 계속 찾아온 거니? 계속 네 안에 있었어?"

"네. 점점 강해졌어요. 갈수록 강해져서 치치는 점점 나를 지배했어요. 어제 같으면, 저는 치치에게 거의 몸을 뺏겼다고 봐야죠. 어제 저는 그냥 치치였어요."

자기 말을 들어준다고 생각했는지 김윤주는 적극적으로 대답했다.

"라라와 치치는 서로를 알고 있구나."

외계인과 대화를 나누려면 외계인의 세계관에 들어가야 한다. 외계인이 플라나리아를 먹고 산다면 플라나리아의 맛이 어떤지 관심을 보이면 된다고 이규영은 자신에게 주문을 걸었다.

"네, 맞아요. 우리는 서로의 존재를 인식해요. 다만…."

"다만?"

"서로의 행동을 말릴 수는 없어요."

"치치가 찾아오면 라라는 치치가 하는 짓을 지켜볼 수밖에 없다는 거니?"

이규영은 김윤주의 퇴로를 차단하기 위한 대화를 이어갔다. 김윤주가 치치라는 존재에게 모든 책임을 덮어씌우고 라라는 치치가 무슨 일을 저지르는지 알지도 못했다는 변명을 차단할 셈이었다.

"맞아요."

"어쨌든 치치가 하는 짓을 라라는 알고 있고, 기억할 수도 있다는 말이지? 아까 치치가 잠깐 찾아와서 나한테 욕하는 걸 네가 방금 기억해냈듯이."

"그…런 거죠. 그런데 뭐랄까. 조금 아득해요. 다는 기억이 안 나요. 치치가 몸을 지배할 때 아무래도 라라를 못 나오게 억누르니까. 라라가 깨어나서 방해하면 안 되니까, 치치는. 다는 몰라요, 치치가 하는 일을… 그러니까 라라는요."

설명하기 어렵다는 듯 김윤주는 중언부언했다.

"그래서 어제 치치가 한 일은… 기억이 안 나요. 형사님. 진짜예요. 치치가 저를, 라라를 엄청 억눌렀으니까요. 완전 엄청."

"좋아."

이규영은 탁자에 올려둔 물을 마셨다. 피로가 몰려왔다.

"그럼 다 됐고. 이거 하나만 기억해보자. 네가 지금 라라든 치치든."

김윤주는 뽀얗고 통통한 얼굴을 들어 이규영을 바라보았다.

"정우 손목은 어디 있니? 오른쪽 손목."

김윤주는 자기는 전혀 모르는 일이라는 표정으로 고개를 갸웃거렸다. 이규영은 그 얼굴을 한 대 후려치고 싶은 마음과 속으로 격렬하게 싸웠다.

서민수와 약혼녀가 돌아간 뒤 이규영은 조사실에 혼자 앉아 곰곰이 생각에 잠겼다. 김윤주는 시신을 버리고 나서 작은 백팩을 메고 외출했다. 그때가 약 오후 3시 30분. 첼로 케이스에 든 정우의 시신은 저녁 8시경에 발견됐고 CCTV를 따라가면서 첼로 케이스를 멘 여자를 추적한 결과, 김윤주가 용의자로 특정됐다. 김윤주는 어딘가를 쏘다니다 밤 10시 20분경 귀갓길에 집 근처 지하철역 입구에서 체포됐다. 체포 당시 김윤주가 메고 있던 백팩은 비어 있었다. 약 일곱 시간 사이에 손목을 어디에 감춘 걸까. 아이의 손목을 자른 이유는 뭘까.

기분 나쁜 상상을 한 탓인지 아랫배가 조여왔다. 10대 여자아이에게 시신 페티시즘, 그것도 특정 신체 부위에 대한 성적 갈망이 있다고 믿고 싶진 않았지만 다른 동기는 떠오르지 않았다.

선배 형사가 들어와 어깨를 잡고 흔드는 바람에 이규영은 현실로 돌아왔다.

"아, 왜요. 선배?"

"너야말로 왜 멍 때리고 있어? 와서 사이버수사팀 보고 좀 들어봐. 아주 식겁한다, 야."

3

얼굴을 보자마자 꾸벅 인사하는 김윤주에게 이규영이 말을 툭 던졌다.

"트위터 많이 하니?"

2차 피의자 신문이 시작됐다.

"네, 하죠. 게임도 하고. 심심하잖아요? 사는 게."

이규영은 쪽지에 글자를 적어 내밀었다.

@juNa-2-JunA

김윤주는 쪽지를 보고 머리를 득득 긁었다.

"네 트위터 계정 맞지? 닉은 쥬나."

김윤주가 경찰에 체포되기 직전, 계정은 삭제됐다. 비슷한 시각 김윤주는 텔레그램 계정도 삭제했다. 해외 기업이 운영하며 해외에 서버를 두고 있는 트위터나 텔레그램은 계정이 삭제되면 모든 활동 기록이 지워진다. 복구는 거의 불가능했다. 범죄 수사관에게 이 시대 사회관계망 서비스는 양날의 검과 같았다.

김윤주는 불편한 표정으로 어깨를 으쓱했다.

"트위터는 왜요?"

"트위터를 한 건 라라니? 치치니?"

"뭐, 라라도 하고…."

김윤주의 눈이 이규영의 얼굴을 빠르게 훑었다.

"가끔 치치도 했죠."

"꾀부리지 마."

이규영은 싸늘하게 쏘아붙였다.

"네?"

"네 정신과 기록 다 뒤져봤어. 넌 해리성 정체감 장애 진단을 받은 적이 없어. 넌 네 기분과 필요에 따라 다른 인격이 되는 흉내를 냈을 뿐이야. 스릴러 영화나 웹소설에서 많이 봤겠지. 어릴 적 상상 속 친구가 아직 떠나지 않았거나. 잘못에 대해 벌을 받아야 할 때를 대비해서 만들어놓은 핑곗거리지."

잠시 침묵이 흘렀다.

"씨팔. 좆같네. 네년이 어떻게 알아?"

김윤주가 한쪽 입술을 비틀어 올리며 뇌까렸다.

"치치가 온 거니, 지금?"

"바보 같은 년. 짭새 쫄따구 주제에."

"퍼시픽킬이라는 친구 기억하니? 디엠 자주 주고받았던데."

김윤주는 잡아먹을 듯한 눈으로 이규영을 쏘아보았다.

사이버수사팀은 'B시 초등생 살인사건'에 대해 언급하는 인터넷 글을 저인망식으로 뒤졌다. 소속 연예인 악플러를 고발하기 위해 증거를 찾는 연예기획사 직원 못지않게 수사팀은 열성으로 찾았다.

'들었어? B시 초등생 살인사건. 범인이 쥬나 님이래.'

'진짜? 알렉산드리아 쥬나 님?'

'대박 소름! 과몰입 뒤진다.'

소문은 트위터 공간에 가장 파다하게 퍼져 있었다. '쥬나'는 트위터를 기반으로 하는 자기 캐릭터 커뮤니티에서 주로 활동한 소위 '네임드'였다. 쏟아지는 정보 가운데 검토할 가치가 있는 걸 찾아 갈무리하고 계정주 인터뷰까지 마친 참고인 중에 'Paci!c Kill'이 있었다. 퍼시픽킬은 쥬나가 '자캐와 오너가 싱크로율' 되어 '현실과 현피를 떴다'고 평했다.

"그나저나 자캐 커뮤가 뭔지 좀 설명해줄래? 이해하기 좀 어려워서 말이야."

김윤주는 입꼬리를 피식 끌어올리며 멸시하는 웃음을 지었다.

이규영은 사이버수사팀 팀원에게 이미 설명을 들었다. 특정한 세계관이 설정되고 각자 자기를 대변하는 아바타라 할 수 있는

'자기 캐릭터'들이 참여하면서 자캐 커뮤는 시작된다. 커뮤니티의 세계관과 규칙에 따라 자기 캐릭터들이 서로 소통하며 역할극을 즐긴다. 자기 캐릭터를 줄여 '자캐'라고 하고 자캐를 만든 본체인 사람을 '오너'라고 부른다. 오너는 참여하고 싶은 커뮤니티의 세계관에 걸맞은 자캐를 만드는 데 혼신의 힘을 다한다. 그럴듯한 서사를 부여하고 그림으로 자캐를 구현한다. 김윤주는 그림을 썩 잘 그렸다. 중학교 때 애니메이션 학원과 제빵 학원을 제법 열성적으로 다녔는데, 애니메이션 학원에서 배운 그림 실력으로 훼손된 신체를 미화한 모습의 자캐를 종종 그렸다고 했다. 머리통이 반쯤 파손되었거나, 한쪽 눈이나 한쪽 팔이 없는 미소년.

"좋아, 치치."

이규영은 치치의 이름을 불러주었다.

"좆까."

"하나만 묻자. 10대 여자애들이 커뮤에서 살인이니 사체 해부니 인육이니… 도대체 이런 대화를 하는 이유가 뭐니?"

이규영은 진심으로 궁금했다.

퍼시픽킬은 쥬나가 하드고어 커뮤 마니아라고 했다. 자캐 커뮤는 세계관에 따라 장르가 구별되는데 로맨스나 판타지 시대물이 주류였다. 하드고어는 비주류지만 열혈 마니아들이 모이는 장르로 '시리어스'라고도 하는데, 아무리 잔인하고 비윤리적인 표현이라도 제한 없이 허용하며 살인, 신체 훼손, 고문, 인육, 패륜 같은 고어하고 자극적인 소재를 다루는 커뮤니티다. 퍼시픽킬은 수사관에게 자신이 지금 활동하고 있는 하드고어 커뮤를 살짝 보여줬다. 보통 사람은 옆에서 들여다본 것만으로도 기분이 나빠지는 대화를 커뮤러들이 서로 수위를 높여가며 경쟁적으로 나누고 있었다고 퍼시픽킬의 진술을 받은 수사관은 전했다.

“흥! 쎄 보이니까요.”

김윤주가 말했다.

“쎄 보여? 그런 게?”

“관종이니까.”

김윤주가 빼기는 웃음을 지으며 말을 이었다.

“다른 사람에게는 존나 금지된 게 나에겐 아니라는 기분을 느끼고 싶었던 거지. 개쩔잖아. 보통 사람들은 듣기만 해도 지랄, 펄쩍 놀라면서 하지 말라고 하는 걸 나는 아무렇지도 않게 한다 이거지.”

이규영은 공감할 수 없었지만 그게 어떤 심리인지 알 만했다.

“똑같네.”

이규영은 혀를 끌끌 찼다.

“뭐가요?”

“범죄자들이랑 똑같다고. 사람 죽이고 패고, 속이고 빼앗고. 하지 말라는 나쁜 짓만 골라 하다가 잡혀서 여기 끌려오는 범죄자들. 물어보면 다들 쎄 보이고 싶어서 그랬다더라. 사람들이 자길 무시해서. 자길 우습게 봐서 화가 나서 그랬다고. 그러면서 오히려 피해자를 원망해. 그것들은 왜 자기에게 피해를 당해서 자기를 이렇게 고통스럽게 하냐며.”

자존감은 낮고 자기애는 높은 에고들.

김윤주는 이규영의 말뜻을 이해해보려고 골몰하다가 별안간 웃음을 터뜨렸다.

"파하핫! 그렇죠, 뭐. 씨발 존나 웃겨. 그래서 내가 여기 있나 보네! 관종들이 다 그래요. 나 포함 다 병신들이야."

"너를 올가 근위대장으로 기억하는 커뮤러들이 많던데."

이규영은 화제를 돌렸다.

"홍! 퍼시픽킬이 알렉산드리아 얘기를 했나 보죠? 가장 최근에 뛴 커뮤인데. 맞나? 하여튼 재밌었어요. 개장 기간 10일 동안 존나 잠도 못 자고 개열심히 뛰었죠. 개장 기간에는 못 자요. 썰 푸느라."

김윤주의 말투와 태도가 조금은 협조적으로 가라앉았다.

다시 라라가 된 건가? 라라와 치치는 이런 식으로 서로 경험을 공유하며 자캐 커뮤 활동을 이어간 것일까? 가상 세계의 동업자? 아니, 역시 이건 다 김윤주의 연기일 거야. 다중인격 연기가 몸에 배어버려 필요할 때마다 자동으로 인격이 바뀌어버리는 거겠지. 어쩌면 정말 자신이 다중인격이라고 믿고 있는 것일 수도. 많은 생각이 머리를 스쳤지만 이규영은 김윤주가 흥미를 잃지 않고 계속 말을 이어가도록 유도하는 데 집중했다.

"정식 이름은 '알렉산드리아의 겨울'이었다고 들었어. 합격제 커뮤였다며?"

김윤주가 미소 지었다. '합격제 커뮤'라는 말이 만족감을 준 것 같았다. 그건 원한다고 다 참가할 수 있는 곳이 아니라 운영진에게 합격 판정을 받아야 참가할 수 있는 특별한 공간이었다는 뜻이다. 운영진이 가개장 기간에 커뮤에 대한 홍보를 띄우면 참가하고 싶은 사람이 자캐와 프로필을 가지고 신청서를 내고 그것을 운영진이 심사해서 합격 여부를 결정한다.

퍼시픽킬은 자신도 알렉산드리아의 겨울에 참가 신청을 해서 합격했고 재무대신의 역할을 맡았다고 했다. 알렉산드리아는 고대의 절대 황정 국가로 여자가 지배하는 세계였다. 오너와 자캐 모두 여성이어야 참가할 수 있었다. 알렉산드리아의 겨울은 6대 황제 세실리아가 집권을 시작한 시점에서 개장됐다. 세실리아 황제는 황태녀였던 언니와 조카를 죽이고 등극한 피의 황제로, 역대 가장 잔혹하고 무자비한 군주로 평가된다. 언니와 황권을 두고 전쟁을 치르다가 한쪽 눈을 잃었는데, 화살에 뽑혀 나온 자기 안구를 씹다가 인육의 맛에 눈을 뜨게 된 캐릭터였다. 세실리아 황제는 신하에게 인육을 구해오라고 명령하고 약속한 날까지 인육을 구해오지 못한 신하 캐릭터는 고문하고 심지어 죽여버리기도 했다. 쥬나는 알렉산드리아의 겨울에서 세실리아 황제의 측근인 올가 근위대장 역할을 맡았다. 올가 근위대장은 황제를 만족시키기 위해 자기 부하를 죽여 인육을 갖다 바친다는 썰을 풀었고 커뮤러들은 열광했다. 퍼시픽킬도 하마터면 올가 근위대장에게 죽임을 당할 뻔했다고 했다. 커뮤 활동 중에 자캐가 죽는 건 커뮤러에게는 자기 자신이 죽는 것 같은 치욕적이고 고통스러운 사건이라는 말도 덧붙였다.

"올가 근위대장은 부하를 죽이고 손목을 잘랐지? 알렉산드리아에서."

이규영은 실제로 본 적 없는 가상 세계에서 벌어진 사건을 현실처럼 이야기했다.

"그랬던가? 근데 왜 자꾸 자캐 커뮤 얘기를 하는 거예요? 제가 자캐 커뮤를 뛴 거랑 지금 이 사건이랑 무슨 상관이에요?"

김윤주는 갑자기 뒤가 찜찜한 표정을 지었다. 흘러가는 이야기가 김윤주의 불안감을 자극한 것 같았다.

이규영은 계속했다.

"아끼는 부하 캐릭터를 죽여 손목을 자르고도, 한동안 황제에게 바치지 않고 갖고 있었다며?"

서정우의 손목이 절단됐다는 사실은 언론에 보도되지 않았다. 이규영은 퍼시픽킬의 진술을 읽다가 이 부분을 발견했을 때 이거구나 싶었다.

"그랬나…."

"왜지?"

"글쎄요? 기억 안 나요."

"네 캐릭터가 죽을 수도 있었을 텐데, 왜 손목을 바로 황제에게 바치지 않고 가지고 있는 걸로 썰을 푼 거지? 가상 세계에서라도 사람의 손목을 가지고 있으니까, 좋았니?"

"아 씨… 뭔 소리래."

이규영은 딴청을 부리려는 김윤주의 시선을 따라가며 놓아주지 않았다.

"정우 손목은 어딨지? 왜 잘랐어? 그걸로 뭘 했어?"

"기억 안 난다고 했잖아요!"

"피하지 말고 말해! 정우는 고작 여덟 살이었어. 정우의 가족들은 잠도 못 자고 밥도 못 먹고 처절하게 울며 고통에 시달리고 있어! 내가 지금 장난하는 것 같아? 지금 여기가 장난하는 덴 줄 알아? 떼쓰지 마!"

"아 씨!"

김윤주는 버럭 소리치고는 테이블에 등을 말고 엎드렸다.

이규영도 자신의 추론을 믿고 싶지 않았다. 가상 세계에서 자신의 야릇한 성적 욕구를 충족시키다 어린아이를 상대로 한 끔찍한 범죄의 형태로 상상을 현실로 옮겨버린 소녀가 눈앞에 존재한다는 게 믿기지 않았다. 원래 도덕관념이 희박한 애라고 치자. 현실에서 살인과 사체유기라는 범죄의 대가가 얼마나 크고 무거운지 몰랐을 리 없는데 어떻게 이런 일을 저지를 수 있었을까.

퍼시픽킬은 그 이유를 알 것 같다고 했다.

쥬나 님은 자기가 잡혀도 금방 나갈 거라고 생각했을 거예요. 퍼시픽킬은 말했다. 쥬나 님은 웹소설도 썼어요. 저에게 시놉을 하나 보여줬는데 제목이 '미녀 대통령, 흑화하여 살인마 된 이야기'인가 뭐 그랬을 거예요. 그거 보면 여주가 고등학생 때 친구를 칼로 막 찢어서 죽여버리는데 소년원 잠깐 들어갔다가 나와서 나중에 대통령이 돼요. 엄청 예쁘고 똑똑하고 천재라서 대통령은 됐는데 사람 죽이고 싶은 욕구를 못 참아서 훈남 경호원이 쫓아다니면서 사람 죽이면 다 막아주고 하는 이야기예요. 제가 아무리 웹소설이라도 고딩 때 사람을 죽였는데 그렇게 금방 나오는 게 말이 되냐고 했더니 쥬나 님이 그랬어요. 미성년자는 무슨 짓을 해도 최고가 소년원이라고. 그것도 정신에 문제 있다고 하면 안 갈 수도 있다고요. 기록에도 안 남고. 근데 그거 맞아요?

김윤주는 촉법소년 연령을 잘못 알고 있었다. 어떤 범죄를 저질러도 형사처벌을 할 수 없고 보호처분에만 처할 수 있는 촉법소년의 범위는 만 14세까지인데, 김윤주는 미성년자가 곧 촉법소년인 줄로 알았던 것이다.

그래서 상상을 현실로 옮길 수 있었다.

죽여도 처벌받지 않을 테니까.

"치치가 그런 거예요! 형사님!"

김윤주가 엎드린 채로 소리쳤다.

"치치가 사람의 손목을 갖고 싶다고 했어요! 가짜로 썰 푸는 거 말고 언젠가 진짜로 가져볼 거라고 했어요! 저는 말릴 수가 없었어요! 치치는 점점 커졌다고요!"

김윤주의 목소리는 품속에서 뭉개져 울렸다.

"서정우 손목 어디에 뒀어! 너, 그날 낮에 정우 시신을 버리고 어디 갔던 거야!"

이규영이 목소리를 높이며 추궁했다.

김윤주가 책상에 머리를 박은 채 흐느꼈다.

"김윤주. 네가 치치니 라라니 하며 정신병 흉내를 내고 무슨 짓을 해도 너는 이미 틀렸어. 네가 정우를 유괴해서 죽이고 손목을 잘라 유기했다는 증거는 차고 넘쳐. 넌 미성년자면 사람을 죽여도 감옥에 안 가는 줄 알았나 본데, 아니야. 아마 이제는 알았겠지. 그러니까 철없는 소리 그만하고 현실을 직시해. 어쩌면 이게 조금이라도 정상참작될 수 있는 마지막 기회야. 정우 손목을 어디에 뒀는지 말해. 당장!"

"저는 모른다고요!"

김윤주가 몸을 일으켜 눈물범벅이 된 얼굴로 소리쳤다.

"그날 낮에 어디를 돌아다닌 거야?"

"몰라요!"

"그날 누군가를 만났지? 누구야!"

"기억 안 난다니까요…."

"집에 오기 전 텔레그램 메시지와 트위터 멘션, 디엠 다 삭제하고 계정도 다 삭제한 이유가 뭐야? 뭘 감추려는 거지?"

"치치가 그런 거예요…."

누군가가 있다.

이규영은 직감했다. 그날 낮에 김윤주는 누군가를 만났고 정우의 손목을 처분했다. 이 일을 조력하거나 방관한 누군가가 한 명 이상 있다. 텔레그램 메시지와 트위터 멘션, 디엠을 삭제한 것은 그 누군가와 나눈 대화를 감추려는 것이다. 아무렴 이런 범죄를 오로지 10대 소녀 혼자 계획하고 혼자 실행하고 혼자만 알고 있을 리 없다.

안타깝게도 삭제된 텔레그램 메시지와 트위터 멘션, 디엠을 복구하는 건 불가능하다는 판정이 났다. 딱 하나만 빼고.

김윤주는 트위터 계정을 세 개 가지고 있었다. 주로 사용했던 건 공식 계정 한 개와 비공식 계정 한 개였고 나머지 비공식 계정 한 개는 개설만 하고 거의 사용하지 않았다. 김윤주는 거의 사용한 적이 없는 이 비공식 계정으로 사건 당일 누군가에게 멘션 한 건을 보냈다.

"바다거북 먹을래?"

이규영이 멘션 내용을 그대로 읊자 김윤주는 흐느끼며 들썩이던 몸짓을 멈췄다.

멘션을 받은 상대 계정 역시 삭제된 상태였다. 그런데 제3의 트위터 사용자가 김윤주의 멘션에 답글로 '그거 뭐임? 맛있음?'이라는 게시글을 남겼다. 멘션이 다른 계정에 의해 언급되는 바람에

디지털 공간에 흔적을 남겼고 그것이 복구된 것이었다. 사이버수사팀은 계속해서 통신사를 상대로 멘션을 받은 상대 계정 소유주를 추적하는 중이었다.

"이거 무슨 뜻이니? 바다거북 먹을래,라는 말?"

"…네?"

김윤주가 눈물 젖은 얼굴을 들었다.

"그날 오후 2시 12분에 보냈네. 트위터 멘션."

김윤주의 눈동자가 불안감에 흔들렸다.

"오후 2시 12분이면…."

이규영은 일부러 말을 한 차례 끊었다가 다시 이었다.

"정우를 죽이기 전이니, 죽인 이후니?"

## 4

서정우의 엄마는 퇴원해서 자기 엄마, 정우의 외할머니 집에 있다고 했다. 이규영은 강력팀장 조재완과 함께 정우의 외할머니 집을 찾아갔다. B시에서 부촌으로 알려진 동네의 단독 빌라였다.

10여 년 전에 죽은 정우의 외할아버지가 자산가였던 덕에 가족에게 많은 재산을 남겼다고 들었다. 그 때문에 정우의 실종 신고가 접수됐을 때 경찰은 돈을 노린 유괴 사건일 수도 있다고 생각했다. 다만 그렇다면 유괴범은 정우의 집안 사정을 잘 아는 사람이어야 했다. 상속 재산은 모두 정우의 외할머니가 관리했고 정우의 엄마나 외삼촌은 겉보기에 평범한 생활을 했으며 딱히 물려받은 재산이 많다는 티를 내지 않았다.

더구나 정우의 엄마 서수경은 미혼모였다. 스무 살에 정우를 낳았고 결혼은 하지 않았다. 엄마의 도움을 받아가며 지금껏 남편 없이 홀로 정우를 키웠다. 유괴범이 노릴 만한 조건은 아니었다.

어쨌거나 돈이 목적이 아니었다는 건 밝혀졌다.

서수경은 초췌한 얼굴로 거실 소파에 앉아 경찰들을 맞았다. 서수경의 모친이 차를 내온 뒤 한구석에 조용히 앉았다.

조재완 팀장이 의례적인 위로의 말을 던졌다. 서수경은 말없이 경찰들이 건넨 사진을 바라보았다.

"모르는 애예요."

서수경은 단언했다.

"이 악마 같은 년의 아빠도, 엄마도 몰라요. 이년이 사는 그 동네엔 아는 사람도 없고 가본 적도 없어요."

이규영은 조재완 팀장과 조용히 눈짓을 주고받았다. 그 점은 그만 물어봐도 될 것 같았다.

"아빠 없이 키운 아이지만… 그래서 남의 집 애보다 두 배 이상 사랑하며 키우려고 노력했어요. 우리 정우 티 없이, 구김 없이 컸어요. 누구보다 착하게, 예쁘게 자란 애예요. 왜… 왜 우리 정우에게 이런 일이 일어나야 하는 거예요…. 우리가… 우리가 그년에게 무슨 잘못을 했기에? 네? 그 악마 같은 년이. 인간 같지도 않은 년. 왜 하필! 왜 하필 우리 아이였냐고요!"

서수경의 얼굴이 붉게 상기됐다. 모친이 다가와 한쪽 손으로 눈물을 훔치며 딸의 어깨를 도닥였다.

서수경의 자식 사랑은 유별났다고 주변 사람들은 말했다.

과잉보호라는 소리를 들을 만큼 정우를 끔찍이 사랑했다고 했다. 그런 아들을 범죄로 잃은 심정이 어떨지는 감히 상상하기 어려웠다.

지금 수경 씨는 아무것도 생각할 수 없는 상태예요. 서민수의 약혼녀는 말했었다.

“저기, 정우 어머님… 여쭤볼 게 있는데요.”

이규영이 말을 걸었다. 안타깝지만 감상에 빠질 시간이 없었다. 하루속히 진실을 밝히는 것이 이규영의 임무였다.

서수경이 괴로운 한숨을 토하며 이규영을 바라보았다.

“네, 물어보세요.”

“낯선 사람을 경계하지 않는 편이었을까요, 정우가?”

“네?”

“그날 정우가요. 왜 처음 보는 김윤주를 따라갔을까요?”

정우가 김윤주를 그날 처음 본 게 맞는다면 그게 가장 의문스러운 점이었다. 정우는 삼촌이 데리러 오기로 했는데도 처음 보는 여자가 말을 걸자 순순히 따라 나섰을 뿐 아니라 여자와 마을버스를 타고 낯선 동네로 가서 여자가 사는 집까지 따라 들어갔다가 변을 당했다.

김윤주는 2차 피의자 신문 때부터 태도를 바꿔 구체적인 범행을 자백했지만 어떻게 정우를 유인했는지에 대해서는 진술을 회피했다.

“저도 아무리 생각해도 우리 애가 왜 그랬는지 모르겠어요.”

한구석에 물러나 앉아 있던 서수경의 모친이 말했다.

“학교 들어갈 때부터 처음 보는 사람이 말을 걸며 뭐 줄게 따라

와라 해도 절대 따라가면 안 된다고, 애한테 단단히 주의를 주었어요. 험한 세상이잖아요. 정말 뭐에 씌었을까. 우리 아이가 왜 그랬을까. 아이고, 아가….”

서수경의 모친이 비통한 목소리로 말하며 제 무릎을 쳤다.

그 모습을 멍하니 보던 서수경이 천천히 고개를 저었다.

“모르겠어요….”

서수경의 퀭한 눈에 눈물이 고였다. 그날 그 장면을 상상한 모양이었다. 직장에 다니는 언니와 엄마의 옷을 훔쳐 입고 나이 든 어른처럼 꾸미고 나와 정우에게 말을 거는 김윤주. 무릎을 세우고 앉아 정우에게 눈을 맞추고 무슨 말인가 속삭이는 김윤주. 악마의 꼬임에 넘어간 듯 선뜻 김윤주를 따라가는 정우의 모습. 이제 와 상상 속에서 아무리 손을 뻗어도 말릴 수 없고 되돌릴 수 없는 그날의 그 순간.

“조금만 기다렸으면 삼촌이 올 거였는데… 아이고, 아가! 아니다. 아니야. 할머니가 베이징이고 뭐고 가는 게 아니었는데, 우리 아가를 지켰어야 했는데… 아이고, 우리 아가….”

서수경의 모친이 넋두리를 하며 손수건으로 눈물을 찍었다.

“엄마, 들어가! 듣기 싫어!”

서수경이 신경질적으로 쏘아붙였다.

“그럼 가지 말지 그랬어! 가지 말지 왜 갔다 와서 난리야! 지금 와서 그런 말이 다 무슨 소용이냐고!”

딸의 비난에 설움이 복받친 듯 노인이 서럽게 울었다. 아마도 사건이 일어나고 모녀 사이에 비슷한 설전이 몇 번 벌어진 듯했다. 느닷없이 일어난 크나큰 비극을 마주하고 남은 가족끼리 서로에 대한 원망과 죄책감이 뒤섞여 격돌하는 현장이었다.

분위기가 급격히 무거워졌다. 이규영도 서수경의 모친에게 방에 들어가 쉴 것을 권했다. 그녀는 울면서 방으로 들어갔고 서수경도 잠시 화장실에 다녀오겠다며 자리를 떴다.

"팀장님."

팔짱을 끼고 앉아 난처한 상황을 견디고 있던 조재완 팀장이 할 말이 있으면 해보라는 표정으로 이규영을 보았다.

"우연일까요, 이게?"

"뭐가?"

"평소 같으면 정우 할머니가 하교하기 30분 전부터 학교에 와서 정우를 기다렸다가 데리고 갔어요. 사건이 벌어진 날은 극히 드물게 정우가 일상의 패턴에서 벗어난 날이었다고요. 하필 그날 정우에게 일이 생긴 게 정말 우연이었을까요?"

김윤주는 진짜로 서정우를 몰랐을까. 이규영은 사건을 접했을 때부터 떠나지 않았던 의심을 다시 꺼내 들었다. 김윤주는 그날 정우의 상황을 알고 계획적으로 일을 저지른 것 아닐까.

"운이 없으니까 얄궂게 그렇게 된 거지. 계획한 거라고? 너 또 그 말이냐? 김윤주가 정우를 알고 있었고 그날 정우 할머니가 여행 가고 없다는 것도 알았다 치자. 그날 정우 외삼촌이 늦을지는 어떻게 알고?"

조재완 팀장은 옷자락을 툭툭 털며 무심한 말투로 말했다.

서수경이 화장실에서 나와 자리로 돌아왔다. 얼굴을 씻은 듯 앞머리가 물에 젖어 있었다.

"죄송해요."

"아, 아닙니다. 지금 마음이 얼마나 힘드시겠습니까. 이해합니다."

조재완 팀장이 위로했다.

"이제 와서 원망해봤자 무슨 소용이겠어요. 엄마도 오빠도… 전 원망 안 해요. 엄마가 정우에게 그런 무서운 일이 일어날 줄 알고 여행을 가셨겠어요? 정우가 생긴 뒤로는 돈이 있어도 어디 한번 맘 편히 여행 간 적 없는 분인데… 오빠도… 오빠도 그날 늦고 싶어 늦었겠어요? 길이 그렇게, 한 시간 넘게 막힐 줄 오빠도 알았겠냐고요."

서수경이 눈을 질끈 감았다. 스스로 마음을 다스리려는 말로 들렸다.

"모든 것은 범인 탓이에요."

이규영이 입을 뗐다.

"오빠분도 본인 탓을 하며 괴로워하셨어요. 부디 그러지 않으셨으면 좋겠어요. 어머님도, 할머님도, 오빠분도요. 잘못한 건 김윤주, 그 아이입니다. 할머니가 모처럼 중국 여행을 가신 것도, 오빠분이 정우 수업 끝나는 시간을 착각해서 늦게 출발한 것도, 길이 막혔던 것도… 결코 할머니나 오빠분의 잘못이 아니에요."

이규영은 열심히 말을 늘어놓았다. 범죄 피해자 가족들이 상처를 극복하지 못하고 서로를 원망하다 관계가 파탄 나는 상황을 진심으로 막고 싶었다. 어떤 말이 더 확실한 위로가 될까, 골몰하던 이규영은 문득 입을 닫았다.

서수경이 의아한 눈으로 이규영을 보고 있었다.

"저… 왜 그러시죠?"

조재완 팀장이 긴장하며 두 사람 사이를 살폈다.

"오빠가… 정우 수업 끝나는 시간을 착각했다고요? 누가 그래요?"

당면한 궁금증 앞에 서수경은 분노도 슬픔도 잠시 잊은 듯했다.

"아, 서민수 씨가 경찰서 오셨을 때… 월요일에도 수업이 5교시까지 있는 줄로 착각했다가 늦게 출발했다고…."

이규영의 말에 서수경은 눈살을 찌푸렸다.

"무슨 소리예요? 제가 그날 오전에 오빠에게 문자를 몇 번이나 보내서 일렀는데요. 12시 좀 전에도 확인 전화를 했었고요. 그때 오빠가 분명히 방금 출발했다고 했다고요. 사고가 나서 대로가 엄청 막히자 다른 길로 돌아서 가려고 했다가 길을 잘못 드는 바람에 늦은 거라고. 저에겐 그렇게 말했는데. 형사님이 오빠에게 직접 들은 말이에요?"

"네, 결혼하실 분이랑 같이 경찰서에 오셔서 제게…."

"뭐라고요?"

서수경이 발끈하며 자리에서 일어섰다.

"그 여자가 왔어요? 윤다해, 그 여자가 오빠랑 같이 왔다고요?"

"아, 네…. 그게…."

"그 여자가 뭐라고! 그 여자가 어디라고 오빠랑 같이, 네? 그것도 결혼할 사이라고 했다고요?"

"결혼할 사이가… 아닌가요?"

"나 참 어이가 없어서! 지가 뭐라고! 새빨간 거짓말쟁이 주제에!"

입에 거품을 물고 소리치는 서수경을 올려다보며 이규영은 생각했다.

약혼녀 이름이 '윤다해'인가 보구나.

생각해보니 이규영은 서민수와 동행한 약혼녀의 이름을 묻지도 않았었다.

5

"그냥 커뮤 뛰다 알게 된 캐인데, 바다거북 수프 게임하며 놀던 사이예요. 이 사건이랑은 아무 상관없고요. 말씀 안 하셨으면 보낸 줄도 몰랐을 거예요. 진짜 1도 기억 못하고 있었어요. 치치가 보냈나 봐요. 그 와중에. 놀자고."

김윤주가 말했다.

"바다거북 수프 게임?"

"모르세요?"

상대가 모르는 걸 설명해야 하는 상황이 기쁜 듯 김윤주는 술술 말을 이어갔다.

먼저 문제를 내는 사람이 수수께끼 같은 이야기를 던져줘요. 그럼 문제를 푸는 사람이 그것과 관련된 질문을 마구 하는데, 어떤 질문이든 괜찮아요. 문제 내는 사람은 꼭 답을 해야 하고요. 그런 식으로 질문과 답을 통해 진실이 뭔지 추리하는 게임이에요. 대표적인 게 바다거북 수프 문제라서 바다거북 수프 게임이라고 불러요.

바다거북 수프 문제는 이거예요. 한 남자가 레스토랑에 들어가서 바다거북 수프를 주문했어요. 수프가 나왔죠. 남자는 수프 맛을 보더니 셰프를 불러서 내가 먹은 게 바다거북 수프가 맞느냐고 물어봐요. 셰프는 맞다고 하고요. 그런데요, 그날 남자는 집으로 돌아가서 목매고 자살해버려요. 이 남자는 왜 자살을 했을까요?

답은 이거예요. 남자는 예전에 조난을 당한 적이 있어요. 여러 날을 굶자 같이 조난당한 사람들이 하나둘 죽었죠. 남자도 거의 죽기 직전이었는데 누군가가 바다거북을 잡아 수프를 끓였다며 남자에게 줬어요. 남자는 수프를 먹고 기운을 차렸고 구조됐어요. 그런데요, 한참 세월이 지나 남자가 레스토랑에서 맛본 바다거북 수프는 조난당했을 때 먹은 그 맛이 아니었던 거죠.

남자는 그때 먹었던 게 먼저 죽은 사람의 인육으로 만든 수프라는 걸 알게 되었고, 죄책감이 들어서 자살했다는 게 이 문제의 정답이에요. 어때요. 형사님은 맞힐 수 있겠어요?

말을 마친 김윤주가 미소 지었다.

"그러면서 논다고?"

이규영이 말했다. 사람을 죽일 때도,라는 말은 생략했다.

"네, 멘션 보낸 그 사람. 예전에 마피아 커뮤 뛸 때 만났던가 그랬을 텐데. 아닌가? 어쨌든요. 어쩌다 일대일 역극하다가 바다거북 수프 게임을 시작했는데, 잘 맞았어요. 아, '역극'은 역할극을 말하는 거예요. 그때부터 그 말이 신호였어요. 바다거북 먹을래?"

이규영은 빈 종이에 볼펜으로 의미 없는 선을 그리며 잠시 생각에 잠겼다.

"한번 해보실래요? 저랑?"

김윤주가 발랄한 목소리로 말했다.

"뭘?"

"바다거북 수프 게임이요."

이규영은 의자에 등을 기대며 천천히 고개를 끄덕였다. 눈앞의 대상을 조금은 이해할 수 있는 계기가 될지도 모른다는 기대와 약간 쉬어 가고 싶은 마음이 뒤섞인 수락이었다.

"좋아요. 들어보세요. 어떤 여자가요, 외출했다가 돌아와 보니 집에 도둑이 든 걸 알게 됐어요."

김윤주는 이규영 쪽으로 몸을 기울이며 자못 진지하게 말을 이었다.

"여자가 평생 벌어서 산 보석이며 집에 있던 돈이며 가구며 도둑이 싹 다 털어간 거예요. 집이 완전 텅텅 비어가지고, 여자는 방마다 다니며 미친 듯이 울었어요. 그런데요, 갑자기 타는 냄새가 진동하더니 밖에서 누군가 '불이야! 불이야!' 외치는 거예요. 여자는 급히 집을 빠져나갔죠. 나와서 뒤돌아보니 집이 불에 활활 타고 있었어요. 여자는 불타는 집을 보면서, 이번에는 미친 듯이 웃었어요. 여자는 왜 웃었게요?"

이규영은 눈 사이를 찡그렸다.

"그게 문제야?"

"네, 여자는 왜 웃었을까요? 맞히려면 질문을 해보세요. 저에게."

"글쎄…. 비싼 화재보험에 가입했다든가, 뭐 그런 거 아닐까? 여자가 집에 보험을 들었니?"

"아니에요."

김윤주는 힘차게 고개를 저었다.

"그럼 뭐, 너무 슬프면 웃음이 나는 그런 병이 있었나? 여자에게 특이한 정신질환이 있었어?"

"아니요."

김윤주는 고개를 저으며 손가락 하나를 세워 들었다.

"틀렸지만 접근은 좋았어요. 형사님."

10대 살인 용의자와 게임을 하며 칭찬을 듣다니 내가 지금 뭐 하는 건가 싶었지만 이규영은 조금만 더 받아주기로 했다.

"좋아, 정답. 마침 도둑맞지 않았으면 불에 다 타버렸을 건데 이제 도둑만 잡으면 재산을 찾을 수도 있다고 생각하니까, 안도해서 웃었다."

"아닌데요. 근데 그 말도 약간 그럴듯하네요."

"음… 혹시 도둑이 아직 집 안에 있었니?"

"아뇨. 왜요? 도둑이 불에 타 죽으니까 좋아서 웃었다고요?"

김윤주는 재밌다는 듯 입을 활짝 벌려 웃었다.

이규영은 여기까지 하기로 했다.

"그것도 아니면 모르겠다, 나는. 뭔데? 정답이?"

김윤주는 거만한 표정으로 여유를 부리더니 말했다.

"불타고 있던 건 옆집이었던 거예요. 여자는 옆집이 불에 활활 타는 걸 보면서 기뻐서 웃었어요."

"…왜?"

"이제 나보다 옆집 사람이 더 불행해졌구나, 하고요."

김윤주가 입꼬리를 씩 들어올리며 웃었다. 상대의 고통은 아랑곳하지 않는 잔인함이 번뜩이는 미소였다.

이규영은 눈앞의 용의자가 잔혹한 아동 살인범이라는 사실을 잠시 잊고 있었다.

"그거 알아요, 형사님? 아무리 해도 행복해지지 않으면, 정말 별 짓을 다 해도 행복해지지 않으면 어떻게 해야 하는지?"

"글쎄. 어떻게 해야 하는데?"

"내 주변 사람을 불행하게 만들면 돼요."

음산한 목소리였다.

"그럼 내가 좀 행복해진 것 같은 기분이 들잖아요."

"그래서 정우를 죽였니?"

오싹한 기분에 이규영은 화도 나지 않았다.

김윤주는 어깨를 떨구며 한숨을 쉬었다. 놀랍도록 빠르게 슬픈 표정이 되어 김윤주는 시무룩하게 말했다.

"아이참. 정말 미안한데요. 그 아이는 이미 죽었잖아요. 진짜 미안한 일이지만 그렇게 돼버렸잖아요. 지금 살아 있는 사람이 더 중요하지 않을까요?"

이규영은 팔짱을 낀 자세로 김윤주를 노려보며 침묵으로 대답을 대신했다.

김윤주는 머리를 벅벅 긁고 통통한 제 볼살을 꼬집어보기도 하더니 뭔가 결심한 듯 입맛을 쩍 다셨다.

"정확히 기억은 안 나지만… 한강에 버렸어요."

"뭘?"

"손목…이요."

이규영은 정신이 번쩍 났다. 김윤주가 정우의 손목에 대해 언급한 것은 처음이었다.

"2호선을 탔다가, 4호선도 탔다가… 강이 보여서 내렸어요. 뭔지는 모르지만 다리를 건너다가 가방에서 그걸 꺼내서… 던져버렸어요. 겁나서요. 가지고 있다가 들킬 것 같아서. 그거 들키면 빼도 박도 못하잖아요."

김윤주는 더 이상 인격이 바뀌는 시늉은 하지 않았지만 정우의 손목을 찾을 수 있을 만한 구체적인 진술도 하지 않았다.

다만 그날 다른 사람을 만나거나 연락했느냐는 질문에는 극구 부인했다. 모든 것은 다 자기가 했다. 진짜 사람의 손목을 가지고 싶었다. 가상 세계의 역할극에 빠져 있다 보니 현실과 상상의 경계가 어느 순간 희미해졌다. 그날의 일도 가상 세계에서 벌어진 것 같고 아직까지 현실이라는 실감이 안 난다며 어떤 부분은 자세하게, 어떤 부분은 모호하게 선택적으로 자백했다.

어떤 말로 정우를 집까지 따라오게 만들었느냐는 부분도 모호하게 얼버무리는 지점이었다.

"가방에 달린 이름표 보고, 저 아이가 서정우인 것 같아서 이름 부르면서 다가가니까요. 그냥 걔가 대번 마음을 놓았던 것 같은데…. 자기 이름을 알고 있으니까요. 왜 집에 안 가고 있느냐고 물으니까 삼촌이 데리러 오기로 해서 기다리는 거라고… 한 것 같아요. 그래서… 누나가 삼촌 아는 사람인데 삼촌이 급한 일 생겨서 대신 데리러 왔다고… 누나 집에 가자고… 그럼 삼촌이 누나 집으로 데리러 올 거라고…."

"그러니까 정우가 따라갔다고? 마을버스 타고 네 집까지?"

납득이 안 되는 설명에 다그쳐도 김윤주는 그냥 일이 그렇게 풀렸다고만 할 뿐이었다. 가족 모두 직장에 가서 비어 있는 집에 정우를 데리고 들어가 탄산음료를 권한 다음, 뒤에서 덮쳐 노끈으로 정우의 목을 조른 과정이나 숨이 끊어진 걸 확인하고 칼로 손목을 자른 과정은 상세히 얘기했다. 별다른 죄책감이나 후회는 느껴지지 않는 말투였다. 사이버 캐릭터가 무용담을 늘어놓는 것 같았다.

"네가 휴대폰으로 정우에게 뭔가 보여주면서 말을 했다던데. 뭐였지?"

김윤주와 정우의 만남을 끝까지 지켜본 정우의 친구 준혁의 목격담이었다. 김윤주는 고개를 갸웃했다.

"제가요?"

준혁은 정우가 그 아줌마와 그 아줌마 휴대폰 화면을 보며 얘기를 나누더니 친구들에게 이만 집에 가겠다고 외쳤다고 했다.

"그런 적 없는데요?"

6

정우의 삼촌 서민수는 12시에 조퇴하겠다고 조퇴계를 냈고, 실제로는 11시 45분경에 회사를 나선 것으로 밝혀졌다. 서민수의 차는 11시 48분에 회사 주차장을 빠져나왔다. 동생 서수경이 11시 57분에 서민수의 휴대폰으로 전화를 걸었다. 서민수는 이제 출발했다고 말했다. 서수경은 고마움을 표시했고 남매의 통화는 짧게 끝났다.

그러나 그때 서민수는 신촌에 있는 한 패션 쇼핑몰의 지하 주차장에 있었다.

"정우 데리러 같이 가려고 했다고요?"

이규영은 마주 앉은 참고인에게 물었다. 참고인은 오늘 아침 수사관의 임의동행 요구에 응해 경찰서로 왔다.

"할 일도 없고 그냥 같이 가고 싶더라고요. 이 기회에 정우랑 친해지고 싶기도 했고. 회사 앞에서 오빠 만나서 차에 탔어요."

"좋아요. 다 좋은데요."

이규영은 말을 멈추고 윤다해를 한번 칩떠보았다.

"옷을 꼭 그날 환불받아야 했나요?"

힐난이 담긴 말투였다. 앞서 서민수를 불러 조사했을 때 나온 얘기가 너무 기막혀서였다.

"가는 길이잖아요. 진짜 간단히 리펀드만 받고 나올 생각이었다고요. 후딱 갔다 오려고 했는데. 어휴."

윤다해가 애석하다는 듯 한숨을 쉬었다.

윤다해는 서민수를 주차장에 남겨놓고 혼자 쇼핑몰에 올라갔다. 5분도 걸리지 않을 거라고 했지만 10분이 넘도록 오지 않았다. 서민수가 전화를 걸었지만 윤다해는 계속해서 받지 않았다. 여덟 번째 시도에서 겨우 연결되었다. 서민수는 어디 있는 거냐며 왜 내려오지 않느냐고 물었다. 휴대폰 저편에서 여자의 거친 숨소리인지 신음인지 알 수 없는 소리만 들리더니 전화가 뚝 끊겼다. 그 뒤로는 또 통화 불능이었다.

"모바일 폰을 잃어버렸어요. 진짜 완전 go up the wall! 미치는 줄 알았다고요. 폰 케이스에 크레디트 카드도 껴 있고 다 있는데."

윤다해는 잃어버린 휴대폰을 찾아 쇼핑몰 곳곳을 누볐다.

같은 시각 연인에게 혹시 무슨 일이 생긴 건 아닌가 불안감이 치솟은 서민수는 쇼핑몰로 올라갔다. 서민수는 경찰에 신고해야 하는 건 아닌가 생각하며 112를 눌렀다가 말았다고 했다. 서민수는 여성복 매장을 뛰다시피 둘러보며 윤다해를 찾았다.

12시 26분, 서민수의 휴대폰으로 그렇게 기다리던 윤다해의 전화가 걸려왔다.

"리펀드 하러 가기 전에 화장실에 잠깐 들렀었거든요? 세 번째로 찾으러 갔을 때 발견했어요. 나 참. 청소용품 칸 바닥에 있는 거 있죠?"

지금 생각해도 어떻게 된 영문인지 알 수 없다는 듯 윤다해는 양손을 들어올렸다. 화장실에서 윤다해의 휴대폰을 주운 누군가가 서민수의 전화를 받아 수상한 숨소리를 남기고는 청소용품실에 던져두었다는 말이다. 그런 장난을 하는 사람이 있을까? 뭐 없지는 않겠지. 이규영은 일단 말을 끝까지 들어보기로 했다.

두 연인은 12시 30분경 여성복 매장이 있는 쇼핑몰 4층에서 다시 만났다. 혼이 빠져 있던 서민수는 그제야 정신을 차리고 준혁에게 전화를 걸었다. 마침 종례 시간이 되어 선생님에게 맡겨둔 휴대폰을 돌려받은 준혁이 전화를 받았다. 서민수는 정우를 바꿔달라고 한 뒤 삼촌이 늦을 것 같으니 기다려달라는 말을 했다. 문제는 그 뒤에 또 주차장에서 발생했다. 이번에는 자동차 스마트키가 보이지 않았다. 둘은 다시 왔던 길을 되짚어 올라갔고 우여곡절을 거쳐 유실물을 맡아주는 고객센터에서 겨우 스마트키를 찾았다.

모든 소동이 끝났을 때는 오후 1시에 가까워져 있었다.

드디어 출발할 수 있게 되었을 때, 윤다해는 서민수에게 혼자 정우를 데리러 가라고 하고는 서민수와 헤어졌다.

"너무 진도 빠지고… 생각해보니 내가 안 가는 게 좋겠더라고요."

"왜죠?"

윤다해가 눈살을 찌푸렸다.

"수경 씨가 저를 안 좋아하거든요. 내가 같이 정우를 데리러 간 걸 알면… 그것도 늦게 간 걸 알면 난리 칠 것 같아서요. 오빠 혼자 가라고 하고 저는 그냥 집에 갔어요."

그 여자 입에서 나오는 건 숨 쉬는 것 빼곤 다 거짓말이라고요.

이규영은 서수경이 분노에 떨며 말하던 걸 떠올렸다. 형사들이 집에 찾아갔던 날, 오빠가 그런 여자와 결혼하는 건 절대 있을 수 없는 일이라며 서수경은 슬픔도 잊고 소리쳤다.

"이럴 줄 알았으면 애초에 같이 간다고 하질 않는 건데…."

윤다해는 후회하는 표정을 지었다. 살인 과정을 자백할 때조차 아무런 죄책감을 느끼지 않는 김윤주와는 달랐다. 감정이 담긴 반응이었다. 이것이 연기라면 아주 잘하는 거라는 생각이 들었다.

하필이면 그날 그 상황에서 윤다해가 휴대폰을 잃어버리고 연이어 서민수가 자동차 키를 잃어버린 것.

우연일까?

이규영은 눈앞의 여자를 보았다. 일부러 휴대폰에 수상한 신음을 남기고, 얼이 빠져 있는 서민수에게서 자동차 스마트키를 슬쩍 빼돌리는 여자의 행동을 상상했다.

"네. 그렇다고 치고."

이규영은 싸늘하게 말했다.

"그런데 왜 지난번 서민수 씨와 왔을 때는 거짓말을 했죠?"

"오빠가 너무 죄책감을 느끼니까요!"

윤다해의 눈꼬리에 눈물이 맺히더니 톡 떨어졌다.

"저도요…. 결과적으로 저 때문에 정우가 그런 끔찍한 일을 당했다고 생각하니까… 그날 제가 같이 가자고 하지만 않았어도… 아니, 쇼핑몰에 들르자고 하지만 않았어도… 정우가 그렇게 되지 않았을 수도 있다고 생각하니까… 무서웠어요. 사실대로 말하는 게 너무… 그래서 우리끼리 그냥…."

"학교 끝나는 시간을 착각해서 늦은 것으로 해달라고 했군요."

그리고 서민수가 시킨 대로 잘 말하는지 감시하려고 경찰서에 동행했던 것이다.

"오빠가 그렇게 하자고 했어요! 자기가 늦어서 일이 이렇게 됐다고 오빠가 너무 괴로워하면서…."

윤다해는 살짝 발끈하다가 이규영의 눈빛을 느끼곤 고개를 떨궜다.

"죄송합니다…. 어쨌든 누가 먼저 그러자고 했든지 간에… 수경 씨에게 너무 미안해서… 도저히 사실대로 말할 수가 없었어요…."

윤다해가 소리 내어 흐느꼈다.

오빠가 결혼할 여자라고 소개하는데 첫 만남부터 그 여자, 저는 이상했어요. 느낌이 안 좋더라고요.

이규영의 머릿속에서 서수경의 흥분된 목소리가 되살아났다.

겉보기엔 예쁘고 애교도 많고 남자가 반할 만하게 생겼어요. 오빠보다 나이도 훨씬 어리고요. 그런데 그 여자가 자기에 대해 하는 말을 들어보면, 들으면 들을수록 현실이 아닌 것 같고, 뭐랄까 드라마에 나오는 이야기들을 오려놓은 것 같았어요. 이전에 허언증이 있는 사람을 겪어봐서 알았죠. 아, 얘도 허언증이 있구나.

서수경의 말에 따르면 자기가 Y대 정외과에 수석으로 입학을 했는데 한국의 대학 교육에 환멸을 느껴 자퇴하고, 훌쩍 미국으로 건너가 SAT를 봤는데 컬럼비아대학에 덜컥 합격을 했고, 거기서 세계적 석학으로 불리는 교수의 눈에 띄어 연구를 돕고 후원을 받아가며 공부하다가, 대학 졸업반 때 엄청난 경쟁률을 뚫고 유엔 산하 정치 연구소에 연구원으로 들어갔다는 식이었다. 그러다 유엔이라는 조직이 가진 위선과 부조리에 또 환멸을 느껴 휴직을 하고 한국으로 돌아와서 지내던 중 서민수를 만났다는 스토리였다.

그러면서 말끝마다 자기가 뭔가 대단한 문제의식이 있는 엘리트인 척 영어를 섞어 말하고 세상 모든 것을 비판하는데 갈수록 구체적인 부분에서 뭔가 앞뒤가 안 맞는 거예요. 특히 학력 부분에서 굉장히 미심쩍었어요. Y대 교학과에서 일하는 선배가 있거든요. 좀 알아봤죠.

그래서 제가 몇 번 거짓말 아니냐고 지적했는데 그러면 또 아무렇지도 않은 척 둘러대고 넘어가요. 그리고 그 여자, 따져보면 정작 하는 일이 없어요. 그냥 백수예요. 명품 좋아하는 백수. 그러다 알게 됐죠. 그 여자가 오빠 돈을 쪽쪽 빨아먹고 있다는 걸. 지금 사는 오피스텔도 오빠가 얻어준 거고 시시때때로 가는 해외여행 경비도 오빠가 대준 거고요. 그것도 모자라서 오빠는 그 여자가 꾀는 대로 돌아가신 아빠가 남겨준 자기 몫의 재산을 직접 관리하겠다고 엄마에게 조르고 있어요.

그런데 타고나길 순한 성격에 거의 인생 처음 하는 연애에 푹 빠져 있는 서민수는 아무리 옆에서 뭐라고 해도 윤다해라는 여자를 바로 볼 생각을 하지 않았다고 했다. 서수경의 모친도 별다를 게 없었다. 윤다해라는 여자의 애교와 말솜씨에 어느새 넘어갔는지 서수경의 반응을, 오빠를 다른 여자에게 빼앗긴 여동생의 유난스러운 질투 정도로 취급했다.

서수경은 오빠가 윤다해와 결혼하는 걸 보고만 있지 않겠다고 말했다. 둘의 결혼을 막기 위해서 앞으로도 자신이 할 수 있는 모든 것을 하겠다고 했다. 진심이었다.

"김윤주, 알았죠?"

이규영의 물음에 윤다해는 흐느낌을 멈추고 고개를 들었다. 눈물 젖은 얼굴에 긴장감이 서렸다. 어떻게 대답하는 게 좋을지 저울질하는 속내가 느껴졌다.

"김윤주 아는 애잖아요? 알면서 모르는 척 지난번에 거짓말했죠. 자, 지금부터 거짓말은 하지 않는 게 좋을 거예요. 여덟 살짜리 애가 죽은 사건이에요."

윤다해는 입을 꾹 닫았다. 경찰이 어디까지 알고 있는지 모르니 함부로 인정할 수도 부인할 수도 없었다.

"바다거북 먹을래?"

이규영이 말했다.

1초, 2초, 3초. 시간이 흘렀다.

윤다해가 미간을 찡그렸다.

"…얼굴은 몰랐어요. 본명도요."

"알고 있었다는 말로 듣겠습니다. 언제부터 알았죠? 트위터 쥬나를?"

윤다해가 자리에서 벌떡 일어나더니 옆의 의자에 놓아둔 핸드백을 챙겨 들었다.

“이만 가야겠어요. 약속이 있어서. 갑자기 찾아와서 막무가내로 경찰서로 가자고 하시니까 오긴 왔는데. 이건 아닌 것 같아요. 저도 일정이 있잖아요. 나중에 또….”

“앉으세요.”

이규영은 재킷 속주머니에서 영장을 꺼내 펼쳐 보였다.

“윤다해 씨. 피해자 서정우에 대한 사체유기죄… 일단은 사체유기죄로 체포합니다. 지금부터 윤다해 씨는 피의자 신분으로 전환됩니다. 윤다해 씨에게는 변호인을 선임할 권리가 있고, 진술을 거부할 권리가 있고, 체포 적부심을 청구할 권리가 있습니다.”

윤다해는 하얗게 질린 얼굴로 이규영의 손에 들린 영장을 바라보았다. 이런 일이 일어날 리가 없다는 표정이었다. 윤다해는 이제 자유롭게 나가지 못하게 된 조사실 문을 힐끔 보았다.

이규영은 조금은 과장된 몸짓으로 맞은편 의자를 가리켰다.

“앉으세요, 세실리아 황제 폐하.”

윤다해는 당황한 와중에도 분노로 얼굴을 움찔거렸다.

이규영은 결전의 마음을 다졌다. 이규영의 생각이 옳았다.

김윤주의 뒤에는 누군가 있었고, 이규영은 그 사람을 찾았다.

진실게임의 대상이 이제 두 명으로 늘었다.

죄수의 딜레마.

게임에서 이기기 위한 이규영의 전략이었다.

## 7

CCTV는 엘리베이터 문과 우측 벽에 붙은 우편함을 비췄다. 검은색 바람막이 점퍼의 후드를 머리에 쓰고 작은 백팩을 둘러멘 사람이 화면에 나타났다. 카메라 각도상 얼굴은 확인할 수 없지만 젊은 여자로 보였다.

여자는 주변을 조심스레 둘러보며 우편함으로 다가갔다. 오가는 사람이 없는 걸 확인하고 여자는 백팩에서 입구 부분을 반으로 접은 쇼핑백을 꺼냈다. 여자는 우편함 한 곳에 쇼핑백을 집어넣고 다시 한번 주변을 살폈다. 오피스텔 주민으로 보이는 남자 한 명이 현관 쪽에서 나타났다. 남자는 바지 주머니에 손을 넣은 채 터덜터덜 걸어와 엘리베이터 버튼을 눌렀다. 후드를 쓴 여자는 휴대폰을 보며 우편함 근처에서 서성였다.

남자가 엘리베이터를 타고 올라가자 여자는 재빨리 쇼핑백을 넣어둔 우편함을 열고 휴대폰으로 사진을 찍었다. 여자는 찍은 사진을 확인하는 듯하더니 계속 휴대폰을 조작하며 화면 밖으로 사라졌다.

"윤다해에게 메시지 보낸 거니?"

이규영은 노트북을 자기 쪽으로 돌리며 물었다.

"그렇죠, 뭐."

김윤주가 답했다.

"뭐라고 보냈어?"

"바다거북, 우편함에 넣어뒀다고요."

김윤주는 윤다해와의 사이에서 '바다거북'이 인육을 뜻하는 암호라고 했다. 바다거북 수프 게임의 소재에서 착안한 거였다.

"윤다해가 거기 넣어두라고 했구나."

"아, 아니라니까요."

김윤주는 살짝 짜증까지 내며 부인했다.

"다 제가 한 거라고 여태까지 말씀드렸잖아요. 제가 그냥 세실리아 님에게 선물하고 싶었다니까요."

"윤다해 집은 어떻게 알았어?"

"몇 번 만났을 때 집까지 바래다드렸으니까요. 선물 드리고 싶으면 우편함에 넣어두곤 했어요."

"선물? 그전엔 무슨 선물을 줬는데?"

"빵이요."

김윤주는 피곤한 듯 눈을 비볐다.

"빵?"

이규영은 김윤주의 집에 전문가용 오븐을 비롯해서 제빵을 할 수 있는 각종 장비가 갖춰져 있던 걸 기억했다. 태블릿으로 그림을 그리고 사이버 세상에서 노는 것 외에 김윤주에게는 빵을 만드는 취미가 있었다. 중학교 졸업반 때는 제과제빵 전문 특성화고 진학도 생각해본 적이 있다고 했다.

"네. 제가 만든 빵이요. 컵케이크나 쿠키 같은 거. 맛있다고 좋아하셨어요. 가장 최근에는 고기파이도 만들어서 선물한 적이 있었죠. 그걸 가장 좋아하셨다고요."

그래서 아이의 손목도 넣어두면 좋아할 거라고 생각했다는 건가. 이규영은 머리가 지끈 아팠다. 윤다해와의 관계가 탄로난 뒤로 김윤주는 시종일관 이런 식의 자백을 이어갔다.

김윤주는 알렉산드리아의 겨울 커뮤 활동이 끝나고도 윤다해와 개인적인 만남을 이어갔다고 했다. 윤다해에게 호감을 느낀 김윤주가 먼저 연락했다. 둘은 세실리아 황제와 올가 근위대장이라는 서로의 역할에 심취해 있었다. 김윤주에게 윤다해는 여전히 두려움과 숭배의 대상이었다. 어떤 가학적인 명령이 떨어져도 절대적으로 복종해야 하는 절대군주였다. 둘은 일상적인 대화를 하다가도 언제든 커뮤 세계관으로 돌아가 역할극을 하며 놀았다. 나중에는 어떤 것이 일상적인 대화이고 어떤 것이 역할극 대화인지 구분할 수 없는 지경이 되었다. 절대 황권을 가진 알렉산드리아의 군주, 탐욕스러운 세실리아 황제는 계속해서 인육을 원했다. 김윤주에게 언제까지 인육을 구해오지 못하면 벌을 내리겠다고 했다. 명령의 강도는 점점 세졌으며 김윤주는 압박을 느꼈다. 말미가 연기될수록 황제의 꾸지람은 혹독해졌다. 황제는 이달 말일이 최종적인 말미이고 더 이상의 기회는 없을 거라고 했다. 김윤주는 인육을 바치지 못하면 세실리아 황제가 자신을 떠날 것 같아 초조해졌다. 세상을 지배하고 다스리는 자, 나의 주인, 나의 모든 것. 세실리아 황제가 나를 떠난다면 이 세상도 자기 자신도 모두 끝나버릴 것만 같았다고, 김윤주는 진심으로 고통스러운 표정으로 말했다. 라라가 고통스러워하자 치치가 자신이 그 일을 하겠다고 나섰다. 라라는 말릴 수 없었다. 고통이 심해질수록, 현실과 가상 세계 사이의 경계가 희미해질수록 잔혹하고 냉정한 치치의 힘은 커져만 갔다.

형사님이 믿든 안 믿든 제 안에 치치는 있어요. 김윤주는 확신을 담아 말했다.

"그런데 왜 하필 서정우였지?"

이규영은 목소리를 높였다.

"윤다해와 상관없이 너 혼자 저지른 일이라며. 그런데 왜 윤다해와 관련이 있는 아이를 죽인 거지?"

김윤주는 꿈꾸는 듯한 눈으로 어깨를 으쓱했다. 다른 생각에 빠진 것 같았다.

"…그런데요, 형사님."

"뭐야."

"제 사건, 유명해요? 엄청 난리 났어요?"

김윤주의 눈이 뭔지 모를 만족감으로 빛났다.

"누가 그래?"

"어제 변호사님이요. 저 때문에 나라가 발칵 뒤집혔다던데. 그 정도예요?"

김윤주의 부모는 뒤늦게 변호사를 선임했다. 변호사는 어제 김윤주와 첫 접견을 했다. 변호사에게 사건에 대한 언론과 대중의 반응을 들은 모양이었다.

"그건 나중에 얘기하고, 왜 서정우였냐고?"

이규영의 차가운 말투에 김윤주는 입술을 한번 씰룩이더니 대답했다.

"세실리아 님이 남자친구와 함께 걔 학예회에 간 적이 있었는데요. 걔 손이 예쁘다고 했어요. 조그만 손으로 바이올린 켜는 게."

"정우 손이 예쁘다고 했다고?"

"네. 갖고 싶은 손이라고… 먹고 싶다고… 아주 탐난다고 하셨어요."

이규영은 울컥 욕지기가 올라오는 걸 참았다.

"그래서?"

"그래서 뭐요. 이왕 선물 드릴 거 개를 드리면 좋을 것 같아서 제가…."

이어지는 추궁에도 김윤주는 윤다해의 공모를 꾸준히 부인했다. 하굣길에 매일 정우를 데리러 가던 외할머니가 하필 그날 여행을 간 사실, 그래서 그날은 외삼촌이 정우를 데리러 가기로 한 사실, 그런데 윤다해가 중간에 끼어들어 쇼핑몰에 들러 시간을 지체하는 바람에 삼촌이 늦게 도착했고 그 사이 김윤주가 범행을 저지를 수 있었던 사실 모두 우연이라고 했다.

일찍이 이규영은 김윤주가 자백을 시작한 시점에 주목했다.

미심쩍은 정신병을 핑계 대며 대답을 회피하던 김윤주는 범행 당시 윤다해에게 보낸 트위터 멘션이 들통나자 태도를 바꿨다. 그전까지 베일에 싸여 있던 윤다해의 정체가 드러날 위기에 처하자, 돌연 모든 것이 자신의 독자적인 범행이라고 주장한 것이다. 그 순간 이규영은 김윤주의 트위터 멘션 상대자가 공범이라고 직감했다.

"윤다해, 세실리아 황제가 그렇게 사람의 손목을 원했어? 진짜 사람의 손을?"

"저는… 그렇다고 생각했어요."

"왜? 쎄 보이고 싶어서?"

"치. 형사님은 이해 못하실 거예요. 우리 세계관을…. 우리끼리 통하는 그런 게 있어요. 미안하지만 그건… 선이니 악이니 하는 것과는 관계없는… 그걸 초월한 거예요. 보통 사람은 이해할 수 없는 거고 이해해주길 바라지도 않아요."

김윤주가 마음이 상했는지 입술을 앙다물었다.

이규영은 자리에서 일어나 진술녹화실 안을 몇 걸음 서성였다.

"그런데 어쩌지?"

이규영은 진술녹화실 벽에 등을 기대고 섰다.

"윤다해는 네 선물이 정말 거추장스러웠대. 인터넷에서 만난 정신 나간 10대가 말이야, 자기 하는 말이 진짠지 가짠지도 모르고 자길 엄청 곤란하게 했다고 화를 펄펄 내던데? 그래, 윤다해도 다 네가 꾸민 짓이라고 하더라. 진짜 사람 손을 갖다주면 어떡하냐고. 아주 제대로 미친 애를 만나서 인생을 망쳤다고. 화내고 울던데?"

잠시 침묵이 흘렀다.

"…거추장스러웠다고요?"

김윤주는 일그러진 표정으로 이규영을 쏘아보았다.

"아까 바깥에서 네 사건, 유명하냐고 물었지?"

이규영은 다시 자리에 앉았다.

"그래 유명해. 아주 나라가 발칵 뒤집혔고 난리도 아니야. 어떻게 10대 여고 자퇴생이 어린아이를 상대로 이런 잔혹한 짓을 할 수 있냐고 말이지. 그런데 10대라서 사형이나 무기징역은 못 때려. 그게 말이 되냐고 법을 바꿔야 하는 거 아니냐고 아주 여론이 시끄러워."

이규영은 잠시 말 사이를 띄웠다. 김윤주의 표정이 좋지 않았다.

"미성년자에게 내릴 수 있는 법정 최고형이 20년이야. 이렇게 여론이 시끌시끌하니 내 예상에 너 아마 징역 20년 받을걸. 그럼 형기 끝나면 서른여덟 살이겠네. 어쩌지? 서른여덟 살까지 교도소에 갇혀서 자캐 커뮤도 못 뛰고 너 좋아하는 빵도 못 만들 거야. 커뮤러들이 면회는 와줄까?"

"군주는 원래 그렇게 말하는 거예요!"

김윤주가 버럭 소리를 질렀다.

"뭐라고?"

"군주는요, 신하에게 선물을 받아도 표 나게 기뻐하는 게 아니에요! 군주의 명령을 따르는 건 신하로서 당연한 거니까요!"

"아하, 그래?"

김윤주는 거친 숨을 씩씩거리며 내쉬었다. 이규영은 이때라는 생각이 들었다. 김윤주의 마음에 소용돌이치는 불안을 더 키워줄 때였다.

"안타깝다. 너는 세실리아 황제에게 이렇게 충성을 다하고 있는데… 세실리아 황제에게 인육을 바치기 위해. 오직 그것을 위해 여덟 살짜리 아이도 죽이고 이렇게 범죄자가 되었는데 말이야. 온 국민이 지탄하는 범죄자. 앞으로 20년간 감옥에서 청춘을 바치며 썩어갈."

이규영은 몸을 숙여 김윤주에게 얼굴을 바짝 들이밀고 속삭였다.

"그런데 잘 생각해봐. 세실리아 황제가 너에게 원한 건, 정말 인간의 손목이었을까? 너희들 사이에만 통한다는 그 세계관인가 뭔가 그것대로?"

"…네?"

"세실리아 황제는 사람의 신체 일부나 인육에 관심이 없어. 너와 달라. 그 망할 놈의 잔혹한 세계관 따위. 너희들이 보통 사람들과 다른 특별한 종족인 것처럼 착각하게 해주는 그런 세계관 따위 너와 공유하고 있지 않아. 그 여자에게 너는 알렉산드리아의 올가 근위대장이 아니야. 그냥 시키면 살인까지 해주고 혼자 뒤집어써 주는 호구일 뿐이지."

"뭐라고요?"

"그럼 지금 네 꼴은 어떻게 되는 걸까?"

이규영은 그 순간 김윤주의 내면에서 뭔가 폭삭 주저앉는 소리를 들은 것도 같았다.

8

"한국에서 명문대 입학했으나 회의 느껴 자퇴하고, 미국 가서 컬럼비아대학 나왔고, 유엔 산하 정치 연구소에 입사해서 현재는 휴직 중이라면서요? 미국 이름은… 그레이스 윤? 서민수 씨 가족에겐 그렇게 말했다던데, 맞습니까?"

윤다해는 흥, 하고 콧방귀를 뀌었다. 참고인에서 피의자 신분으로 전환된 윤다해의 2차 피의자 신문이었다.

"아니란 거 다 알잖아요. 그냥 해본 말이에요."

"알아보니 수원에 있는 2년제 대학 나오셨네요. 보습학원에서 영어 강사 아르바이트 띄엄띄엄 한 게 공식 경력의 전부고. 어렸을 때 가족 따라 몇 년 미국 이민 생활 하긴 하셨던데. 영어는 그때 익힌 게 다죠? 생활 영어."

윤다해는 뭐 어쩌라고, 하는 표정으로 이규영을 쳐다보았다.

"허언증 있어요?"

"있어 보이려고 뻥 좀 쳤어요. 시집 좀 잘 가려고. 그게 죄예요?"

"거짓말은 죄가 아니지만 거짓을 지키려고 살인을 교사하면 죄가 되죠."

"살인 교사는 무슨! 누가 살인 교사를 했다고 그래요! 여태까지 말한 거 뭘 들었어요!"

윤다해는 정색하며 소리쳤다.

하드고어 자캐 커뮤에서는 하루에도 수천수만 건의 잔혹한 살인과 고문, 사체 유기, 학대, 능욕이 벌어진다. 그걸 김윤주가 현실로 옮길 거라고 자신이 어떻게 알 수 있었겠느냐며 윤다해는 무고함을 주장했다. 범행이 일어나던 날 김윤주가 평소 쓰지 않는 트위터 계정으로 '바다거북 먹을래?'라는 멘션을 보냈을 때도 그저 평소 하던 역할극을 하자는 건 줄 알았다. 김윤주가 곧 본래 쓰던 계정으로 다시 같은 내용의 디엠을 보내와 '좋지. 굽기는 미디엄. 가니시는 구운 아스파라거스로 부탁'이라고 대꾸해줬다. 서민수로부터 정우가 실종됐다는 연락을 받았을 때도 설마 김윤주의 짓일 거라고는 상상도 하지 못했다. 그날 오후 늦게 오피스텔 우편함에 바다거북 고기를 넣어뒀다는 김윤주의 연락을 받았을 때조차 또 빵 쪼가리나 넣어뒀겠지 생각하고 넘겼다.

저녁에 정우의 시신이 발견되고 서민수와 함께 정신없이 시간을 보내다 밤에 집에 돌아와 김윤주의 '선물'을 확인했을 때 자신이 얼마나 놀란 줄 아느냐며 윤다해는 오히려 동정을 호소했다. 처음에는 영화 촬영할 때 쓰는 소품인 줄 알았다고 했다. 꺼림칙한 마음에 '선물'을 쇼핑백째 들고 나가 한강에 던져버릴 때도 그렇게 믿었다는 것이다. 나중에야 서서히 김윤주가 저지른 짓을 현실로 받아들였고 두렵고 떨리는 마음에 김윤주와 연락을 주고받은 트위터 계정을 삭제한 거라고 윤다해는 달변으로 떠들었다. 당장 다음 날 휴대폰도 버리고 새걸로 바꿨다고 했다. 무서워서.

"김윤주가 알아서 다 한 거라고? 이봐요. 그걸 지금 믿으라고 하는 소리예요!"

이규영은 손바닥으로 책상을 치며 언성을 높였다. 윤다해는 움찔하지도 않고 이규영의 시선을 맞받았다. 거짓말을 들켜도 당황하거나 부끄러워하지 않는 병적인 거짓말쟁이의 눈빛이었다. 이규영은 이런 눈빛을 가진 범죄자를 몇 알고 있었다.

"제가 왜 정우를 해치겠어요? 내가 결혼할 사람의 조카를."

"정우 엄마, 서수경 씨가 당신의 거짓말을 꿰뚫어봤으니까요."

"네?"

"김윤주가 재밌는 말을 하더군요."

이규영이 말을 돌렸다. 윤다해는 신경 쓰인다는 표정으로 이규영의 말이 이어지기를 기다렸다.

"아무리 해도 행복해지지 않으면, 주변 사람을 불행하게 만들면 된다고."

"무슨 뜻이에요?"

"당신의 실체를 알아채고 결혼을 적극적으로 방해하는 서수경을 제지하려면, 서수경을 불행하게 만들면 된다는 뜻이죠. 불행에 빠져 허우적대는 것 외에 다른 생각을 못하게 하면 된다는 뜻."

서수경은 사건이 일어나기 얼마 전 심부름센터에 윤다해의 뒷조사를 의뢰했다고 했다. 특히 윤다해가 서민수를 꾀어 갈취한 돈의 향방을 알아봐달라고 했다. 자신의 금융 상황에 대한 조사가 이루어지고 있다는 걸 윤다해는 눈치챘을 것이다. 조사를 의뢰한 사람이 누구인지도. 윤다해는 갖은 이유를 들어 서민수의 돈을 꽤 나 많이 빼돌렸고 대출까지 받게 했다. 결혼 얘기가 오가면서부터는 상속 재산에도 눈독을 들였다. 사기 행각이 들통나고 순진한 부자 남자와의 결혼이 무산되기 일보 직전이었을 터다.

"지금 소설 써요? 그래서 내가 김윤주를 시켜 정우를 죽이게 했다고요?"

"죽이라고까지 했는지는 아직 모르겠어요. 윤다해 씨가 사실대로 말하면 들어보고 판단해봐야겠죠. 하지만 최소한 정우를 납치하라고는 교사했어요. 그리고 김윤주가 정우를 죽이고 시신을 훼손할 수도 있을 것이라는, 살인과 사체 유기의 미필적고의는 있었다고 봅니다."

"말도 안 돼…."

"말이 되죠. 김윤주가 다 불었거든요."

윤다해의 눈에 불안이 찾아들었다.

"불다뇨. 뭘요?"

"다요."

이규영은 말을 멈추고 윤다해의 불안이 더욱 커지기를 기다렸다.

너무 가까이에 있었다.

윤다해 옆 너무 가까운 곳에 김윤주가 있었던 것이 이런 말도 안 되는 참극을 낳았다. 가상 세계의 역할극에 심취해서 자신의 말이라면 무엇이든 복종할 준비가 되어 있는 정신이 불안한 10대 소녀가 옆에 있었기 때문에 윤다해도 시도해봤을 것이다. 되든 안 되든. 될지도 모르니까.

그렇다고 윤다해의 악의가 감경될 수 있는 건 아니었다. 윤다해가 이 범행에 계획적으로 깊게 관여했다는 걸 어떻게든 증명하고 말겠다고 이규영은 다짐했다.

9

윤다해는 범행이 가능한 날을 콕 집어 알려줬다. 학교가 끝나면 늘 정우를 데리러 가는 외할머니가 해외여행을 갔고 마침 바이올린 학원도 휴원을 한 바람에 그날 정우의 삼촌이 조퇴를 하고 정우를 데리러 갈 예정이라고 했다. 좀처럼 없는 기회였다. 정우의 삼촌이 제때 가지 못하도록 자신이 손을 쓰겠다고 하면서 윤다해는 김윤주에게 영상 파일 하나를 보냈다.

서민수의 얼굴이 화면 가득히 나오는 영상이었다. 영상통화를 녹화한 거였는데 통화 상태가 좋지 않았는지 방긋 웃으며 말하는 서민수의 음성이 소음에 묻혀 잘 들리지 않았다. 서민수는 귀에 손을 가져다 대고 화면 가까이 얼굴을 들이밀다가 안타까운 표정으로 통화 상대를 향해 손을 흔들었다.

"삼촌이 보내서 왔다고 하고, 이거 틀어주면서 통화 연결된 척하라고 했어요. 삼촌이 뭐라고 말한다고 네가 대충 먼저 말해버리면 애들은 그냥 믿는다고. 진짜 믿던데요? 삼촌이 이렇게 저렇게 말하는 거 들었지, 하니까 진짜 믿더라니까요."

김윤주가 말했다.

미스터리가 풀렸다. 정우가 처음 만난 김윤주를 집까지 의심 없이 따라간 이유. 정우는 김윤주 휴대폰으로 서민수와 영상통화를 했다고 믿었다.

정우야, 지금 그 누나 집에 가서 놀고 있어. 삼촌 친구야. 삼촌이 급한 일만 마치고 바로 데리러 갈게.

문제의 영상 파일은 남아 있지 않았다.

"윤다해가 정우를 납치한 다음 죽이라고 했니?"

김윤주는 조금 생각해보다가 고개를 저었다.

"아뇨. 딱 그렇게 말하진 않았는데…."

그럼 김윤주가 정확히 뭘 지시한 거냐고 이규영은 캐물었다.

"정우의 손을 갖고 싶다고 했다니까요."

"그러니까 정우를 납치해서, 어떻게 해서 정우의 손을 가져다 달라고 한 거야? 설마 산 채로 손을 자르라고 한 건 아닐 테고."

김윤주는 뒷머리를 벅벅 긁었다.

"…그런 거 말 안 했거든요. 그냥 제가 알아서 한 건데. 군주가 그런 거 일일이 다 말하고 그러는 거 아니니까. 신하가 알아서 해야죠."

이규영은 절로 얼굴을 찌푸렸다. 김윤주가 윤다해에게 등을 돌리고 사실을 자백하는 마당에 아직도 윤다해를 감싸기 위해 거짓말을 한다고 보기는 어려웠다. 그러니까 김윤주의 말이 진실이라는 게 문제였다.

"그냥 속 좀 썩이고 싶었어요. 서수경을요. 하는 짓이 하도 얄미워서."

지난 피의자 신문에서 김윤주가 배신을 하고 사실을 말하기 시작했다는 것을 알고 윤다해는 또 상황에 맞춰 진술을 바꿨다.

정우를 납치하라고 교사한 건 맞지만 딱 거기까지라는 거였다. 머릿속에서 바로바로 계산기가 돌아가는 여자였다.

"한 반나절 애를 잃어버리고 찾아 헤매게 하고 싶었다고요. 그뿐이었는데. 저도 정말 쥬나 걔가 그럴 줄은 몰랐어요. 상식적으로 생각해보세요. 자캐 커뮤 역할 안에서 한 말을 걔가 진짜 다큐로 받아들일지 어떻게 알았겠느냐고요. 그렇게 따지면 벌써 살인이 백 번 천 번도 더 일어났게요? 걔나 나나 하루 종일 나누는 얘기가 다 그런 건데?"

물러서야 할 마지막 지점을 찾아 물러선 윤다해는 여유를 찾았다. 입에 기름을 칠한 듯 말이 술술 나왔고 그 이상은 물러서지 않았다. 경찰이 공범 둘 사이에 오간 연락에 대해서는 구체적인 증거를 찾지 못했다는 걸 확실히 알고 있는 것이었다.

그런데 김윤주조차 윤다해의 살인 교사를 인정하는 진술을 하지 않으니 답답할 노릇이었다.

이규영은 의자에 등을 기대며 탄식했다.

김윤주는 순진하게 눈을 끔뻑거리며 간식으로 넣어준 초콜릿 음료에 빨대를 꽂아 빨았다. 그 모습을 보니 이규영은 헛웃음이 나왔다.

"너는 진짜…."

몇 날 며칠 얼굴을 마주 보고 있다 보니 일말의 연민 같은 게 생긴 건지 이규영은 살인사건 수사를 떠나 김윤주에게 묻고 싶어졌다.

"정우의 손을 갖다 주면 윤다해가 좋아할 거라고, 진심으로 그렇게 생각한 거니?"

"그때는 그랬죠."

"내 말은 세실리아 황제가 아니라 윤다해가 말이야. 자캐 커뮤 속 세실리아 황제가 아니라 인간 윤다해가, 정말 사람의 손을 가지고 싶어 할 거라고 생각했느냐고?"

"그랬으니까 제가 했겠죠?"

"어휴."

이규영은 한숨을 쉬며 손가락으로 눈 사이를 짚었다.

"윤다해는 네가 진짜 할 줄은 몰랐단다. 살인, 사체 해부, 인육… 이런 커뮤 세계관에서만 나누는 얘기들을 네가 진짜로 현실로 옮길 줄은 몰랐다고 하는데. 어떻게 설명할 거니, 이거?"

김윤주는 초콜릿 음료를 바닥까지 소리 내어 빨아 먹고는 고개를 갸웃했다.

"아니에요. 세실리아 님은 제가 할 줄 알았을걸요?"

"그건 네 생각이고."

"아니에요. 제가 그전에도 바다거북 고기를 바친 적이 있는데 뭔 소리예요."

이규영은 의자에서 등을 떼고 몸을 일으켰다.

"뭐?"

"제가 이번 일 있기 전에 왜 병원에 입원했는데요."

이규영은 범행 2주 전 김윤주가 허벅지에 큰 자해를 해서 감염이 되는 바람에 병원에 5일간 입원했었다는 사실을 떠올렸다. 김윤주의 허벅지 자해 흔적을 확인하고 놀란 유치장 입감 담당 경찰의 보고서도 기억났다.

허벅지 자해. 바다거북 고기.

인육을 바치라는 군주의 명령.

"혹시…."

이규영은 차마 말을 맺지 못하고 입을 떡 벌렸다.

"네. 제 인육을 바쳤죠. 고기파이 만들어서 오피스텔 우편함에 넣어뒀다니까요. 그땐 잘했다고 맛있었다고 좋아해놓고는…. 그런데 몰랐겠어요? 내가 진짜 할 줄?"

김윤주는 풀 죽은 얼굴로 말했다. 일이 이렇게 되고도 황제의 총애를 잃은 것이 못내 아쉬운 모양이었다.

이규영은 목구멍으로 쓴 물이 올라오는 걸 겨우 삼켰다.

"윤주야, 김윤주."

알렉산드리아라는 세계의 역대 가장 잔혹한 군주의 오른팔, 올가 근위대장은 굼뜨고 나른한 눈빛으로 이규영을 보았다. 어떤 명령이 떨어지든 맹목적으로 따를 준비가 되어 있는, 어쩌면 그 세계에서 가장 잔인한 사람.

"너는 금방 잊힐 거야."

이규영은 맞은편 벽을 바라보며 슬프게 단언했다.

"앞으로 너보다 더 악한 아이가 나타나겠지."

믿기 싫지만 아마도 그럴 것이다. 눈앞의 괴물은 생각보다 빠르게 잊힐 거고 시간이 갈수록 악인의 명단에서 점차 낮은 순위로 내려올 것이다. 그가 숭배하는 세실리아 황제와 함께.

〈알렉산드리아의 겨울〉이 세상에 나오기까지의 과정은 정말 쉽지 않았습니다. 실제 사건을 모티프로 삼았다는 점에서 윤리적인 고민이 따라올 수밖에 없었고, 그 때문에 처음 쓴 원고를 통째로 버리고 다시 써야 하는 상황도 발생했습니다. 여전히 논란의 소지는 남아 있을 수 있고 창작자의 윤리에 대한 저의 고민도 계속되어야겠지만, 어렵게 탄생한 이 이야기는 세상에 소개될 복을 타고 났는지 제 개인 작품집에 재수록된 데 이어 《황금펜상 수상작품집 2023》을 통해 세 번째로 독자들에게 선보이게 되었습니다.

악인의 서사를 쓰는 것이, 악인에게도 나름의 사정이 있다고 이해해주려는 것은 아니라고 생각합니다. 우리가 거부하든 말든 악인은 이 세상에 다양하고 극단적인 형태로 존재합니다. 그렇다면 그런 악인의 내면이 어떤 모양새를 하고 있는지 한번 추측해보고 싶었습니다. 그 시도가 성공적이었기를 바랍니다.

# 2023 제17회 한국추리문학상 황금펜상

박인성(문학평론가)

올해도 지난 1년간 발표된 미스터리 단편들 가운데 수상작을 선발하여, 2023년 한국 추리문학의 발자취를 돌아보는 제17회 황금펜상의 심사를 진행했다. 예심을 거쳐 본심에 오른 일곱 편의 소설을 대상으로 본심 심사원들의 열띤 토론을 거쳐 최종 수상작을 결정했다. 후보작은 김영민의 〈40피트 건물 괴사건〉, 박소해의 〈해녀의 아들〉, 서미애의 〈죽일 생각은 없었어〉, 송시우의 〈알렉산드리아의 겨울〉, 여실지의 〈꽃은 알고 있다〉, 홍선주의 〈연모〉, 홍정기의 〈팔각관의 비밀〉이다.

매년 황금펜상 수상 작품집이 으레 그러하듯 각각의 작품들은 저마다의 특징과 매력이 달라서 다채로운 미스터리의 매력과 즐거움을 보여주었다. 김영민의 〈40피트 건물 괴사건〉은 본격 미스터리를 표방한 작품인데 남다른 트릭의 스케일로 기쁨을 주었고, 박소해의 〈해녀의 아들〉은 현재의 사건을 통해 제주 4·3 사건이라는 비극적 역사가 여전히 계속되고 있음을 보여준 작품이었다. 서미애의 〈죽일 생각은 없었어〉는 스릴러 요소가 강한 작품으로 기존 대중 매체에서 흔히 희생자로 다루어졌던 여성상을 벗어나 파격적인 빌런의 모습을 그려내고 있다. 송시우의 〈알렉산드리아의 겨울〉은 실제 사건에 작가적 상상력을 투영했을 때 어떤 작품이 나오는지 잘 보여주고 있고, 여실지의 〈꽃은 알고 있다〉는 가족의 해체가 공동체의 붕괴와 결국 사회 전체의 몰락을 가져오는 모습을 은유적으로 표현하고 있다. 홍선주의 〈연모〉는 우리가 흔히 예측하는 '戀慕(사랑하여 그리워함)'가 '淵謀(깊은 계책)'로 치환되는 과정의 쾌감을, 홍정기의 〈팔각관의 비밀〉은 익히 알고 있는 소설과 드라마의 오마주와 패러디를 발견하는 쏠쏠한 즐거움을 주었다. 자연히 같은 기준으로 작품을 평가할 수는 없겠지만, 그럼에도 불구하고 작품 구성의 보편적인 완성도와 미스터리로서의 장르적 매력을 함께 살피고자 노력했다.

이번 본심 과정은 한편으로는 빠르게 진행되었지만, 다른 한편으로는 내심 아쉬움에 대한 토로가 많았던 것이 사실이다. 보통은 본심에서 최종 후보를 두고 갑론을박이 벌어지기 마련이지만, 이번 본심에서는 심사위원들 사이에 손쉽게 최종 후보작 두 편을 선별하는 데 의견이 모아졌기 때문이다. 이는 곧 두 작품이 뚜렷하게 좋은 성취를 거두었다는 이야기이기도 하지만, 반대로 나머지 작품들과의 격차가 꽤 크다고 판단했다는 의미이기도 하다. 단편소설에서 미스터리 장르가 거둘 수 있는 성취가 항상 심층적이거나 묵직할 수는 없으며, 반드시 그래야 할 필요도 없다. 하지만 때로는 단편의 형식주의를 지나치게 가볍게만 활용할 때 미스터리 장르의 고유한 매력마저 휘발될 수 있다는 위험성은 환기할 필요가 있을 것이다.

특히 이번 후보작들의 공통적인 경향이랄까, 몇 가지 아쉬움을 정리하자면 다음과 같다. 첫째로 아이디어 차원의 설정과 소재에 전체 소설의 구조와 효과가 환원되는 경향이 강했다. 이러한 설정과 소재가 유기적으로 전체 소설의 미스터리와 어우러지면서 퍼즐을 하나하나 맞추어나가는 지적 즐거움을 고양하기보다는, 오히려 추리에 참여할 수 있도록 독자를 텍스트에 초대하는 책 읽기의 매력이 부족했다는 뜻이다. 또한 미스터리가 마땅히 수행해야 할 독자와의 대화 과정에서 발생하는 상상력과 역동성이 여러모로 부족하다는 인상이 강했다. 둘째로 소재주의가 작품의 세계관이나 설정에 영향을 준 현실이나 선행 작품에서 파생된 영향력을 너무 손쉽게 소설적 현실로 옮겨온 경향이 있었다. 미스터리를 포함하는 소설적 형상화가 자신이 놓인 현실의 맥락과 상호 교통하는 것은 주지의 사실이지만, 장르로서의 미스터리가 사회성을 발휘하기 위해서는 오히려 그 자신의 형식주의에 충실할 필요가 있다고 생각한다. 그런 면에서 몇몇 후보작에서 보이는 소재주의는 그 작품의 고유한 매력으로 발전하지 못하고 다소 편의적인 소설 전개를 이끌었다는 평도 있었다.

이러한 아쉬움을 뒤로하고, 이번 황금펜상 본심은 두 작품만을 대상으로 논의를 진행하게 되었다. 바로 박소해 작가의 〈해녀의 아들〉과 송시우 작가의 〈알렉산드리아의 겨울〉이 다. 두 작품이 도달한 미스터리로서의 수준은 비슷하게 평가되었으나 각각의 장단점이 상이하다 보니, 심사위원마다 최초의 선호와 그에 대한

견해는 조금씩 달랐다. 하지만 각각의 작품들에 대한 해석과 판단을 교환함으로써, 차츰 명확하게 수상작에 대한 의견을 조정해나갈 수 있었다. 각각의 작품에 대한 심사평을 정리하자면 다음과 같다.

우선 송시우 작가의 〈알렉산드리아의 겨울〉은 2017년 세상을 떠들썩하게 했던 초등학생 유괴·살인사건을 직접적인 소재로 삼아 소설적으로 재구성한 작품이다. 특히 이 소설의 장점은 소셜미디어의 '자캐' 커뮤니티 문화에 대한 깊이 있는 이해를 바탕으로, 강렬한 소재를 뚝심 있게 파고들어 정면으로 다루었다는 점이다. 따라서 이 소설의 매력은 양날의 검처럼 장점이 곧 단점이기도 했다. 실제로 최근 현실에서 발생한 강력범죄 사건을 소재로 삼아 소설화를 수행하는 미스터리 소설은 흔하다면 흔하지만, 이렇게까지 현실의 사건을 직접적으로 다루어 미스터리 장르 구성 속에서 자신의 해석을 수행하기는 쉬운 일이 아니기 때문이다. 동시에 바로 그러한 노골적인 실제 사건에 대한 직접적인 환기가 결국 소설의 전체적인 매력에 앞서서 독자들에게 지배적인 인상을 형성하고 소설이 현실 사건에 종속된다는 인상을 벗어나기는 쉽지 않아 보인다. 그만큼 현실 사건의 지배력을 넘어서 소설적인 형상화가 다가가야 하는 부분은 사이코패스 범죄자에 대한 묘사의 차원보다 자캐 커뮤니티와 그 내부의 지배력의 행사에 대한 사회학적 해석의 영역이 아닌가 싶다.

다음으로 박소해 작가의 〈해녀의 아들〉은 제주를 배경으로 좌승주 형사가 주인공으로 등장하는 연작 소설 중 하나다. 이 소설은 제주 4·3 사건과 관련된 역사적 배경을 중심으로 오랜 세월이 흘렀어도 사라지지 않는 폭력의 기억과 그에 따른 원한의 감정을 70년이 지난 현재 시점의 살인사건을 통해서 재조명한다. 접근하기 쉽지 않은 역사적 사건과 그 참혹한 기억에 대해 결코 흥미 본위의 소재화가 아니라, 진지하고 묵직한 주제의식을 밀어붙여 끝나지 않은 국가적 폭력의 파급력을 현재화하여 보여준다. 물론 연작 소설로서 이 소설의 느슨한 구성은 독립적인 단편으로서의 평가에서는 단점이 된다는 지적이 있었다. 소설의 전체 구성에 있어 다소 긴장감을 떨어뜨리는 로맨스 장면이나 실질적으로 전체적인 이야기의 전개나 갈등에 있어서 중요하지 않은 주변 인물들의 역할 면에서 그렇다. 하지만 그런 측면을 고려하더라도 이 소설이 보여주는 전반적인 미스터리의 구성과 장점은 선명하게 다가온다. 특히 역사에서 잊혀가는 희생자들의 이름과 그 존재를 복원하려는 과정 자체가 사회적 장르로서 미스터리의 기능과 존재 의미에 값한다는 점을 높게 평가했다.

심사위원들은 어렵지 않게 만장일치로 〈해녀의 아들〉을 올해의 황금펜상 수상작으로 선정하는 데 합의할 수 있었다. 무엇보다도 이 소설은 소재나 배경에 휩쓸리지 않고 미스터리라는 장르의 의미를 확장하는 소설적 형상화를 통해 다른 후보작들과 선명한 차별성을 증명했기 때문이다. 덧붙여 이 소설의 역사적 배경과 소재를 충분히 살리기 위해서는 연작뿐 아니라 장편의 구성이 더 적합하다는 의견도 있었음을 고려할 때, 심사자들은 박소해 작가가 제주 4·3 사건 소재를 더욱 확장하여 심층적인 역사 기반 미스터리를 장편소설로 써보는 것도 기대해볼 만하다고 보았다.

이 심사평을 통해 제17회 한국추리문학상 황금펜상을 수상한 박소해 작가에게 큰 축하와 격려를 보낸다. 또한 심사평에서 아쉬움을 토로하기는 했으나 후보작으로 오른 작가들 역시 충분히 더 좋은 작품을 쓸 수 있음을 잘 알고 있기에 심기일전하여 새로운 작품을 선보일 것을 기대하며 응원을 보낸다. 내년에는 더 풍성한 성취와 수준 높은 작품성을 갖춘 작품들의 등장을 기다리며, 모든 한국 미스터리 작가들의 문운을 기원한다.

한국추리문학상 황금펜상 본선 심사위원<br>백휴, 박광규, 박인성

## 수록작 발표 지면

해녀의 아들_박소해 (《계간 미스터리》79호, 나비클럽)

죽일 생각은 없었어_서미애 (《파괴자들의 밤》, 안전가옥)

40피트 건물 괴사건_김영민 (《드라이버에 40번 찔린 시체에 관하여》, 네오픽션)

꽃은 알고 있다_여실지 (《계간 미스터리》79호, 나비클럽)

연모_홍선주 (《푸른 수염의 방》, 나비클럽)

팔각관의 비밀_홍정기 (《계간 미스터리》79호, 나비클럽)

알렉산드리아의 겨울_송시우 (《파괴자들의 밤》, 안전가옥 / 《선녀를 위한 변론》, 래빗홀)

한국추리문학상 황금펜상 수상작품집 2023 제17회

초판 1쇄 펴냄 2023년 12월 15일

지은이 박소해 서미애 김영민 여실지 홍선주 홍정기 송시우
펴낸이 이영은
편집장 한이
교정 오효순
홍보마케팅 김소망
디자인 여상우 조효빈
제작 제이오
인쇄 민언프린텍

펴낸곳 나비클럽
출판등록 2017. 7. 4. 제25100-2017-0000054호
주소 서울특별시 마포구 동교로22길 49 2층
전화 070-7722-3751 팩스 02-6008-3745
메일 nabiclub@nabiclub.net
홈페이지 www.nabiclub.net
페이스북 @nabiclub
인스타그램 @nabiclub

ISBN 979-11-91029-85-7 03810

이 책은 저작권법에 따라 보호를 받는 저작물이므로 무단 전재와 무단 복제를 금지하며,
이 책의 전부 또는 일부를 이용하려면 반드시 지은이와 나비클럽의 서면동의를 받아야 합니다.

잘못된 책은 구입처에서 바꿔 드립니다.